너의 손에 닿았을 뿐

너의 손에 닿았을 뿐

제1판 1쇄 2025년 2월 27일

지은이 은탄
펴낸이 이경재
책임편집 비비안 정

펴낸곳 도서출판 델피노
등록 2016년 8월 11일 제2020-000082호
주소 서울시 양천구 신정중앙로 86, 덕산빌딩 5층
전화 070-8095-2425
팩스 0505-947-5494
이메일 delpinobooks@naver.com
ISBN 979-11-91459-98-2 (03810)

책값은 뒤표지에 있습니다.
파본은 구입하신 서점에서 교환해드립니다.

너의 손에 닿았을 뿐

은탄
장편소설

뎀픽

❀ 목차 ❀

정신이 이상한 남자였다. 초능력자라고 말하는 이 남자.

미쳐도 단단히 미쳤다. 손을 잡고 말을 하면,

말하는 대로 말이 되게 하는 말이라니.

1장

언제나 내 귀에 들리는 소리는 '위잉위잉 착착 쿵쿵'이다. 별다른 의성어가 생각나지 않는다. 그냥 그렇게 들렸다.

위잉위잉. 기계에서 알록달록 사각 풍선껌이 레일을 타고 내게 다가온다. 이때 들리는 소리가 '위잉위잉'이다. '착착'. 풍선껌의 포장을 완성하기 위해 오른손으로 품질 보증 스티커를 착착 붙인다. '쿵쿵'. 정품이라고 증명하기 위해 왼손으로 쿵쿵 도장을 찍는다. 하나의 사각 풍선껌은 그때야 비로소 시큼하고 달콤한 이름을 갖게 된다.

찰리 채플린 〈모던 타임즈〉에는 종일 나사만 돌리다가 눈에 보이는 모든 것을 조여 버리는 장면이 있다. 기계 인간처럼 나사만 조이는 슬픈 현실을 반영한 영화, 내가 그 짝이다. 오른손은 늘 착착, 왼손은 쿵쿵, 주어진 여덟 시간 동안 여기선 내가 곧 찰리 채플린이었다.

십육 년째다. 고등학교 졸업 무렵 집안이 휘청거려 대입은 고사하고 바로 일을 시작했다. 운 좋게도 여성복지가 괜찮다는 식품 제과업체에 입사하게 되어 한시름 놓은 게 위안이 되지만 이일은 늘 지루했다.

왜 승진도 못 하고 여태 포장 검수만 했느냐 묻는 사람들도 있다. 회사에 정을 두고 싶지 않아 승진을 몇 차례 거부했더니, 이젠 회사에서 물어보지도 않았다.

마침 공장장도 내게 '위잉위잉 착착 쿵쿵'을 무척 잘한다면서 평생 그 일만 맡기겠다고 했다. 〈생활 속 달인〉 출연은 덤이다. 그걸 또 자랑한다고 마을 사람들은 현수막까지 걸고 잔치를 벌였다. 창피해서 쥐구멍으로 숨고 싶었다. 특히 우리 동네 마을길은 도시로 나가는 경계선 초입에 있기에 뜨내기 차들이 줄기차게 지나다니는데, 그들 모두가 현수막을 본다고 생각하니 전국구 망신이 따로 없었다.

공장은 아홉 시에 근무 시작 후 열한 시부터 이십 분 휴식을 준다. 안내방송이 나오고 종소리가 울리면 직원들은 밖으로 홀쩍 튀어 나가 자판기를 점령했다. 동전 더미를 수두룩 챙긴 막내들은 사수들에게 먹일 음료를 서로 먼저 뽑으려고 혈전을 벌였다. 한때는 나도 선배들 먹일 음료를 갖다 바치기 위해 미친년처럼 뛰던 시절이 있었다. 지난날 생각하니 실소가 나온다.

늘 휴식 시간이 되면 흡연 부스 놔두고 옆 바위에 걸터앉아 담배를 피웠다. 사람들이 없는 조용한 곳에서 담배에 불붙일 때 나오는 지직, 소리를 제대로 듣고 싶어서였다. 약간의 어질어질한 기분과 맞닿은 그 오묘한 소리가 심장을 두근거리게 했다. 친구는 그게 폐암 알리는 신호란다.

"서 계장. 오늘 발주한 거 다 못 끝내면 야근시킬겨."

멍하니 담배 태우는데 채나권 반장이 가자미눈 뜨고 나를 몰아세웠다. 나를 좋아하는데 괜히 부끄러워서 시비 거는 것으로 애정을 표현하는 남자다. 딱히 관심도 없지만 대놓고 공세를 하는 것도 아니니 그러려니 하고 적당하게 거리 유지하며 지내는 중이다.

"그 많은 걸 혼자 어떻게 해요? 사람 좀 붙여줘요."

"서 계장이 우리의 마무리 투수잖여. 마무리 투수는 원래 외로운 거여."

나는 몇 년 전부터 야근을 안 하겠다고 공장장에게 공식 선포한 불한당 중 선두 주자다. 사측도 노조 측도 아닌 주변인인 것을 모르는 사람이 없는데 채 반장은 꼭 저렇게 일부러 좋아하는 티를 청개구리처럼 냈다.

"야근 진짜 안 할겨?"

"안 해요. 쉬는 시간 십 분밖에 안 남았는데 방해하지 말고 저리 좀 가요."

나는 옆에서 종알종알 떠들어대는 채 반장에게 발길질 시늉하고 이어폰을 귀에 꽂아 외국 힙합 음악을 틀었다. 이 시간은 누구도 방해할 수 없다. 오롯이 나만의 시간이다. 이게 곧 사무직은 알 수 없는 내 유일한 생산직 복지 권한이다.

위잉위잉, 착착, 쿵쿵. 모던 타임즈 세계로 돌아왔다. 잡생각은 뒤로하고 속도를 올려야만 했다. 오전에 많이 찍어놔야 야근을 하지 않기 때문이다. 옆에서 채 반장이 뭐라고 떠들어도 귀에 들리지 않는다. 무의식 속 검수 작업은 점심시간 전까지 계속됐다.

딩동댕, 종이 울렸다. 지금부터 한 시 삼십 분까지 식사 시간이다. 안내방송에서 돼지볶음에 육개장이라고 점심 메뉴까지 친절하게 안내해 줬다. 맛있게들 먹고, 한 시 이십 분까지 현장에 집합하라는 안내 멘트에 헛웃음 쳤다.

십 년째 변하지 않는 '위잉위잉 착착 쿵쿵' 같은 안내 멘트다. 왜 한 시 삼십 분까지 식사 시간이라 해놓고 한 시 이십 분까지 집합하라고 하는지 모르겠다. 사무실에 몇 번을 건의했지만 의견은 늘 묵살됐다.

불만은 여기서 끝나지 않았다. 종이 울리면 남자 직원들은 미친 듯이 식당으로 뛰어가 줄을 섰다. 조금이라도 빨리 먹어야 족구를 할 수 있기 때문이다. 일분일초를 아껴야 하는 남자들은 손도 안 씻고 밥을 먹었다. 심지어 담배를 태우면서 식당으로 뛰어가는 인간도 있었다. 그들 때문에 우리 여자들은 항상 밥을 늦게 먹었다.

불만은 여기서 또 끝나지 않았다. 식당 구석에 혼자 자리 잡은 나는 시뻘건 국물을 보자마자 한숨부터 뱉었다. 장례식장도 아닌데 육개장 비슷한 것만 나온다. 메뉴가 똑같은 건 아니다. 그런데 왜 매번 같은 음식을 먹는 기분인지 모르겠다. 제육볶음, 오징어볶음, 돼지주물럭, 소시지야채볶음. 국은 육개장, 된장국, 김치찌개, 순두부찌개. 이름은 다른데 왜 같은 맛이 날까. 이것도 '위잉위잉 착착 쿵쿵'의 음모인가 보다.

"또 구석에서 혼자 먹어?"

초등학교 동창 재욱이가 식판 들고 맞은편에 자리 잡았다. 재욱이는 사무실 직원이다. 밀린 일을 끝내고 오다 보니 늘 늦게 식당에 왔다.

"많이 안 먹었네? 혹시 나 기다리느라고 안 먹었어?"

"그냥, 맛이 없어서."

재욱이는 상산읍에서 그나마 성공한 인물이다. 서울에서 대학도 나왔고, 서울 직장도 좀 다녀봐서 나름 센스도 좋았다. 얼굴도 깔끔하게 생겨 여자들에게 인기도 많았다. 그러나 이 친구에겐 치명적 약점이 있었다.

"너 그거 못 보던 시계다?"

내 물음에 재욱이가 제 팔목에 걸친 시계를 흡족하게 바라봤다.

"셋째 누나가 사줬어."

"전에 둘째 누나가 사준 건?"

"둘째 누나 서울로 올라갔잖아. 지금은 셋째 누나가 와 있으니 셋째 누나가 사준 거 차고 다녀야지."

"맞다. 너 얼마 전에 넷째 매형이 차 한 대 뽑아 줬다고 하지 않았어?"

"그건 다섯째 매형이고. 넷째 매형은 전에 타고 다니던 차 팔아 준 거야. 그리고 여섯째 매형이 내부 튜닝 해 줬고."

재욱이의 치명적 약점은 바로 누나다. 누나가 여덟 명이나 있는 귀한 집안 왕자님이다. 심지어 첫째 누나는 우리 엄마랑 나이가 비슷했다. 사람이 아무리 좋아도 여덟 누나의 사랑을 듬뿍 받고 자란 재욱이와 진지하게 만날 여자는 어디에도 없었다.

나도 한때 재욱이에게 마음이 있었다. 그러나 여덟 언니를 다발로 만났던 어느 날, 기운이 빨려 머리가 어질어질했던 적이 있다. 사랑보다 현실을 택한 나는 재욱이에 대한 내 마음을 냉큼 접었다. 시누이가 여덟 명이라니 소름 돋는다. 몸서리치는 시늉을 할 무렵 재욱이가 사람 좋은 미소를 지었다.

"너 얼마 전에 서울에 일자리 알아봐 달라고 했다며?"

"그게 네 귀까지 들어갔어?"

"정말 가려고? 할아버지는 괜찮겠어?"

할아버지 이야기가 나오자 육개장 뜬 내 수저가 멈칫했다. 벌어진 입을 살며시 닫고 수저를 내려놓은 나는 슬며시 재욱에게 눈을 뒀다.

할아버지는 치매에 걸린 지 오래다. 오래전부터 합병증을 앓고 살더니 고등학교 졸업하기 전 기어이 치매까지 걸려 십육 년째 내 발목을 붙잡았다. 최근에는 뇌 질환도 의심된다고 했다.

병도 병이지만 가난이 특히 우릴 괴롭혔다. 본래 할아버지는 소싯적에 지역구 선거에 출마할 정도로 부를 축적한 분이었다. 그러나 세 번을 낙선하니 집안이 휘청거리더라. 보릿고개 수준은 아니지만 지금도 우리 집은 빚에 허덕이고 있다.

벗어나고 싶었다, 이 지긋지긋한 시골.

떠나고 싶어도 못 떠나는 이유가 두 가지 있다. 우선 가족 중엔 아빠와 나만 돈을 벌고 있다. 그런데 아빠의 양봉 사업은 갈수록 버거웠다. 간신히 다섯 식구 풀칠하는 수준이었으니 내가 부양에 일조하지 않을 수 없다.

엄마는 몸이 불편해 가내수공업을 조그맣게 했다. 공과금이나 휴대폰 요금 정도나 막을 수 있는 수준이다. 남동생은 아직 대학생이라 돈을 벌지 않고 있다. 내 돈은 할아버지 병원비로 나갔다.

병원비만 나가면 문제가 아니다. 전반적으로 통원 치료 수행이 내 몫이어서 쉽게 이곳을 떠나지 못했다. 그게 두 번째 이유다. 치매 말기인 할아버지는 유일하게 나만 손녀딸로 인지했다. 아빠, 엄마에겐 경계하는 일이 잦았다. 그래서 할아버지는 내가 아니면 병원조차 가지 않았다.

할아버지가 나만 알아본다는 게 기쁨이어야 할지 슬픔이어야 할지. 최근에서야 할아버지는 내가 아니더라도 병원을 다닐 수 있게 됐다. 그것만으로도 숨통이 크게 트였다.

"할아버지 곧 가실 것 같으니 나도 슬슬 준비할까 싶어서."

"정말 할아버지를 놔줄 수 있겠어?"

조심스럽게 물어보는 재욱의 눈빛에는 측은함이 서렸다. 그런 눈으로 쳐다보지 말라고 화를 내고 싶다가도 그의 마음을 아니 그냥 넘어갔다.

"못 놔줄 건 또 뭐야. 요샌 얼굴도 못 보는데. 이젠 병원비만 줘도 될 거 같아."

할아버지가 언제 돌아가실까 달력만 멍하니 쳐다본 적이 으레 있었다. 이런 생각은 굳이 밖으로 꺼낸 적은 없다. 최근엔 할아버지가 방에만 계셔서 얼굴조차 본 적 없으니 괜한 말로 집안 분위기를 흐리고 싶지 않았다.

"근데 가면 무슨 일 해? 친구도 없는데 심심하지 않겠어?"

"나 신경 쓰지 말고 너 장가갈 걱정이나 해."

"네가 나한테 오면 모든 게 다 풀릴 텐데."

"됐네요. 농담이라도 그런 말 하지 마. 난 여덟 시누이 감당할 자신 없거든."

대화 도중 회사 여동생들이 대뜸 우리 곁을 지나가면서 "오~ 언니, 데이트 중?" 감탄사를 흘렸다. 난 천천히 고개를 절레절레 저으며 저리들 가라고 동생들에게 손짓했다. 시시콜콜한 대화나 나누는 건데 회사 동생들은 재욱이와 나를 연결해 주려고 애썼다. 우리가 연인이 되길 바라는 이들의 마음은 잘 알겠지만, 나나 이 친구나 서로 너무 많은 것을 봐 왔기에 안타깝게도 이제는 이성으로서의 감정은 전혀 없다.

"맞다. 서은우가 사람 구한다더라. 걔한테 연락이나 해볼까?"

서은우가 누군지 바로 떠올리지 못해 고개를 갸우뚱했다. 누구냐고 물어보기도 전에 재욱이가 곧바로 부연 설명했다.

"초등학교 때 우리 동네 놀러 왔던 친구."

그렇게 말하니 생각났다. 예전에 할아버지에게 신세를 졌던 어떤 아줌마가 서울 꼬마를 데려왔던 기억이 떠올랐다.

"너 걔랑 연락하고 지냈어? 뭐 하고 지낸대?"

잠깐의 인연이었을 뿐이지만, 서은우 이야기에 궁금증이 생겨 나도 모르게 재촉하듯 물었다. 재욱이는 가끔 SNS를 통해 소식을 전해 들었다고 했다. 얼마 전까진 신문사 기자였다는데 독립 신문사 대표가 됐다고 하더라.

"너 글 좀 써봤잖아. 자리 하나 달라고 말해볼까?"

"됐어. 고졸이 기자는 무슨 기자. 얼굴도 기억 안 나는 친구에게 신세 지고 싶지 않아."

재욱이에게 말은 그렇게 했어도 서은우 소식이 궁금하긴 했다. 이름만 기억 안 났을 뿐, 내 기억에 독특했던 '꼬마 서은우'는 일하면서 자주 회상하던 남자였다.

서울에 올라오면 나를 찾아와. 환상을 보여줄게.

그가 떠날 때 했던 말이다. 그때 그 아이만이 내 마음을 알아줬기에 연락을 안 했어도 얼굴이 눈앞에 자주 아른거렸다. 그럼 뭐하나. 그는 그 이후로 시골에 내려온 적이 한 번도 없었다. 우린 무려 이십여 년 동안 연락 한 번 안 하며 서운할 정도로 각자 잘 살았으니 남이나 다름없다.

퇴근 시간이다. 읍내까지 태워주는 회사 승합차를 타러 정문
에 서 있었는데 기사님이 문을 열어주지 않았다. 나는 한쪽 눈을
찡그리며 귀찮은 표정으로 운전석 창문을 톡톡 두드려 문을 열
어달라고 했다.

"왜 그려?"

천천히 창문을 내리는 기사 아저씨 표정이 더 귀찮아 보였다.

"저 좀 읍내까지 태워주세요."

"오늘 모두 야근이라서 먼저 가는 사람 없다고 했는디."

"미리 말씀을 못 드리긴 했는데 저만 야근 안 하는 거 잘 알잖
아요."

"안녀. 나 좀 있으면 친구 오기로 해서 같이 밥 먹을 거란 말
여."

손목을 틀어 시계를 확인해 봤다. 지금 출발해야 간신히 집으
로 가는 버스를 탈 수 있다. 이거 못 타면 콜택시 타야 하는데 그
아까운 돈을 내고 집에 갈 순 없다.

기사 아저씨에게 사정하고 있을 무렵, 뒤쪽에서 클랙슨 소리
가 경쾌하게 울렸다. 재욱이였다. 점심에 보고 얼마 지나지 않아
금방 보는 건데도 한껏 반가워하는 내 표정을 재욱이가 읽었다.
그는 자신 있게 내게 손을 흔들었다.

"타. 집까지 이만 원에 모실게."

이만 원이면 거저먹는 거나 다름없다. 회사에서 택시 타고 우리 집까지 가려면 빈 차로 돌아올 것까지 계산해서 사만 원은 줘야 했다. 나는 신나서 들뜬 몸으로 폴싹 보조석에 앉고는 안전벨트를 매고 당차게 출발을 외쳤다.

재욱이 차에서 새 차 냄새가 물씬 풍겼다. 아직 뒷좌석은 비닐조차 벗겨 있지 않았다. 아마도 보조석에 탄 여자는 내가 처음일 것이다. 재욱이에게 여자 처음 태우는 것이냐 묻자 열 번째란다. 아홉 여성은 엄마와 여덟 누나 아니냐고 하니, 그가 입을 꾹 다물었다.

정문을 빠져나온 재욱인 캄캄한 외길을 능숙하게 운전했다. 그동안 나는 창틈에 턱을 괴고 바깥을 쳐다봤다. 야경 따윈 없다. 읍내로 갈 때까지 전봇대 하나 없는 시골길에 보이는 건 칠흑에 덮인 논밭뿐이다. 창밖을 구경한다기보단 시선만 밖에 두고 있을 뿐이라고 보는 게 맞겠다.

잠깐 지나지 않아 나는 옆으로 눈을 흘겨 운전하는 재욱이를 바라봤다. 시골에서 태어난 주제에 깔끔하게 잘 생겼는데, 남들 다 하는 연애를 이 친구는 안 한다. 아무리 누나가 여덟 명이라고 해도 연애는 할 수 있지 않나. 내가 알기론 서울에서 대학 다닐 때 이후로 재욱인 여자 친구를 한 번도 만들지 않았다.

"야, 민재욱."

의식 없이 그의 이름을 불렀다. 내부를 감싸는 어색한 기운이 싫어 뭐라도 말을 걸어봤다.

"차 좋다?"

말은 걸고 싶은데 딱히 할 말이 없던 나는 생각나는 대로 뱉어봤다.

"좋지. 외제차니까."

"근데 난 왜 이 차가 불쌍하지?"

"왜 불쌍해?"

"달릴 곳도 없고, 아스팔트보다 흙탕물이나 더 다니고."

일전에 재욱이에게 왜 시골 땅에 갇혀 사느냐고 물어본 적 있었다. 재욱이는 사람 사는 거 다 똑같다고 했다. 서울에 있는 사람들은 시골만의 매력을 못 느끼고 사는 거고, 시골 사람들은 서울만의 매력을 못 느끼며 사는 것이라고 했다. 서울이나 시골이나 그저 공간만 다를 뿐이란다. 가족이 있는 이 상산에 사는 게 낫지 않을까 싶은 것이 재욱이 입장이다.

"서울 쥐와 시골 쥐 좀 생각해 봐."

얌전히 운전하던 재욱이가 이솝우화를 들먹였다. 서울 쥐와 시골 쥐는 내가 가장 싫어하는 이솝우화다. 서울은 부정적으로 만들고 시골은 낙원으로 만드는 귀농 프로젝트 장려 문학이 불편했다. 시골에서 편안하게 먹을 거 먹어가며 안빈낙도하는 삶을 부추기는 그 메시지에 나는 불응한다.

"서울 쥐 시골 쥐는 안 들은 것으로 할게."

"주현이나 다른 애들이 계속 뭐라고 하는 거 이제 지겹지도 않아?"

상산에서 터전을 잡은 친구들은 모두 서울을 부정적으로 봤다. 나만이 이곳을 이상한 나라의 앨리스로 보았다. 오히려 친구들은 나만 한심한 사람으로 만들었고, 나만 이상론자로 만들었다. 모두 만족하며 살아가는데 나만 불만이 있단다.

이게 곧 올더스 헉슬리가 말하는 〈멋진 신세계〉가 아닌가 싶다. 현실을 보여주지 않고 주어진 환경만을 최선이라 생각하고 그게 전부라고 알고 있으니 발전의 길이 보일 턱이 있나. 오로지 정해진 계급대로 그것에 순응하고 살아야 하는 제도에 익숙해진 이들의 모습이 안타깝기만 하다.

그럼 난 뭐했냐고? 내게 질문을 던져봤다. 다행히 내겐 좋은 핑곗거리가 있다. 나는 그저 할아버지 수발 때문에 떠나지 못한 것뿐이다. 분명 가겠다고 결심했는데 할아버지가 내 소매를 붙잡고 가지 말라고 했다.

가족 핑계가 아니라도 할 말이 있다. 난 서울로 떠날 준비가 돼 있었지만, 친구들은 떠날 용기가 없었다. 주변 친구들이 내 의욕을 꺾었으니 그들 책임이다.

재욱이는 서울로 떠나지 않았느냐고? 그는 태어날 때부터 준비된 환경에서 자랐다. 학교에서 주는 특혜란 특혜는 혼자 다 받았다. 또 나는 연고도 없는데 재욱이는 서울에 든든한 친척도 많았다. 여덟 누나의 경제적 지원도 한몫 한 건 비밀도 아니다.

마이클 샌델 하버드대학 교수의 〈정의란 무엇인가〉를 보더라도 뛰어난 재능은 스스로의 노력에 의해 나온 것이 아니라 그저 행운일 따름이라고 전한다. 재욱인 행운이고 난 불행이었기에 나와 그를 비교하는 건 무리다.

탓, 탓, 탓. 그게 날 버티는 힘이다. 난 사회를 모순덩어리로 규정하고 그 핑계로라도 남을 탓할 것이다. 그래야 훗날 내 탈출에 명분이 생긴다. 물론 지금은 아니다. 틈새 하나가 생기면 언제든 나갈 것이다. 가장 간단한 길은 할아버지가 돌아가시는 거겠지. 굳이 언급하고 싶지 않다. 시간이 흐르면 알아서 일어날 일이니.

그러니 남들이 나를 비난하지 않았으면 했다. 또 내 친구들과 나를 똑같이 바라보지도 않았으면 했다. 난 그들을 탓해도 될 명분이 있다고 나를 변호할 수 있다. 이래야 슬금슬금 내 몸을 더듬는 절망의 그림자가 날 완전히 덮치지 않을 테니까.

짧은 시간, 수차례 자신에 합리성을 부여하고 있을 무렵 어느새 집에 도착했다. 내리자마자 재욱이의 비싼 외제 차 외관을 살폈다. 진흙 범벅으로 고급 차가 금세 더러워졌다. 차에게 직접 사과하고 싶을 정도다.

"세차비 포함해서 줄게."

"됐어. 얼른 가서 쉬어."

나는 코를 찡그리며 손짓으로 인사한 뒤 마당으로 들어가려고 했다. 찰나에 재욱이가 나지막한 목소리로 지영아 내 이름을 불렀다. 낯간지럽게 부른 그의 음성에 뒤돌아선 나는 눈을 동그랗게 뜨고 다음 말을 기다렸다. 뭘 바라고 그런 건 아닌데 그냥 분위기가 그랬다. 재욱인 창문을 열고 왼쪽 팔을 틀에 걸치곤 지그시 나를 쳐다봤다.

"내가 널 어떻게 해야 할지 모르겠어."

"뭘 어떻게 해?"

"친구로서 너를 인도해 줘야 할지, 아니면 널 방관해야 할지."

"망상에 빠진 날 설득해야 할지, 말아야 할지 모르겠다는 거야?"

빙빙 돌려 말하는 것을 싫어하는 나는 직설적으로 그에게 물었다.

"그런 건 아니고. 그냥 미안해서. 아니 전엔 안 미안했는데 미안해져서."

"너 나한테 숨기는 거 있니?"

"숨기는 건 아니고. 알려줄 타이밍을 간 보고 있어."

"뭔데 그래?"

"네가 준비되면 그때 말할게."

"너 혹시 나 좋아해?"

당연히 아니라고 말할 줄 알고 농담을 툭 던졌다. 그런데 재욱이가 머뭇거리고는 대답을 안 했다. 해야지, 왜 안 해. 미쳤냐, 정신 나갔냐, 정색하거나 아니면 너스레 떨며 어떻게 알았냐, 반응을 즉각 보여야 하는데 그러지 않아 농담으로 넘길 수 없었다. 재욱이는 여전히 말없이 쳐다봤다. 그래도 딱히 애정 섞인 눈으로 보는 것 같지 않았다. 나를 향한 재욱의 눈빛, 동정심에 가까워 보였다.

"뭔 얘기를 하고 싶은지 모르겠는데. 너무 늦게 얘기하진 마."

그의 심각한 얼굴에 장단 맞춰 나도 한 톤 낮은 목소리로 천천히 전했다. 아니 경고했다. 꼭 이렇게 뜸 들이고 말하는 건 기분 좋을 게 하나도 없더라. 찝찝한 기분이지만 집까지 태워다줬으니 재촉하지 않았다.

2장

늘 평일이 휴일인 나는 아침 일찍 첫차를 타고 읍내에 나오는 게 내겐 관례 아닌 관례였다. 읍내에 나오면 일단 다니고 있는 신경정신과의원부터 들린다. 사실 나는 해리성 기억상실증을 앓고 있다. '해리'는 정신적으로나 행동적 과정이 내 나머지 정신적 활동과 분리시켜 무의식적으로 '방어기제'로 나타나는 증상이란다. 병원에서는 나를 해리성 기억상실 중 특정 기간의 기억만 사라지는 국소적 기억상실이라고 했다.

담당 신경정신과 의사는 스트레스성으로 인해 단편적 기억이 사라진 것 같은데 애써 찾을 필요는 없다고 했다. 몇 년 전 할아버지 수발 문제로 아버지와 다투다가 험한 말을 한 것 같은데, 거기서 내가 무슨 말을 던졌는지 그게 알고 싶었다.

왜냐면 난 그날 무슨 말을 던지고 곧바로 졸도했기 때문이다. 그때 쓰러지면서 머리를 어디 모서리에 찍힌 적이 있다.

당시 기억은 흐릿했다. 순간 현기증이 와서 넘어진 건지, 미끄러진 건지 알 수가 없다. 기억하는 건 그 짧막한 순간 모서리에 찍힌 통증뿐이었다. 정수리 부분이 목구멍까지 꾹 눌러 내려앉았다가 용수철처럼 튀어 오른 느낌이랄까. 그렇게 기절하고 나서 깨어보니 어느새 내 정수리엔 실밥들이 줄줄이 엮여있었다.

이런 불쾌한 기분은 잊고 싶지만, 오히려 더 생각나고 욱신거리기 나름이다. 머리보단 마음이 말이다.

오전에 병원을 마치고 나면 나는 카페로 가서 하나뿐인 내 친구 주현이와 일분일초를 아끼지 않고 수다를 떨거나 책을 읽었다. 그게 내 유일한 지적 문화생활이다.

몇 년 전만 해도 읍내에는 소규모 카페들밖에 없었다. 이제야 프랜차이즈 카페가 들어오자 누구누구네 집에서 수다 떨던 주부들이 카페로 몰려들었다.

"지영아, 넌 남자 안 만나고 언제까지 나만 만날 거야?"

주현이는 읍사무소에서 일하는 공무원 남편 출근시키고 아이를 어린이집에 보내고 나면 매일 카페에서 사색을 즐겼다. 세상 다 가진 제일 부러운 친구다. 그래도 종종 내 휴일을 함께 보내주니 대놓고 시샘할 건 없었다.

"막상 나 남자 생기면 심심해 죽을 게."

"물론 서운은 하겠지만 내 욕심만 채울 순 없잖니."

"이 동네에서 남자 안 만나. 그럼 또 발목 잡힐 거 아냐. 난 할아버지 살아계실 때까지만 여기 있을 거야. 할아버지 때문에 저당 잡힌 세월, 서울에서 원 없이 풀 거야."

"너도 참."

덤덤하게 전하는 내 대답에 주현이가 갸름하게 눈을 뜨고 금세 흘겼다. 난 주현이 눈빛을 외면했다. 절대로 이번 생을 여기서 마무리하고 싶지 않다. 굳은 내 결심에 주현인 매번 한숨 푹푹 쉬었다.

"요새는 국가균형발전이다 뭐다 해서 혁신도시도 세우고, 서울에 있을 거 여기에도 다 있잖아. 꼭 서울을 고집할 필요가 있니?"

주현이가 마치 정부 대변인처럼 연설을 늘어놨다. 이 친구가 언제 이렇게 정책에도 관심이 있었는지. 아무래도 공무원 남편 영향인 듯했다.

"인프라 문제가 아니야. 그냥 여길 벗어나고 싶어. 넌 알잖아, 이 숨 막힘. 나 이 동네에선 절대 그거 못 뚫어."

"뭐가 그렇게 턱턱 막혔니?"

진심으로 걱정하는 주현이의 얼굴에 그늘이 드리웠다. 걱정으로 가득 찬 눈빛은 마치 눈물이 쏟아질 것처럼 흔들렸다. 일전의 재욱이와 똑같이 측은한 눈빛이다. 그렇게 불쌍하게 볼 정도는 아닌데, 언제부턴가 주현이가 날 애석하게 쳐다볼 때가 많아졌다. 이 주제로 대화를 더 했다간 도돌이표가 예상돼 화제를 돌렸다.

"민준이 어린이집 끝날 시간 다 됐지? 그만 가 봐. 난 여기서 책이나 읽다가 들어갈게."

"또 그 책이야? 요새 그것만 읽는 거 같은데?"

주현이가 내 손엔 들린 얇은 소설책을 흘겨보며 자리에서 일어났다. 난 대꾸 없이 미소와 손짓으로 그녀를 보내곤 책을 펼쳤다. 이 책 읽으면서 집으로 돌아갈 막차를 기다리는 게 내 휴일의 마무리였다.

본디 독서는 나를 견디게 하는 유일한 버팀목이었다. 처음엔 자기계발 도서만 읽었다. 지금은 '위잉위잉 착착 쿵쿵'만 하고 있지만 언젠가 서울에 올라가 부를 축적할 그날을 위해 유비무환 자세로 두루두루 섭렵했다. 먼저 읽은 책은 〈아침형 인간〉이고, 뒤이어 읽은 책은 〈시크릿〉이었다. 모두 자기계발의 고전쯤 되는 책이다. 이후에도 긍정, 습관, 메모, 성공, 미라클이란 키워드로 책들을 읽어 나갔다.

요새는 '돈'과 '부'를 키워드로 한 책들이 유행이더라. 자기계발을 기본으로 한 경제도서를 읽을 땐 무언가 다 잘 풀릴 것 같고 자신감도 넘쳤다. 당장이라도 내 삶을 바꿔줄 것 같은 그런 희망고문. 그러다 비슷한 책을 연이어 읽었더니 슬슬 짜증이 났다. 이래라저래라, 감 놔라 배 놔라. 자꾸 답을 알려주려고 하는 게 꼭 꼰대같다는 생각이 들었다.

이게 다 서울로 언제 떠날지 기약이 없어서다. 내 삶은 여전히 벗어날 수 없는 반복의 굴레인데 언제 일어날지도 모르는 변수를 위해 긍정적 태도만을 강요시키니 짜증이 났다.

이후에는 뭘 알려주고 싶어서 쓴 책인지 스스로 생각하게 하는 의미 불명확한 소설들에 관심을 뒀다. 세계 문학 전집은 읽기가 너무 힘들었다. 뒷부분 해설이 잘 나와 있어 그걸로 본 셈 쳤다.

요새는 현대소설을 자주 봤다. 그중 한국작가들이 쓰는 적은 분량의 단편소설이 잘 읽혔다. 많은 의미를 함축하고 있어 그 의미를 제멋대로 풀이하는 오독이 쏠쏠했다. 〈그대는 뜨거웠다〉이 책이 그 정점이었다.

이 책은 한 달 전에 서점에서 아무 생각 없이 잡은 단편 소설책이었다. 여자의 붉은 입술과 남자의 목덜미가 섹시하게 그려진 몽환적인 표지에 혹해 구입했다. 그런데 소설 속 주인공은 사람이 아니라 모기였다. 모기가 우화가 맞는지 모르겠지만, 모기의 시선에서 본 우화소설이란다.

처음엔 어떤 정신 나간 인간이 이런 소설을 썼을까 작가를 확인했는데 '미상'이었다. 모기 이야기 따위를 읽어야 하나 싶었지만, 막상 책장을 넘기니 흠뻑 빠져들었다. 또 문장들이 아름다워 되새겨보기에도 좋았다.

암컷 모기 이름은 '모스키토'다. 모스키토는 산란을 위해 인간이나 가축의 피를 빨아먹으며 살아갔다. 어느 날 우연찮게 모스키토는 환풍구에서 스며 나온 은은한 향기에 이끌려 배우의 집으로 날아들었다. 그의 목덜미를 흡입하고 나니 피가 달콤해서 모스키토는 그곳에 정착하게 됐다.

모스키토는 이후에도 남자 배우에게 흠뻑 빠져 헤어 나오질 못했다. 그녀의 애정 공세에도 불구하고 남자 배우는 잡으면 사지를 찢어버린다고 발악했다. 모스키토의 짝사랑이 아련하게 느껴졌다. 이 작가의 필력이 대단한 건지, 쓸데 없는 것에 감정을 입히는 내가 이상한 건지 깊게 고민하지는 않았다.

어쨌든 모스키토는 그가 괴로워하는 것을 뒤늦게 눈치챘고, 자신의 사랑이 집착이었다는 것을 알게 됐다. 나만 행복한 사랑은 진정한 사랑이 아니다, 상대가 슬퍼한다면 짝사랑은 하지 말아야 한다는 것도 깨달았다. 모스키토는 그때부터 남자 배우의 피를 취하지 않았다.

하지만 이는 자연순리를 무시한 저항이었다. 암컷 모기는 알을 낳기 위해 피라는 훌륭한 영양분을 공급받아야 한다. 그런 암컷 모기가 흡혈을 하지 않겠다는 건 후손을 번식하지 않겠다는 천명과 다름없으니, 저항이라 부르지 않을 이유가 없었다.

결국 사달이 났다. 며칠 후 모스키토가 번식을 하지 않는다고 하자 압구정모기협회에서 그녀를 두고 청문회를 열었다. 네가 하늘의 뜻을 어길 생각이더냐, 협회장이 윽박지르니까 모스키토는 저는 이제 더 이상 사람의 피를 흡입하지 않겠습니다, 선언했다.

모스키토는 압구정모기협회에서 쫓겨났다. 대한민국도 저출산 국가로 낙인찍혀 출산정책이 마구 쏟아지는 상황인 만큼, 모스키토에 대한 처벌은 어느 정도 이해됐다. 그녀는 죽을 때까지

방구석에 몰래 숨어 남자 배우를 지켜보다가 세상을 떠났다고 했다. 사랑하는 사람을 위해 희생한 모스키토의 삶이 쓸쓸했다.

나는 왜 이 작가는 이런 소설을 썼을까 풀이해 봤다. 모기는 세상에 필요 없는 생물체라고 생각했는데, 왜 작가는 모기의 입장에서 희생이란 표현을 썼을까? 내가 볼 때 모기 덕에 혜택 볼 곳은 에프킬러나 홈매트 회사 정도밖에 없다. 그래서 나는 작가가 뭘 전하고자 하는지 그 메시지를 이해하려고 책을 보고 또 봤다.

반복 독서 끝에 나만의 오독을 깨우쳤다. 모스키토는 인내할 줄 알고 기다릴 줄 아는 모기였다.

책 중반부 부분이다. 제닝스라는 모기가 모스키토에게 찾아간 때다. 인간의 손에 죽지 않고 많은 피를 흡입하는 비법에 무엇이 있는지 물었다.

모스키토가 답했다. 우리가 가장 많은 피를 공급받을 수 있을 때는 인간이 잠에 드는 시간 때이다. 그러나 욕심을 부려 평소보다 많은 피를 가져가면 인간은 잠에서 깨어나 발악한다. 소 뒷걸음질에 쥐 잡히듯 우리는 그들의 손에 어이없게 죽게 될 것이다. 그러니 인간이 우리에게 피를 줄 수밖에 없는 상황을 만들라는 것이었다.

모스키토가 말한 건 '마인드컨트롤'이다. 마인드컨트롤은 본인이나 누군가의 마음과 정신을 조종하는 능력이다. 모스키토는 모기가 사람에게 피를 뽑지 않는다는 인식을 심어주고, 몰래 조금씩 천천히 피를 흡입하는 것이 현명하다고 했다. 그러기 위해선 한 사람의 피를 한시간 이전에 또 가져가면 안 된다.

제닝스는 그렇게 하면 너무 오래 걸리니 좋은 방법이 아니라고 고개를 저었다. 모스키토는 여기서 헤르만 헤세의 〈싯다르타〉를 언급하며 '사고하고, 기다리고, 단식하라'는 메시지로 설득력을 더했다.

단식할 줄 알아야 욕망이 사라진다. 그러면 조급함도 사그라진다. 조급함이 사라지면 좀 더 여유 있게 사고력을 키울 수 있다. 이게 핵심이다. 다른 말로는 시나브로 전략이라고 한다.

모스키토는 시간을 가지고 조금씩 사람의 피를 가져갔다. 인간이 집중적으로 물리지 않으면 그저 제 손으로 물린 곳만 긁을 뿐, 불 켜고 모기를 잡으려고 하지 않는다는 것을 생각해 낸 것이다. 인간을 자극하면 그들은 홈매트와 에프킬러로 모기를 박멸하려는 것을 알았기 때문이다. 모스키토야 말로 '위잉위잉 착착 쿵쿵'의 반복적 매뉴얼에서 벗어난 창조경제의 핵심, 까지는 모르겠지만. 그래도 이 책이 나를 인내하게 하고 기다리게 한 건 사실이다.

당장이라도 상산읍을 뜨고 싶은 마음을 가라앉게 했던 건 순전히 〈그대는 뜨거웠다〉 이 책 덕분이다. 〈싯다르타〉가 머리로 느끼게 했다면 이 책은 가슴으로 느끼게 한 셈이다.

작가에게 고맙다. 얼굴을 꼭 한번 보고 싶다. 그는 남자일까, 여자일까? 또 연령대는 어떻게 될까? 그나저나 저자는 정말 모기가 협회를 가지고 있다고 믿고 있을까?

✽ ✽ ✽

위잉위잉, 착착, 쿵쿵. 포장 검수 작업은 오늘도 이상 무다. 옆에서 깐족대는 채나권 반장도 변함없이 거슬렸다. 곁에 와서 내 어깨 툭툭 치며 격려라고 하고 앉아있는데 손에 있는 도장으로 이마를 콱 찍고 싶었다. 귀찮게 하지 말고 저리 가라니까 오늘도 야근 안 할 거냐고 물었다.

회사엔 짜증투성이가 너무 많다. 바빠 죽겠는데 반장이 농담 따먹기나 하고, 쉬는 시간엔 남자들이 치근덕대기나 하고, 점심 시간에는 밥 먹으러 뛰어나가는 애들 때문에 늦게 먹기나 하고. 맛없는 건 덤이고. 그리고 야근 안 하면 승합차가 움직이지 않는 것은 뚜껑 열릴 정도이고. 이곳에선 화가 안 나는 게 이상할 정도다.

반장이 계속 건드리기에 좀 가라고, 발길질 시늉해서 간신히 쫓아냈다. 흥분을 많이 해서 그런지 숨이 좀 가빴다. 짧게 호흡하면서 마음을 쉬이 가라앉혀봤다. 분노 조절 못 하는 성격은 아닌데 오늘따라 유난히 예민했다.

마침 재욱이가 현장을 찾아왔다. 현장에 자주 오는 편은 아닌데 그나마 재욱이가 현장에 올 때면 그게 그렇게 반가웠다. 그런데 나와는 달리 재욱이 표정이 불편해 보였다. 안색이 좋지 않았다. 입술까지 파랗게 질려 있었다. 그의 얼굴을 뚫어지게 쳐다봤다. 고개 숙인 재욱이는 새어 나오는 한숨을 못 이겨내고 허공으로 흘려보냈다.

할 말 있어서 온 것 아니냐고 옆구리를 쿡 찔렀으나 미동도 없다. 왜 오늘따라 너마저 날 답답하게 하냐. 나 지금까지 숨 턱턱 막혀서 죽을 뻔했으니 답답하게 하지 말라 화를 내려 했다. 그가 다음 말을 전하기 전까진.

"조기 퇴근해."

그가 퇴근이란 말을 전했지만 제대로 못 들었다. 확인차 응? 되물었다. 찰나에 재욱이 눈에 눈물이 맺혔다. 눈물? 황당해서 헛웃음 지었다. 마침 그의 왼쪽 눈망울에서 한줄기 눈물이 뚝 떨어질 때에서야 나는 아, 탄식했다.

심장도 덜컹 내려앉았다. 가슴께에서 주먹을 꽉 쥐었다. 말하지 않아도 알 것 같은 이 기분. 재욱이를 응시하고 있던 나는 눈을 스르르 감고 고개를 떨쳤다. 시간이 지나면 알아서 올 그날이 왔다.

❀ ❀ ❀

검은 물결이 상산 장례식장을 짙게 물들였다. 통곡은 하늘을 흔들 정도로 우렁찼다. 향 타는 냄새는 뿌옇게 실내를 가득 덮었다. 복도에는 거대한 화환들이 줄지어 세워져 있었다.

아버지는 무릎이 나갈 정도로 조문객들에게 셀 수 없이 절을 했다. 남동생도 이날만큼은 아버지 옆에서 숙연하게 절을 함께 올렸다.

참 대단한 분이셨지, 육개장 먹는 조문객들이 할아버지 업적을 떠올리며 고개를 끄덕거렸다. 한쪽 구석에선 화투 감기는 소리가 착착 들렸다.

난 기계적으로 움직였다. 동창들이 하나둘씩 찾아올 때마다 밥상을 차려주고, 이들이 떠날 때까지 옆을 지켰다.

저녁이 되자 주현이도 남편을 데리고 왔다. 보자마자 나를 안아줬다. 주현이는 할아버지 웃으면서 가셨다며, 넌 최선을 다했어, 내 등을 어루만졌다.

아버지께서 말씀해 주길 할아버지가 눈을 감기 전에 지영이 얼굴은 보고 가야 하는데, 라는 말을 남기셨다고 했다.

뒤이어 재욱이도 도착했다. 얘는 아까도 울더니 또 울고 있었다. 감수성이 이렇게 넘쳤나 싶다.

그나저나 내가 눈물이 안 나와서 곤란했다. 곧 할아버지가 돌아가실 거라 예견하고 미리 마음의 준비를 했던 탓일까. 친구들은 할아버지 병간호만 하며 세월을 보낸 나를 잘 알기에 그만큼 애틋할 것이라고 생각했다. 맞는 말이다. 그런데 눈물이 나오지 않았다. 괜히 친구들 기대에 부응하지 않는 것 같아 민망하기도 했다. 나는 할아버지 얼굴을 언제 봤나 싶을 정도로 기억이 가물가물했으니, 이미 예전부터 할아버지를 놓아주고 있었나 보다.

밤이 깊어지자 조문객 발걸음이 드문드문했다. 엄마는 아버지에게 좀 쉬라고 했다. 나와 눈이 마주친 아버지는 나를 밖으로 데리고 나와 담배 한 대를 달라고 하셨다. 이걸 줘도 되는 건지 헷갈렸지만 일단 드렸다. 나보고 같이 피자고 했다. 아버지 말로 맞담배는 부자간에만 안 태우면 된다고 하셨다. 그래도 보는 눈이 있는데 부녀가 밖에 나와 맞담배 태우는 꼴은 썩 좋아 보이지 않아 안 폈다.

"그동안 고생했다. 할아버지 돌아가셨는데도 별 이상 없이 잘 받아들여 줘서 고맙구나."

이상이 없을 리야 있나. 티를 안 낸 거였다. 내가 울지 않으니 아버지가 이런 말을 하는 것 같았다. 빨리 눈물이 나야 할 텐데.

연초를 필터 끝까지 다 태우고 나서야 아버지는 돌아섰다. 동시에 내 얼굴을 쳐다보지도 않고 지나가면서 이제 너 하고 싶은 거 하고 살아, 한 마디 던졌다.

딸이 원하는 것을 해주지 못했다고 자책한 아버지. 특히 나를 대학교에 보내지 않은 것을 평생 후회했다. 나는 무덤덤한 척했지만 이게 숨길 수 있었겠나. 아니, 오히려 내가 티를 안 내도 알아서 내 맘을 알아주길 원했는지 티 안 내는 척 티 많이 냈다. 그런데도 막상 아버지에게 저 말을 듣고 나니 속이 허했다.

아버지가 완전히 시야에서 멀어질 즈음 구석에 가서 담배에 불을 붙였다. 한 모금 길게 연기를 뿜고 나니 목이 따가웠다. 눈물샘이 차오르는 것으로 보아 언제든 눈물 흘릴 준비는 돼 있는 것 같았다. 아직 맺힌 건 아니었지만.

후, 두 번째 연기를 뿜고 나니 설움이 북받쳤다. 내 인생을 왜 할아버지에게 바쳐야 하나 원망할 때가 많았다. 남들 다 가는 대학도 못 가고, 남들처럼 내 월급 고스란히 나를 위해 쓰지도 못했고. 그게 그렇게 억울했다.

세 번째 연기를 뿜었다. 내 무능함은 뒤로하고 할아버지 탓만 하며 초라한 삶을 떠넘기려 했던 게 죄송하긴 했다. 담배 한 모금 한 모금이 태세 전환 오지게 한다.

네 번째 연기를 뿜었다. 죄송할 게 또 있다. 나는 재욱이에게서 할아버지 부고를 듣고 안심했다. 정말 그랬다. 나 서지영 이 미친 년은 정말로 이제 끝났다고 생각해 해방감마저 느꼈다. 이 속마음 아마 평생 누구에게도 말 안 하고 나 혼자 안고 살아가겠지.

다섯 번째 연기를 뿜었다. 눈가에 눈물이 살짝 맺혔다. 순간을 놓치고 싶지 않아 꾹 눈을 감고 쥐똥 눈물을 볼까지 흘러내렸다.

하루가 지났다. 머리를 감지 않아 가려웠다. 벽에 기대어 뒷머리를 긁었다. 동시에 팔을 무릎에 댄 채 초점 없는 눈으로 멍하니 먼 곳을 바라봤다.

조문객은 오늘도 많았다. 채나권 반장도 왔다. 그는 우리 생산라인 직원들 돈을 한데 모은 부조금을 건넸다. 가납사니 반장이 오늘은 근심 가득한 표정으로 날 격려해줬다. 이 인간도 이럴 땐 진지했다.

주현이는 아이를 친정에 맡기곤 종일 내 곁에서 일을 도왔다. 오히려 내가 주현이보다 일을 안 했다. 주현인 나 대신 본인이 일하는 것이니 나보고 쉬라 했다. 감동 주는 친구. 넌 왜 먼저 결혼했니. 너만 결혼 안 했어도 내가 그렇게 서울에 가겠다고 발악하지 않았을 텐데.

그 무렵 내 또래로 보이는 잘생긴 남자가 내게 인사를 하곤 안으로 들어왔다. 숙연한 얼굴로 향을 피우곤 절을 올렸다. 아버지와 맞절을 한 그 남자는 짤막하게 인사를 한 뒤 악수했다.

"좋은 곳으로 가셨을 겁니다. 함께 명복을 빌게요. 앞으로 이 집안에는 좋은 기운과 함께 행복한 일만 가득하길 바랍니다."

"고맙습니다."

남자는 아버지에게 상황에 어울리는 대사인가 싶은 말을 사무적인 어조로 전했다. 별로 잘 웃지 않는 아버지는 뭐가 그렇게 좋은지 활짝 웃으셨다. 영정사진 앞에서 이게 웃을 대목인가 싶었다. 게다가 별말도 안 했는데 왜 저렇게 아버지는 행복한 미소를 짓는 건가.

남자는 야무지게 입꼬리를 올리곤 고개를 끄덕였다. 여긴 지금 초상집인데 이 남자는 뭔가 자리를 편안하게 만들어 주는 이상한 마력을 갖고 있다. 함께 온 사람이 없는 걸 보면 할아버지와 개인적 친분이 있나 보다. 나와 또래로 보이는 이 젊은 남자는 할아버지랑 무슨 연이 있는 걸까. 궁금했던 찰나 아버지가 남자에게 물었다. 나와 동생은 덩달아 시선을 그 남자에게 던져 그의 대답을 기다렸다.

"과거에 저희집이 서백 어르신의 은혜를 받은 적 있습니다. 밤나무골 최운학 어르신 딸 최명자 아들 서은우라고 합니다."

"아, 명자 아들이었군요!"

아버지는 이제야 알겠다는 듯 화색이 돌았다. 그사이 엄마도 어디서 듣고 헐레벌떡 오더니 대뜸 남자의 손을 잡았다.

"진짜 명자 아들이야?"

엄마는 남자의 손을 꼭 붙잡고 한쪽 구석 테이블로 끌고 가 자리에 앉혀 직접 상까지 차렸다.

"명자의 아들이 이렇게 컸구나."

엄마는 옆에 서 있던 나를 자리에 앉혔다. 방심한 나는 엉덩방아 찧듯 자리에 앉았다. 처음 본 남자 앞에서 기품 없이 망신살이다. 다시 보니 처음 본 얼굴은 아니었다. 확신은 없지만 이름만 말하면 금세 알아차릴 것 같은 그런 얼굴이었다.

"이 아이 혹시 기억나려나 모르겠네?"

엄마가 나를 내세워 혼자 말하듯 남자에게 물었다. 남자는 육개장을 후루룩 마신 후 멀뚱히 나를 쳐다봤다. 나도 쳐다봤다. 그래, 확실하다. 저 얼굴 또렷하게 기억났다. 우리 집에 놀러 왔던 그 서울 꼬마가 맞다. 이 남자가 바로 서은우다.

서은우는 나를 보며 미소를 지었다. 그도 내가 떠올랐나 보다, 생각하자마자 자기가 아는 분이냐고 물었다. 그의 물음에 나는 턱 빠지듯 입이 벌어졌다. 난 기억이 있는데 그는 내가 기억에 없단다.

우리 셋 사이에 정적이 흐르자 엄마는 민망함을 감추려고 크게 웃어넘겨 상황을 빠르게 수습했다.

"예전에 우리 집에 왔을 때 동갑내기 여자애 기억나지?"

"물론 기억나죠."

"얘가 우리 딸."

"아!"

난 저 남자의 가짜 깨달음을 얼굴에서 봤다. 전혀 기억이 나지 않는데 예의상 기억하는 척 맞장구치는 저 남자의 무미건조한 반응을 또렷하게 간파했다.

그는 나를 왜 기억 못하지, 고개가 갸우뚱했다. 초등학교 4학년인가, 5학년인가 그랬는데 그때 기억이 전혀 없다니. 내 존재가 그에게 그렇게 하찮았나 싶다.

반가워요, 말하는데 대답 대신 인상 구기고 쓴웃음으로 답했다. 일전에 재욱이에게 서은우 소식을 들었을 때, 언젠가 마주칠 날을 기대한 적이 있다. 모두가 상산읍을 떠나지 말라며 나를 말릴 때 그 어린 초등학생이 내 마음을 알아주고 '서울로 올라와, 내가 환상을 보여줄게' 했던 그 말을 잊지 않았기 때문이다.

난 여태 그 말을 '잡을 순 없지만 희망을 주는 말'이라 생각하며 살아왔고, 그래서 고맙다고 전하고 싶었다. 그런데 날 모르다니. 허무함을 넘어 초라해진 나는 제 스스로 쥐구멍을 파고 숨고 싶었다.

장례 마지막 날이 됐다. 전날 밤에 두통이 심하게 와서 비명을 질렀다. 그때 엄마는 예상이라도 했다는 듯 내게 알약 몇 알을 먹였다. 두통약이라고는 믿기 어려울 만큼 알이 굵었다. 전에도 먹은 것 같았는데 성분은 전혀 모른다. 엄마는 그저 해리성 기억 상실증을 해소하는 것에 좋은 약이라고 내게 먹였다. 희한하게 먹고 나서 십 분 정도 졸고 나면 씻은 듯 나아지긴 했다. 그렇게 버텨내고 발인까지 온 셈이다.

아버지 친구들이 열심히 흙을 퍼서 천으로 칭칭 감겨진 할아 버지에게 따스한 이불을 만들어줬다. 황토색 흙이 할아버지를 덮을 때마다 내 마음도 무겁게 짓눌렸다. 어깨 위 짐처럼 느껴졌 던 할아버지가 어깨에서 내려오니 한결 가벼워졌을 거라 생각했 던 내 착각은 어디에도 없었다.

흰 자국 선명한 저고리로 눈물을 찍어 내면서 주변을 둘러봤 다. 멀리 서은우가 발인을 지켜보고 있는 게 눈에 보였다. 그때 인사하고 서울로 떠난 줄 알았는데 오늘까지 자리를 지키고 있 는 줄은 몰랐다. 왜 그는 지금까지 자리를 지켰던 걸까. 해산할 무렵 그가 내게 말을 걸 때가 돼서야 그가 남아있던 이유를 알게 됐다.

"어머니에게 얘기 들었어요. 이거 받아요."

서은우가 내게 명함을 건네주었다. 명함에는 '사람저널'이라 고 적혀 있었고, 직함은 대표이사라고 쓰여 있었다. 기자 출신이 었다고 하더니 어린 나이에 벌써 독립신문사 발행인이 됐다. 서울에 있으면 이런 성장의 기회가 널린 걸까. 나는 그가 능력이 뛰어나다는 것은 차치하고, 그저 서울에서 활동하기에 이 정도 성장할 수 있다고 생각했다. 나는 마이클 샌델 교수의 말을 신봉하기 때문이다. 정해진 환경이 바꿔줄 뿐, 열악한 환경에 놓인 일반인들은 절대 성공할 수 없다. 그래야 배가 안 아프다.

"생각 있으면 49재 끝나고 서울로 와요."

"왜 알지도 못하는 제게 호의를 베풀죠?"

"서백 어르신 손녀딸 아닙니까? 그 정도면 충분히 도울 수 있는 자격이 되지 않을까요?"

"저를 기억도 못하는 것 같은데요?"

"이 동네 친구들과 놀았던 기억, 제겐 소중한 추억입니다. 그중 한 분이 서지영 씨이지 않습니까?"

기억나는 건 '그중 한 분'밖에 없는 걸까? 우리 그래도 나름 재밌게 놀았던 것 같은데. 서은우는 주먹을 살짝 말고는 고개를 돌려 헛기침을 한 뒤 다시 나를 쳐다봤다.

"서지영 씨 어머니께 얘기를 좀 들었어요. 그동안 할아버지 병간호하는 데에 시간과 비용을 모두 써서 아무것도 하질 못했다고요. 어쩌면 당신에겐 지금이 마지막 기회일 수도 있어요. 제가 당신을 서울로 인도해 드리겠습니다."

나는 머뭇거렸다. 서울로 가겠다는 마음을 접은 적은 한 번도 없다. 어깨에 짊어지고 있는 짐만 덜어내면 곧바로 서울로 가겠다고 수없이 다짐했었다. 그런데 지금은 뭔가 이질감이 들었다.

"혼란스럽나 보네요. 어쨌든 지금은 어르신의 마지막 길을 끝까지 함께하는 것에만 신경 쓰세요. 사십구 일 후에 결정 내리시면 전화 주세요."

그 말과 함께 서은우는 돌아섰다.

❀ ❀ ❀

위잉위잉, 쿵쿵, 착착. 아, 순서가 바뀌었다. 위잉위잉, 착착, 쿵쿵. 일이 손에 잡히지 않았다. 서은우가 서울로 오라고 제안한 이후 내 21세기판 〈모던타임즈〉의 기계적 매뉴얼이 자꾸 꼬였다. 언제나 일하면서 잡생각 잘 했고, 지금도 변함없다. 그래도 실수가 없었는데 실수투성이다. 손에 기계적 결함이 왔다.

반장은 내 초보적 실수에도 화를 내지 않고 안 어울리게 인자한 미소를 짓고 넘어갔다. 그는 내가 할아버지를 잃은 슬픔 때문에 일을 못하는 것 같으니 쉬엄쉬엄하라고 격려했다.

내 문제는 할아버지가 아니다. 할아버지에겐 미안하지만 서울 드림을 유혹한 서울 사람의 명함이 날 흔드는 중이다.

그런데도 공장 동생들까지 내 얼굴을 보고는 버림받은 똥강아지 보듯 불쌍하게 쳐다봤다. 승합차 기사 아저씨도 격려했다.

동네에서 할아버지 돌아가신 손녀가 나만 있는 것도 아닌데 다들 나만 너무 불쌍하게 쳐다봤다. 겉으론 달게, 속으론 쓴웃음 지으며 적당히 장단 맞춰주긴 했지만 슬슬 짜증이 났다. 지긋지긋한 동정심 눈빛에 환멸을 느꼈다. 그렇게 생각하니 당장이라도 서울에 올라가고 싶어진다.

언제는 한번 읍내가 한눈에 들어온 적 있다. 지금까지 봐 왔던 전경과 달라진 게 없는데 새삼 달리 느껴졌다. 일방통행인 1차선 도로와 덕이네, 순이네, 수철이네 등 자식 이름 걸린 주변 상가 간판. 와중에 달달달 1차선 도로를 점령하는 트랙터. 저녁 일곱 시가 좀 넘은 시간인데도 몇몇 사람만 돌아다니는 한적한 인도.

그날의 우울한 기분을 해소하려고 재욱이를 만났다. 주현이를 만나고 싶었지만, 아들 민준이 목소리가 들려 그냥 끊었다.

그런데 재욱이를 만난 건 실수였다.

"너 요새 이상해. 아직 할아버지 때문에."

또 할아버지 얘기였다.

"할아버지 때문 아니야."

거기서 끝내야 하는데 듣다 보니 울컥했다.

"그 말 이제 짜증 나. 모두가 내 행동 하나하나 이상할 때마다 할아버지 언급하면서 날 위로하려고 해. 난 정말 할아버지 때문이 아닌데 남들이 할아버지 때문이라고 말하면 그게 아닌 나는 정말 내가 쌍년처럼 느껴진다고."

누구에게도 터뜨리지 못한 감정을 끝내 가장 소중한 친구에게 터뜨렸다. 거침없는 내 발언에 재욱이가 고개를 푹 숙였다. 애꿎은 재욱에게 화풀이하는 내가 싫었다. 그렇다고 이 부분 때문에 그를 만난 게 실수라는 것은 아니었다.

그에게 서은우 밑으로 들어가는 것에 대해 어떻게 생각하느냐 물었을 때다. 그는 갔다가 오라고 했다. 언제든 여기로 돌아올 수 있으니까 갔다가 오는 것도 나쁘지 않단다.

"결국 난 서울 생활에 지쳐 돌아온다는 거네? 네가 찬양하는 서울 쥐와 시골 쥐 이야기처럼 나도 서울 생활 지쳐서 다시 돌아온다는 얘기지?"

"응. 넌 꼭 돌아올 거야."

재욱이는 자신 있게 고개를 끄덕였다. 그는 내 서울 이상향을 긍정적으로 바라보면서도 부정적인 생각을 가졌다. 그 말을 들으니 괜히 오기가 생겼다. 정말 보란 듯 성공한 모습을 보여주고 싶었다. 서울 생활 마다하고 촌구석으로 귀향한 재욱이에게 내 신념이 맞았다는 것을 확인시켜 주고 싶다.

"지영아. 난 언제든 네가 오길 기다리고 있을게."

"네가 날 왜 기다려?"

이 말은 그냥 무시했어야 했는데 이 부분에서 재욱이를 부른 걸 더 후회하게 됐다. 대뜸 한다는 말이 "널 사랑하니까."라고 하는데 당황하지 않을 수 있나. 왜 뜬금없이 카페 유리창 너머 트랙터 지나가는데 고백하고 그래.

재욱의 눈동자는 일말의 미동조차 없이 확고했다. 굳게 다문 입술은 진지하다 못해 장엄했다. 아무래도 진심 같다. 괜히 불편해졌다.

웃어넘길 타이밍을 놓친 나는 커피나 한 모금 마시면서 시선을 돌리는 게 전부였다.

"그래, 알았어. 넌 나 많이 사랑하고 있어. 난 서울에 가서 질릴 때까지 이 남자 저 남자 다 만날 테니까."

농담 진담 섞은 한 톤 낮은 내 답에도 재욱이는 기다리겠다고 재차 반복했다.

3장

위잉위잉, 쪼르르, 퉤퉤. 서울 생활 한 달째. '사람저널' 신문사 입사 후 여기서 내 귀에 들리는 소리가 저것뿐이다. 별다른 의성어는 필요 없다. 그냥 내가 정했다.

위잉위잉. 전자동 커피머신에서 에스프레소가 추출되는 소리다. 쪼르르. 완성된 에스프레소가 커피잔에 쪼르르 떨어지는 소리다. 그리고.

"서지영 씨. 커피 멀었어요?"

탕비실 밖 서은우가 국밥집에서 사장님에게 깍두기 한 번 더 달라는 듯 당연한 어투로 내게 말을 휙 던졌다. 나는 멀리 있다는 핑계로 대답하지 않았다. 그러자 서은우가 한 번 더 서지영 씨, 불렀다. 나는 못 들은 척 내 공정과정을 마무리했다.

퉤퉤.

며칠 전으로 돌아가 본다. 상경 첫날부터 정신없었다. 당일 서은우가 터미널로 데리러 온다고 했다. 근처에서 담배 태우며 기다렸더니 대뜸 녹색 모자 쓴 할아버지가 그 자리에서 벌금을 부과했다. 우리 동네에선 볼 수 없는 풍경이다. 선처도 에누리도 없어 눈 감으면 코 베어 간다는 한양의 면목을 값싸게-비쌀 수도-경험했다.

'사람저널' 사무실은 마포에 있었다. 그는 마포역 근처 월세 구십만 원짜리 오피스텔 하나를 떡하니 마련해 놨다. 교통비 아낄 겸 회사랑 최대한 가까운 곳으로 알아봤다고 한다. 그때는 왜 나를 회사 옆에 두게 했는지 몰랐다. 시간 지나 생각해 보니 집이 가까워서 쉬는 날에도 언제든 부를 수 있다는 계산이었다.

대로변을 걷고 보도 육교를 넘고 골목 안쪽으로 들어가는 데는 십오 분이면 충분했다. 골목 초입까진 세련된 건물들이 즐비했는데, 이 화려한 건물들을 뒤로하고 이십 층짜리 허름한 건물에 사무실이 있다는 것은 무척이나 실망이다.

쩍쩍 갈라진 저층 외장벽돌들이 서로들 새치기라도 하려는 듯 탈락할 것 같은 착시현상을 경험했다. 고개를 위로 올려 고층 마감재도 쳐다봤다. 낡은 석재 패널이 부식된 것처럼 색색이 흐릿했다. 상산읍에도 저렇게 낡은 건물이 있었나 싶다.

엘리베이터는 더 가관이다. 8층 버튼을 누르려는 순간 사람들이 떼로 몰려들어 와 엘리베이터를 점령했다. 8층밖에 안 되는 곳을 올라가는 데 십 분은 걸린 것 같다.

8층에 도착해서도 한참을 헤맸다. 조그만 건물에 회사들이 문 하나를 두고 다닥다닥 붙어있는 게 마치 재래시장을 연상케 했다. IT기업이나 온라인 광고대행사들이 눈에 보였고, 신문사나 출판사라고 적혀 있는 곳은 한쪽 끝에 줄지어 있었다. 사람저널은 가장 외진 구석에 있었다.

직원은 네 명 정도 보였다. 책상도 다섯 개 정도밖에 안 됐다. 열 명 정도 직원이 있다고 했는데, 알고 보니 기자들은 각 출입처나 인근 기자실로 바로 출근한다고 했다.

서은우 집무실 안엔 다양한 책들이 책장에 꽂혀있었다. 족히 삼백 권은 넘어 보였다. 테이블 한쪽에는 〈사람저널〉 신문과 〈월간사람〉 잡지 100부 정도가 나란히 쌓여있었다.

"마실 거 드려야죠. 보이차 한번 드셔볼래요?"

그는 직접 다도구와 찻잔 세트를 서랍에서 꺼내왔다. 고동빛이 감도는 찻잔과 차를 우려내는 다관, 차를 식히는 숙우, 다관 뚜껑 받침까지 있는 찻잔 세트를 조심스럽게 테이블에 올려놨다. 구색을 제법 갖춘 모습이 퍽 고급스럽다.

"저희 어머니가 좋아하시는 차거든요."

차를 우리는 솜씨가 꽤 능숙해 보였다. 그는 다관에 뜨거운 물을 붓고 숙우에 차를 옮겨 식히더니, 고개를 들어 나를 바라보았다.

"어머니가 서지영 씨 보면 반가워하겠네요."

"절 기억할까요?"

"서백 어르신 손녀인데 기억 못 하실 리가요. 어머니는 제게 어르신을 평생의 은인으로 여기라고 하셨거든요."

어릴 적 서은우가 엄마 손 붙들고 우리 집에 처음 왔을 때가 떠올랐다. 그때 서은우의 어머니는 우시면서 할아버지에게 이 은혜를 잊지 않겠다고 한 적이 있었다.

"어머니랑 같이 살고 계세요?"

"지금은 아니고요. 좀 멀리 계신 데, 조만간 찾아뵈러 갈 거예요. 그때 한 번 서지영 씨 얘기나 들려줘야지요."

그사이 숙우에서 적당히 식힌 보이차를 내 앞에 놓인 잔에 쪼르르 따라주곤 마시라고 권했다. 조심스럽게 입에 대어 진하게 우린 보이차 향을 혀끝에 녹였다. 부드럽게 넘어가는 보이차가 적당히 쓴맛을 내니 코를 찡그리게 한다. 찰나에 나를 쳐다보는 서은우와 눈을 마주쳤다. 눈빛이 사람 좋게 보였으나, 반면 그 내면은 왠지 모르게 견고해 보이는 눈빛이다. 사뭇 진지해진 그의 표정에 덩달아 나도 표정을 죽였다.

"월급은 그때 말씀드렸던 그대로예요. 전에 일했던 곳보다 섭섭할 것 같은데 후회하지 않겠어요?"

"제가 선택한 거니까요. 근데 월세가 구십만 원이나 할 줄은 몰랐네요. 집세란 걸 걱정하며 살아본 적이 없다 보니."

이곳에서 제시했던 연봉에 실망하긴 했다. 공장에서 '위잉위잉 착착 쿵쿵'하며 받았던 월급의 백만 원 정도가 싹둑 잘린 셈이다. 방세 내고 밥 먹고 집에 돈까지 부쳐주는 게 가능할지 계산이 서지 않았다. 당분간은 모아둔 적금 깨서 생활해야 할 판이었다.

"당분간 월세와 식대 삼십만 원은 별도로 드릴게요. 그러면 좀 나아질까요?"

"방세를 내준다고요?"

"저희 어머니가 서백 어르신에게 신세를 많이 졌으니 그 정도는 해야죠."

그렇게까지 얘기하니 눈가에 눈물이 핑 돌았다. 순간 후광도 비췄다. 어쩜 모든 일이 잘 풀릴 거란 생각이 들었다. 다만 지나고서 생각해 보니 그 돈을 월급에 녹여주면 더 좋았을 것을, 따지지 못한 게 후회됐다.

"전 무엇을 할 수 있지요?"

"뭘 하고 싶어요? 민재욱 얘기 들어보니 학교 다닐 때 백일장도 나갈 정도로 글 좀 썼다고 하던데."

"글이야 뭐 쓰기만 했지, 잘 쓴다는 생각은 안 해봤어요. 설마 제가 기자가 되는 건가요?"

"나중에 생각나는 거 있으면 말씀하세요. 일단 저 따라다니면서 업체 사람들 좀 익혀요. 비서 역할은 아니지만, 당분간만 제 곁에서 보조하시면 됩니다."

이미 시킬 거 다 정해놓고 예의상 뭐 하고 싶은지 물어본 느낌이다. 가만 보면 서은우는 준수하게 생겼는데, 이상하게 저 익살스러운 면상이 맘에 들지 않았다. 특히 한쪽 입가 올리며 말할 땐 유독 심하게 장난기가 더 서렸다. 버릇은 아닌 것 같고, 놀리고 싶을 때마다 저런 뉘앙스를 풍기는 것 같아 한 대 쥐어박고 싶은 충동이다.

"일단 간단하게 제 소개부터 할게요. 저는 경제일보 금융·산업부에서 10년간 펜 기자를 했습니다. 보통 중소기업협회나 경제단체, 강소기업들을 취재 다녔죠. 거기서 맺은 인연들로 처음에 〈사람저널〉 후원도 받고, 그들의 미담을 중심으로 인물 인터뷰도 했습니다. 우리 사람저널은 사람 냄새 그윽하게 풍기는 휴머니즘을 지향합니다."

그는 듣는 둥 마는 둥 하는 내게 소개인지 자랑인지 모를 말을 열심히 이어갔다.

"특히 제가 내세우는 건 신속성, 시의성, 정확성 삼박자를 갖춘 기사의 품질입니다. 대부분 우리처럼 체계가 갖춰져 있지 않은 영세 신문사는 부장급부터 평기자까지 다 광고영업을 하는 경우가 많죠. 근데 출입처랑 엮이다 보면 쓰고 싶은 글을 못 쓸 때가 많아요. 그래서 돈은 저 혼자 벌 테니 기자들에겐 오로지 취재기사만 쓰라고 했죠."

"대표님은 영업만 하면 기사는 언제 써요?"

"저는 안 쓰죠. 편집국장 역할을 겸하고 있지만, 발행인으로서 최종 컨펌만 하고 있어요. 뭐 알아서들 다 잘하니까 신경 안 써요. 기사 쓸 시간에 저는 한 푼이라도 더 벌지 않으면 직원들 월급을 감당할 수가 없어요."

심각한 소리 같은데 사태 파악 불가할 정도로 태평하게 받아치니 나도 그러려니 했다.

사람저널의 기자들은 모두 서은우보다 나이가 많다. 대부분 각 언론사에서 연차가 되어 본격적으로 광고영업을 시키다가 도태된 기자들이 이곳에서 인생 이모작을 한다고 했다.

그런 기자들이라도 이렇게 경력자들을 모두 거느릴 정도라면 서은우가 그간 얼마나 치열하게 살아왔을지 짐작하게 했다. 특히 걱정할 거 뭐에 있냐는 듯 자신감 가득 찬 저 올곧은 표정이 신뢰를 준다.

"우리 잘 해봐요."

말투에도 힘이 있다. 익살스럽다가도 표정을 바꾸고 말을 하면 묘한 긴장감을 느껴 마른침을 꿀꺽 삼키게 한다.

그래, 내가 원하던 사람이 이런 사람이다. 주어진 일만 반복하며 사는 사람들에 물들어 나까지 의욕이 떨어졌던 지난날의 일상. 난 이제라도 이런 활동적인 사람을 통해 그 의욕을 이어받고자 한다.

나 혼자 그저 아무 내용 없이 심심한 다짐을 내세우곤 윗입술을 아랫입술에 덮었다. 찰나 그의 손이 대뜸 내 앞에 던져졌다. 우리 정말 잘해 봐요, 힘차게 전하는 그의 목소리와 악수를 권하는 손.

"앞으로 하루가 어떻게 가는지도 모르고 지나가게 될 겁니다."

가지런히 치아를 내밀며 해맑게 전하는 저 미소. 의미는 불명확하나 열정을 전해줄 지시 사항이 무엇일지는 내게 하나의 모험심을 자극하기에 충분했다.

"그나저나 궁금하지 않아요? 경력이 12년 정도밖에 안 된 제가 회사를 차리고 직원 아홉 명을 책임지고 있다는 게."

"궁금은 하죠. 대단하다고 생각하고 있어요."

말과 동시에 서은우가 내 곁으로 성큼 다가왔다. 그의 입술이 내 귓가에 닿았다. 흠칫 놀란 나는 뒷걸음질 대신 어깨만 들썩였다. 가슴팍이라도 밀쳐 냈어야 했는데 타이밍을 놓치니 그저 얼음이 될 뿐이었다.

"이건 지영 씨에게만 말하는 건데요. 사실 저는 마인드컨트롤 초능력자예요. 저는 말을 하면 말을 하는 대로 말이 이뤄지게 말을 하는 말하는 초능력자거든요."

난 내가 뭔 소리를 들은 건지 몰라 목을 뒤로 빼고 그와 거리를 늘렸다. 미간을 좁히고 노려보자 그가 웃었다.

방금 초능력이라고 했지?

그의 열정이 모험심을 자극하기 충분했다는 생각은 취소다. 어디 가서 객기 부리다가 운이 좋아 연명하고 있는 건 아닐까 불안한 마음이 스멀스멀 올라왔다.

이 불안감은 곧 며칠 뒤에 더 증폭됐다. 근무가 시작됐지만 난 그저 컴퓨터 앞에서 모니터만 바라보는 게 전부였다. 서은우는 아침에 출근하면 저녁이나 돼야 들어왔다.

회계팀 최명숙 부장은 내게 눈길 한번 준 적이 없다. 저분이 서은우 사촌누나라고 했다. 또 옆에는 스모선수만큼 거대한 덩치를 자랑하는 기무영 차장이라는 남자 직원이 쓸데없이 분주했다. 그는 출근하자마자 대걸레로 바닥을 밀었다. 내가 도와준다고 하면 괜찮다면서 그저 앉아서 쉬라고만 했다. 비하하듯 스모선수라고 표현한 게 미안할 정도로 다정한 직원이다.

오후 네 시 정도 됐을까. 서은우가 오랜만에 얼굴 비추러 사무실에 들렀다. 내게 눈을 마주치곤 손가락을 튕겼다.

"지영 씨. 손님 올 거니까 커피 두 잔만 사무실로 부탁할게요."

첫날 서은우가 내게 부탁한 게 하나 있었다. 편집부는 권한이 막강해서 대하기가 어려운 부서라고 했다. 사촌누나인 최명숙 부장은 나이가 많아 존중해 줘야 한다. 또 기무영 차장은 솥뚜껑만 한 손 덕분에 머신을 다루다가 두 번이나 부쉈다고 한다. 그래서 그는 가끔 손님 올 때마다 커피 좀 부탁한다고 나름 조심스럽게 말한 적이 있다.

지금 당장은 할 거 없으니 하겠다고는 했으나 기분은 영 좋지 않았다. 자기 커피는 자기가 타다 마셔야지, 시스템이 엉망이다.

투덜투덜 댔지만 그래도 나름 정성스럽게 머신에서 에스프레소를 제조하고 서은우 자리에 올려놨다. 그는 고개만 까딱하며 고맙다는 말을 대신하곤 커피 향을 음미하더니 후룩 마셨다. 그는 눈썹 두 개를 초승달처럼 추켜올리고는 내게 엄지를 척 내밀었다.

"너무 맛있는데요. 향은 말할 것도 없고, 입에 착 맞아요."

기계가 알아서 하는 걸 모르는 것도 아닐 텐데 괜히 띄워준다. 그의 넉살 칭찬에 헛웃음 치던 나는 시선을 옆으로 돌려 한쪽 입가를 길게 올려세웠다. 칭찬은 뭐든 좋은 법이다.

"앞으로도 좀 부탁드려도 될까요?"

"네, 뭐. 아직 딱히 할 일은 없는 거 같으니까."

이 말은 던지는 게 아니었다. 찰나를 놓치지 않은 그의 표정에 화색이 돈았다. 장난치고 싶어 입을 실룩실룩 익살쟁이 표정을 한껏 드러냈다.

"고마워요. 제가 요새 손님 받을 일이 많아서요. 급한 것만 마무리하면 같이 외근 나가도록 해요. 그전까진 우리 언론사에서 출판한 책들 좀 창고에서 한 번 읽어보고 계시고요."

서은우 개인 집무실 외에도 창고에는 꽤 많은 책이 있었다. 톨스토이 책부터 도스토옙스키, 빅토르 위고, 헤르만 헤세, 셰익스피어, 찰스 디킨스 등 세계고전문학부터 소크라테스, 니체, 칼뱅, 쇼펜하우어, 장자, 노자의 철학까지 다양하게 깔려있었다.

걸어 다니며 책들을 보는데 구석에 물에 젖은 미역처럼 머리를 축 늘어뜨린 여직원 두 명이 수그리고 앉아있는 걸 봤다. 편집부 직원들이다.

편집부는 기사가 편집부로 송고되기 전에 남는 시간 모두를 이 창고에서 죽치고 지낸다고 했다. 책이 주변에 깔려있어야 제목을 더 섹시하게 뽑을 수 있다고 했다. 이곳에 상주하는 걸 알고는 있었는데도 빛도 안 들어오는 곳에서 저러고 있으니 여고 괴담 분위기가 풍겼다.

조용히 무시하고 실용도서가 나열된 책장으로 걸음을 옮겼다. 출판사가 〈사람저널〉인 걸로 보아 이 책들이 사람저널에서 출간하는 책들인 것 같다. 아직 회사 다닌 지 며칠 안 돼서 그런가, '우리 회사'보단 '이 회사'가 입에 붙었다. 나는 지금도 제과 공장 소속이고, 이곳은 견학 온 회사 정도로 느껴졌다.

〈사람저널〉 책은 사람의 얼굴이 인화된 에세이가 대부분이었다. 적당히 사람 좋아 보이는 아저씨를 표지로 내세운 〈양념이 뜬다〉라는 책의 첫 장을 펼쳐봤다. 이 작가는 정부 포상 몇 개 받은 그냥 보통의 고추장 제조 하청기업 사장이다. 크게 내용은 없어 보였다.

옆에 〈빅브라더가 뜬다〉라는 책도 꺼내봤다. 이분은 여성 CEO다. 최첨단 CCTV로 기술 부문에서 장관상을 하나 받은 게 있다는데 내용은 그냥 그저 그랬다. 다음 책도 꺼내봤다. 사회복지사가 쓴 책이다. 이건 〈국가 예산이 뜬다〉이다. 죄다 '뜬다'이다. '아무튼', '~의 쓸모', '~의 힘', '~다만'처럼 '~이 뜬다'는 시리즈 이름이었나 보다.

책 목차를 보면 1장엔 대부분 그들이 자라온 환경이 서술돼 있다. 자기소개서 성장 과정에서나 쓰이는 '저는 근엄한 부모님 밑에서 성실하게 자랐습니다'만큼 진부했다. 이 출판사만의 아이덴티티라고 하기에도 좀 후져 보였다. 이런 책을 정말 팔려고 내놓은 건진 모르겠다. 대체 누가 읽는다고.

"서지영 씨, 서지영 씨."

본격적으로 책 좀 펼쳐보려는 찰나에 창고 밖에서 서은우가 불렀다. 두 번 부르는 것으로 보아 급한 일인 것 같았다. 첫 임무 개시라는 굳은 마음가짐으로 허겁지겁 창고를 나왔다. 스모선수 기 차장이 표지판이라도 자처한 듯 손가락권총으로 사장실을 가리켰다. 짧고 야무지게 고개를 끄덕인 나는 부르셨나요, 말함과 동시에 커피 두 잔만 달라는 이야기를 들었다.

손님이 와있었다. 곧 깔끔한 양복 차림의 중년 남성 네 명이 그의 집무실에 자리했다. 나는 자연스레 서은우와 눈을 마주쳤고, 그는 살며시 눈을 깜빡였다. 왼쪽 눈알에 '커', 오른쪽 눈알에 '피'가 쓰여 있었다. 옅은 한숨 뱉고 곧장 탕비실 가서 에스프레소를 추출했다.

멀리서 "저는 달달한 다방커피 마셔요." 걸걸한 중년 목소리가 들리자 이미 담긴 에스프레소 한잔을 신경질적으로 싱크대에 버렸다. 이어서 "저는 커피 마시면 잠을 못자서요, 주스 없나요." 들리자 한 잔 더 휙 버렸다. 덜그렁, 일부러 소리 내어 냉장고에서 주스를 꺼내 벅벅 뚜껑을 돌렸다. 신경 거슬리게 할 속셈이었으나 이 정도로는 서은우 집무실까진 들리지도 않겠다. 그래도 소박하게나마 저항해봤다.

에스프레소 네 잔과 믹스커피 한 잔, 주스 한 컵 쟁반에 올리고 집무실로 총총 걸어가는데, 스모선수 기 차장이 내게 애석한 눈빛을 보냈다. 그러게 왜 넌 손이 솥뚜껑만해서 이 짓을 못하니, 무언의 핀잔을 쏘아붙였다. 혹시 커피 따르기 싫어서 일부러 살찌운 건 아닌가 싶다.

며칠이 지나고 커피 심부름은 부쩍 더 늘었다. 처음엔 미안한 기색이라도 보였는데 이젠 표정 변화도 없다. 마치 내 할 일은 원래 이거였나 싶을 정도로 규칙적이고 체계적인 커피 제조의 반복이었다.

서은우는 피리 부는 사나이라도 된 듯 사무실 올 때마다 누굴 자꾸 주렁주렁 달고 왔다. 나와 눈을 마주친 그는 바로 손가락을 튕겼다.

손님도 한 사람이 아닌 여럿이 오는 바람에 가는 손이 바빴다. 소품종 대량생산이 버거워져, 나는 이제 그들이 자리에 앉으면 커피 제조의 신속·편리성을 위해 미리 "믹스커피 드릴게요."라고 한 품목만 유도했다. 중년들이라 달달한 거 좋아하겠지, 심산이었다. 착각이었다. 도시 아저씨들이라 그런지 커피의 세련됨이 혀에 배어있었다.

"사람저널의 에스프레소 기계가 거의 별다방만 하다지?"

천불 날 것 같은 온몸의 열기를 미소로 진화시키고 탕비실에 가서 기계를 돌렸다. 머신에서 위잉위잉 소리가 나자 레일타고 내게 다가오던 풍선껌이 떠올랐다. 피식, 실소가 나오기도 했지만, 금세 본전 생각나서 혀가 절로 안쪽 볼을 찌른다.

침이나 뱉어버릴까 보다.

백번 양보해서 커피 제조는 그렇다 치고, 설거지가 문제였다. 꼴에 '2050탄소중립' 시대를 맞이해 지구온난화를 걱정한다며 플라스틱과 종이 안 쓰기를 실천한다고 머그컵을 잔뜩 갖다 놨다. 고무장갑도 없어 맨손으로 설거지하니 손에 주름이 질 판이다.

며칠 뒤에는 "지영 씨! 지영 씨! 잠깐만 와 봐요!" 서은우가 부리나케 불렀던 적이 있다. 다급한 목소리에 뛰어간 나는 그의 입술을 보자마자 스테이플러로 입술을 찍어버리고 싶었다. 이젠 말도 하기 싫었나 보다. 입 모양만으로 커피를 주문했다. 인내의 끈은 이때부터 끊어졌다.

나는 서은우 커피에 나만의 첨가물을 부어야겠다고 생각했다. 위잉위잉. 에스프레소 머신에서 커피 추출하는 소리가 끝나면 쪼르르 커피를 머그잔에 담았다.

"서지영 씨. 커피 멀었어요?"

퉤퉤.

커피 공정을 끝마쳤다. 나만 아는 나만의 투쟁에 정점을 찍는 것이 요새 내 하루다.

❀ ❀ ❀

서은우는 기본적으로 밉상이다. 얼굴 생김새는 부모님 덕에 구색은 갖춘 것 같은데, 재간둥이인지 개구쟁이인지 모를 그 얼굴로 속을 긁으면 그게 그렇게 꼴 보기 싫었다. 초반엔 같은 나이임에도 그는 대표이고, 나는 말단 직원이라는 것에 자격지심을 느껴서 내가 이렇게 배배 꼬였나 싶었다.

꼭 내 자격지심만은 아닐 것 같다는 생각도 들었다. 그는 날 가지고 놀고 있다. 어릴 적 일도 기억나는데 안 나는 척하면서 장난을 즐기고 있는 듯 보였다. 내가 퉁명하게 받아치긴 하지만 대항하지 않고 참아내는 표정에서 그는 희열을 느끼고 있는 것도 같았다. 그렇다고 그에게 기분 나쁜 티를 낼 따위는 없었다. 내려놓으면 냉정하게 돌아볼 수 있다더니, 그는 내 고용주라는 것을 잊으면 안 됐다.

오늘만큼은 그러나 시답잖은 그의 농지거리를 참을 수 없었다. 금쪽같은 점심시간에 인근 카페로 불러놓고 대뜸 내 앞에 내놓는다는 것이 마라톤 신청서였다.

"마라톤 어떠세요? 시골에 사셨으니 체력 좋을 거 같은데."

지역감정 조장하는 소리를 아무렇게나 지껄여 놓고 눈치 없이 실실거리며 마라톤 팸플릿이나 보여주는 꼴이다.

이 팸플릿 속 행사는 교육부가 대형서점 및 10개 출판사와 함께 진행하는 '도서·산간 지역 도서관 짓기 희망의 나눔 기부행사'다. 행사 중에는 마라톤이 있었다. 서은우는 서점과 출판사들 연간광고 따내기 막바지에 이르렀고, 그에 대한 소소한 보답으로 마라톤 참가를 약속했다고 한다.

"십 킬로미터 마라톤이에요."

"저보고 여기 나가라는 건 아니죠?"

"기자들과 편집부는 그날 마감을 해야 해서 안 되고요. 명숙이 누님은 다리가 안 좋으셔서 못 가고. 기 차장은 뭐, 알지요? 저 혼자 뛸 뻔했는데, 지영 씨라도 있어서 다행입니다."

다행이라고 전하는 그의 얼굴엔 진심이 묻어나 있다. 천진난만하게 안도하는 저 표정에 감히 침 뱉을 자가 누가 있으랴, 본인도 그걸 안다는 듯 행동하니 기가 찰 노릇이었다.

"제 의견이라는 건 없나 보죠?"

"이날 일 있으세요?"

"있든 없든 의견은 물어보고 말씀하셔야죠. 이건 그냥 통보잖아요. 저는 쉬는 날에도 대표님이 나오라고 하면 나와야 해요?"

나는 그동안 참아왔던 것을 쏟아내기라도 하듯 빠른 말로 그를 힐난했다. 내 목소리에 떨림이 느껴지는 것으로 보아 조금만 더 탄력받으면 내 눈에서 눈물이라도 뚝 떨어질 준비태세였다. 이 남자 앞에서만큼은 눈물로 약해지는 꼴 보여주고 싶지 않아 급히 마음을 다스려봤다.

그나마 몰아붙이는 내 말투에 당황했는지 그는 눈을 동그랗게 뜨고 미안하다고 두 번 정도 사과했다. 대꾸할 줄 알고 미리 더 날을 세우고 있던 나는 괜히 민망해졌다. 이 또한 작전이라면 나는 그의 밑에 있는 동안 손바닥 위 장난감밖에 안 될 것 같다.

"그럼 나 혼자 해야 하나. 혼자 하면 심심한데."

그는 뒷머리를 긁적이며 동정이라도 사듯 혼잣말을 했다. 나는 못 들은 척 커피나 쪼르륵 마시며 시선을 다른 곳으로 돌렸다.

"그럼 대표가 아닌, 친구로서 부탁 좀 들어줄 수 없나요?"

"직원이 아닌, 친구로서도 부탁 좀 들어줄 수가 없겠는데요."

지금까지 기억 안 난다면서 내외해놓고 친구란다. 그는 내 거절을 무시하고 지속 설득 작업에 들어갔다. 서울 온 지 얼마 안 돼서 주말에 딱히 할 것 없지 않느냐, 이참에 운동하자, 한강변을 풍경에 둔 뜀박질은 정신과 육체를 행복하게 만들어준다고 궤변 늘어놓기 바빴다.

나는 다른 것에도 크게 취미가 없지만, 특히 운동은 더 질색이었다. 상산읍에도 피트니스센터 두 군데 있고 요가학원도 하나 있긴 하다. 단지 집에 가는 시간이 맞지 않았다는 핑계로 안 간 것도 있지만, 예전 남자 친구랑 갈 수 있었던 기회를 놓치고 나니 그때부터 운동에 흥미를 완전히 잃게 됐다. 나는 안 하겠다고 완강히 거부했고, 서은우는 떼를 썼다.

"도와줘요. 혼자 나가면 우리 회사가 얼마나 무시당하겠어요."

"기자들 많잖아요. 그 사람들 데려가세요."

"서지영 씨도 느꼈겠지만, 회사만 제 이름으로 차린 거지 사실 전 그렇게 힘이 없어요. 기자들 눈치 보며 산다니까요."

"왜 눈치 봐요? 나이 어리다고 다들 무시해요? 그런 사람들은 확 잘라요."

"월급을 적게 줘요."

흐린 말끝과 자신감 뚝 떨어지는 말투에서 나도 모르게 입을 동그랗게 벌려 오, 깨닫고 고개를 끄덕였다.

사람저널에는 기자 다섯 명이 있다. 중소벤처기업부와 국회를 담당하는 기자 1명, 공공기관 포함 중소기업 3명, 사진 촬영 등 총알받이-데스크 지시사항만 취재하는-막내 기자 1명이다. 중앙부처와 국회에 상주하는 기자는 취재기사와 더불어 매일 수백 통씩 오는 보도자료를 커버해야 한다. 서른일곱 살 막내 기자는 문예창작과 출신이라 신문 뒷면에 예술 관련 문화기사도 써야 할 정도로 바쁘다. 출퇴근이란 개념이 없다지만 보통 이들은 하루 열두 시간 근무가 기본이라고 했다. 그럼에도 급여가 형편없다. 그럼에도 여기 있는 건 그전 언론사에서 강요받던 광고에 대한 압박이 이곳에선 전혀 없기 때문이란다.

내 생각엔 실력도 없고 갈 데가 없어서 적은 월급이라도 받자는 생각에 붙어있는 것 같다. 그들 모두 서은우의 업계 선배들이니까.

편집부 여기자들은 후배들이지만 메이저에서 온 친구들이라 건드릴 수가 없고, 기 차장만이 유일한 서은우의 지점토였다. 주무르는 데로 만들어낼 수 있는 그러한 존재. 그 점토 역할을 이젠 내게 맡기려고 하는 것 같다.

"어차피 계약 거의 다 끝났다면서요. 굳이 마라톤 생색까지 내야 해요?"

"제 요구를 들어준 사람들에게 합리성을 부여하는 작업이에요. 그때도 말씀드렸지만 저는 정신지배 능력자입니다. 초능력 계에선 마인드컨트롤이라고도 불리는데, 완전하질 못해서 이런 수고를 함께 해줘야 합니다."

첫날 궁서체로 떠들었던 초능력 이야기를 또 꺼냈다.

"실없는 소리를 귀한 점심시간에 늘어놓을 셈이에요?"

"실없는 소리 아닌데. 그때 궁금하다고 한 거 이제 말씀드리려 는 거예요."

"한 개도 안 궁금해요."

"저는 제가 말한 것을 상대가 실행하게 하는 능력을 갖고 있어 요. 근데 아직 영속성이 없죠. 나중에 상대방이 '왜 저 사람의 요 구에 나는 응했을까' 의심이 들려는 걸 사전에 차단하기 위해 일 종의 개연성을 연출하는 것입니다. 이번 마라톤 행사 참가도 나 중에 그들이 '우리가 저 신문사에 왜 광고를 줬지? 아, 마라톤을 했구나'라고 생각하게 만드는 거죠."

무의미한 대화다. 왼쪽 손목을 틀어 시간을 확인했다. 점심시 간 마감 삼십 분 전이다. 공장 시절엔 남자 직원들의 구내식당 새치기에, 여기선 대표의 헛소리로 시간에 쫓기고 있다. '직장 내 괴롭힘' 사항에 이게 해당하는지 올라가서 확인해봐야겠다.

"마라톤 함께 좀 하시죠."

"저를 포기 좀 하시죠."

"포기를 포기 못 하겠어요. 거절을 거절합니다."

귀한 점심시간을 허비하지 않으려면 대화를 마무리시켜야 했다. 그의 이야기를 돌이켜보면, 거절을 계속하면 초능력 써서 강제로 마라톤에 참여시키겠다는 셈이다. 차라리 대표의 권위를 내세워 의무적으로 나가라고 한다면 못마땅해도 그러려니 하겠다. 그런데 초등학생처럼 초능력 타령이나 하며 마라톤을 강요하는 것을 보니, 이 사람이 얼마나 날 가볍게 생각하고 있나 새삼 깨닫게 한다.

"지금 당장 초능력을 증명해 봐요. 그럼 마라톤 참가할게요."

감정적으로 말려들지 않으면서도 귀한 점심시간을 찬탈당하지 않기 위해선 나도 가만히 있으면 안 됐다.

"뭘 보여드리면 될까요?"

그는 외려 기다렸다는 듯 말이 끝나기 무섭게 반문했다. 뭘 시켜야 그 입을 꾹 다물게 할 수 있을까. 고민하는 자체가 그에게 말려들고 있는 것 같았지만 이왕 내기 거는 것, 확실한 게 필요했다.

마침 카페 아르바이트생이 우리 옆을 지나가고 있었다. 나는 저 아르바이트생에게 키스를 받아내라고 지시했다가 바로 취소했다. 허무맹랑한 요구였던 것 같아 저 아르바이트생에게도 미안했다.

"독하십니다. 남자 아르바이트생에게 키스를 받아내라니요. 혹시 제 초능력이 진짜 될까 봐 일부러 남자로 골라준 거면 그건 이해하겠습니다."

여자가 아닌 남자에게 키스를 요청하라고 지시한 건, 정말 그가 초능력을 보여줄지도 몰라 그랬던 것은 아니다. 그냥 지나가고 있어서 지시해본 것뿐이다.

상관없다는 듯 서은우는 거리낌 없이 지나가는 남자 아르바이트생을 불렀다. 그는 아르바이트생에게 부탁이 있다며 손을 달라고 했다. 당황한 아르바이트생이 서은우와 나를 번갈아 쳐다봤다.

"지영 씨. 제 정신지배 초능력은 아직 미약해서 상대의 손이 필요해요. 상대와 손을 접촉해야 제 초능력이 먹히죠. 그러면 오 분간은 제 마음대로 할 수 있습니다."

"어련하시겠어요."

서은우는 그 말과 함께 아르바이트생의 손을 덥석 잡았다. 저렇게 잡는 거 보니 여자로 지시하지 않은 게 다행이라는 생각이 들었다. 취직한 지 한 달 만에 대표가 유치장에 갇히는 꼴은 안 보게 됐으니 말이다.

"손님, 왜 그러십니까."

당황한 아르바이트생이 갑자기 왜 그러냐며 얼굴을 붉히고 있다. 이 사람 왜 부끄러워하지? 하긴 남자가 봐도 반할 얼굴이긴 하다.

"제가 마음에 들면 제게 키스를 해주세요."

소리가 꽤 컸는지 주변 손님들이 마치 미어캣이라도 된 듯 같은 방향으로 고개를 획 돌려 우리 자리를 주목했다. 그들은 각자의 일행들에게 우리가 잘못 들었나 귀를 의심 중이었다. 아르바이트생은 주변을 잠시 훑어보다가 소리쳤다.

"미쳤습니까?"

픕, 웃음이 절로 나왔다. 손 잡힌 것에 부끄러워하긴 했지만 키스까진 선을 넘었는지 시퍼렇게 질린 아르바이트생의 얼굴에 괜히 내가 미안해졌다. 웃다가 미안해지다가. 가만 보면 나도 정상은 아니다.

그러거나 말거나 서은우는 전혀 당황하지 않았다. 그는 미소를 지으며 아르바이트생을 향해 말했다.

"그럼 제가 방금 키스를 해달라는 말에 당황했다면 제게 키스를 해주세요."

"네."

잘못 들었다고 생각할 틈도 없이 아르바이트생이 허리를 살짝 숙였다. 설마하니 했지만 그는 눈까지 감으며 서은우의 입술에 키스했다. 받는 서은우의 눈가는 주름이 질 정도로 역한 표정이었다. 내기를 위해 어쩔 수 없이 남자의 키스를 받아내는 그의 표정이 가관이다.

카페 내 주변 사람 몇 명은 이 광경을 보고 양손을 제 입 가리며 어머, 감탄사를 자아냈다. 키스를 마친 남자는 아무 일도 없었던 것처럼 유유히 자리를 벗어났고, 서은우는 입술을 냅킨으로 닦아내곤 의기양양하게 나를 바라봤다.

"마라톤 한 번 참가시키려고 남자랑 키스까지 하다니. 비싼 내기했네요. 어쨌든 제 초능력 증명됐죠?"

그의 물음을 무시하고 자리에서 벌떡 일어나 그 아르바이트생에게 달려갔다. 눈으로 보고도 믿지 못한 나는 카운터로 향하는 그의 팔목을 붙잡아 뒤돌려 세웠다.

"당신 저 사람 원래부터 알았지? 알고서 짜고 친 거지?"

"뭘 짜요? 저 사람 오늘 처음 봤는데."

"근데 왜 처음 본 남자에게 키스를 할 수가 있지요?"

내 물음에 주변 사람들 시선이 내게 집중됐다. 아마 그들의 눈엔 나와 서은우가 연인인데, 오늘 취향을 커밍아웃한 남자 친구가 외간 남자랑 키스한 것으로 이를 증명해서 내가 따지고 있는 삼각관계를 상상했을 것 같다.

사람들에게 주목받는 것을 싫어하는 나는 뒤늦게 이 상황을 수습하려고 죄송하다는 말을 꺼내려 했다. 찰나에 나는 이 아르바이트생에게서 기가 막힌 얘기를 들었다.

"저 손님이 키스해달라는 말에 당황했다면 키스하라고 해서 키스를 했죠. 미친 남자였어요."

표정 안 변하고 미친 남자였다고 말하면서도 키스를 한 자신의 행동에 정당성을 부여했다. 나는 허, 육성으로 어이없음을 표현했다. 사전에 둘이 짜고 친 것은 분명할 것이다. 그러나 이 지시는 내가 내렸다.

진작부터 모든 상황을 염두에 두고 여기 있는 모두에게 연출시켰다는 건가. 내가 만약 다른 사람을 지목해서 황당한 지시를 내렸어도 이게 먹히도록 모두와 짰을까. 그렇다면 서은우는 내 수준에서 지시할 수 있는 상황을 모두 예상하고 있던 것일까.

서은우는 내 어처구니없는 반응이 마음에 들었다는 듯 실실거리며 대답을 기다렸다. 받아들일 수 없던 나는 우연히 하나 심어놓은 연출에 걸려들었다고 말했다. 한 번 더 시험해도 되느냐 질문에 그는 고개를 저었다.

"안 되죠. 제가 초능력을 보여준 건 마라톤 건에 대한 조건이었잖아요. 다른 내기 한 번 더 하시든가요. 어쨌든 마라톤은 함께 나가는 걸로 알고 있겠습니다."

고작 나 하나 마라톤에 내보내려고 사전에 이런 계획을 짰다는 것도 웃기다. 어쩌면 이 사람은 이런 장난을 자주 해 왔기 때문에, 미리 고용한 사람들을 매번 이런 식으로 써먹을 것이다.

여전히 믿지 못하겠다는 내 얼굴을 보고 서은우는 설명에 들어갔다. 내 쉬는 시간을 조금이라도 찾아보겠다는 생각에 황당한 내기를 먼저 걸었지만, 오히려 나는 그 설명을 들으려고 점심 시간을 더 뺏기고 있었다.

"제가 기업들 광고나 축내는 유사언론 기자가 되긴 했지만, 회사를 차린다고 했을 때부터 실패할 자신은 없었습니다."

사람을 상대하는 사람들은 누구나 심리를 이용한다고 한다. 경험이 풍부한 사람은 과거의 경험과 조언으로 상대를 파악한다. 경험이 없더라도 사람의 심리에 대해 공부를 한 사람도 상대를 간파할 수 있다. 하지만 누구도 상대를 완전히 파악할 순 없다. 그렇기에 협상의 조건은 한 가지의 정의로 귀결될 수 없다.

그저 확률이 높은 도박에 배팅할 뿐이라는 것이 그의 설명이다.

"저는 반대로 갑니다. 이미 저는 초능력을 썼기 때문에 상대가 백 프로 넘어와 있죠. 하지만 그 상대는 '나는 왜 이런 결정을 했을까?' 합리성을 부여하기 위해 일말의 조건들을 연출합니다."

사람저널은 서은우 외엔 누구도 영업을 하지 않는다. 혼자서 열 명의 식구를 먹여 살릴 수 있는 힘이 바로 초능력이라고 또 강조했다. 이건 세계 1%만이 안다는 부자들의 비법서 〈시크릿〉에서의 황당함과는 전혀 결이 다른 맹신이다.

그가 보여주는 능력에는 예상 밖 기적이 많긴 했다. 창간한 지 몇 년 안 된 신문사가 대형 포털사이트 뉴스판에 들어갈 수 있는 것도 그렇고, 자서전 수준의 중소기업 사장 에세이 책이 대형서점 MD의 눈에 들어 가판대 중앙에 배치되는 힘도 그렇고.

인맥과 실력 모두 갖췄다고 해도 쉽게 이룰 수 있던 건지는 미지수였다. 그렇다고 진짜 초능력 덕에 그가 기적을 연출했다고는 보지 않는다. 할 수 있다는 자신감과 특별한 운이 작용했을 거라고 보는 게 내 생각이다.

잡생각이 머릿속에서 전쟁을 펼칠 무렵, 서은우가 테이블을 콩콩 쳐 내 고개를 들어 올리게 했다. 같이 마라톤하게 되어 무척이나 설렌다는데, 저 잘생긴 얼굴에 내가 설렜다는 것이 오히려 자존심 상해서 기분이 나빴다.

4장

　서울살이 몇 핸가요? 주말에 대학로 극장에서 공연하는 뮤지
컬 〈빨래〉를 혼자 보러왔다. 주현이가 시집가기 전에 같이 봤던
뮤지컬인데 그때는 몰랐던 감성이 이날은 유독 심금을 자극했
다.

　꿋꿋하게 서울살이 해내는 주인공 나영이가 나처럼 느껴졌나
보다. 나영이는 서점, 나는 신문사. 평행이론 아닌가. 물론 쪽방
사는 나영이와, 구십만 원짜리 오피스텔에 얹혀사는 나와 비교
할 건 아니다. 그래도 나영인 나보다 훨씬 어리고 예쁘니 그녀의
기구한 사연과 나를 퉁 치기로 해본다.

　나영이 말고도 뮤지컬 속 인물들의 삶은 하나같이 구구절절하
다. 아픈 딸을 둔 집주인 할머니부터 남자 없이 못사는 아줌마,
임금 체불 겪는 '사장님 나빠요' 나영의 연인 솔롱고까지. 서울
살이 십 년, 이십 년, 사십 년. 고작 한 달을 채운 내가 감히 이들

을 공감한다고 고개를 끄덕일 순 없겠으나, 앞으로 내가 살아갈 길에 대한 고통과 희망의 신호탄임을 잊지 않으려 했다.

콘크리트 숲을 채우는 서울 도심 속. 전혀 궁금하지 않은 궁핍한 한 평의 삶을 살아내는 이들의 아등바등 삶을 곱씹으며 나는 공연장을 퇴장했다.

뭉클한 서사가 마음을 촉촉이 적시니 그게 그렇게 좋을 수 없다. 입장 전까지만 해도 '혼객'이라 민망했던 얼굴을 뒤로하고 꽤 좋은 선택을 한 내 자신을 칭찬했다.

다음 장소로 이동했다. 상산에 살았을 때도 나는 서울 대부분 안 가본 곳은 없었다. 그래도 상경 후 등본도 변경했으니 특별한 의미를 두고자 어디든 혼자 돌아다니려고 애썼다. 특히 광화문부터 경복궁, 청와대, 덕수궁 돌담길 등 잔잔한 고풍을 사진에 담고, 또 찬찬히 걷다가 길거리 음식 하나씩 주워 먹는 게 세상 행복했다. 이게 서울살이를 채워가는 내 작은 습관이 되길 바랐다.

그래도 가끔은 쓸쓸했다. 〈빨래〉처럼 좋은 뮤지컬을 감상한 후 이야기를 공유해볼 누군가가 없다는 것에 입맛이 다져진다. 주현이와 간단히 통화는 했지만, 예전 내가 별다른 느낌을 받지 않았을 때, 주현인 오래전에 이미 감정을 다 쏟아 내서 크게 나와 나눌 이야기가 없다고 했다.

전철엔 연인들이 껌딱지처럼 들러붙어 깍지를 요리조리 끼고 볼을 꼬집고 쳐다보기만 해도 웃고 난리였다. 가소롭다가도 앙

증맞기도 하고, '좋을 때다' 할머니같은 소리를 속으로 늘어놓기도 해봤다. 문득 서은우 얼굴도 떠올랐다. 그를 생각하고 제 발저린 나는 스스로에 놀라 몸을 흠칫했다.

이러면 안 된다. 휴일을 즐기는 연인들을 사색하다가 서은우가 떠오른 건 자존심 상할 일이다. 내가 누구였는지 기억조차 못하는 남자다. 일이라고는 한 달 동안 커피 제조와 복사, 자사출판 책 읽기, 우편 보내기만 시키니 내 존재가 그렇게 미력한가 싶었다. 혹시 있지도 않은 자리를 억지로 끼워 맞춰 놓은 건 아닌지. 낙하산이라고 한다면, 직원들은 나를 두고 자기들끼리 뭐라고 쑥덕댈지, 만감이 교차했다.

무언가를 보여주고 싶어도 어떤 일을 할 수 있는지 전혀 알 수 없어 쉽게 손을 못 대는 실정. 혹시나 내가 기자가 될 수도 있나 해서 기사들도 필사해봤는데 이 또한 불명확해 의지가 생기지 않았다. 내일도 커피만 타는 건 아니겠지.

월요일에 가서 해야 할 일들을 떠올렸다. 에스프레소 돌릴 생각하니 마시지도 않은 카페인에 잠이 확 달아날 판이다. 커피 말고 다른 일을 떠올려봤다. 맞다. A4용지가 떨어졌다. 종량제 봉투도 하나 사야 한다. 이런, 다 잡일이다. 언젠간 한번은 '퉤퉤'보다도 실수를 가장해서 서은우 옷에 커피나 한번 부어야겠다. 아이스커피만 시켜봐라. 아참, 그전에 내일은 그 망할 마라톤을 하는 날이다.

❀ ❀ ❀

호흡을 턱 하니 내려놓고 싶어지는 진한 파랑 빛깔이 하늘을 말갛게 수놓았다. 흐르는 한강에는 화사한 가을 햇살이 덮여 영롱하게 반짝였다. 그새로 물고기가 반짝 튀어 오를 것만 같은 운치다. 미세한 바람결엔 먼지 한 점 없이 청량한 공기가 감돌았다. 그다지 감성적이지 않은 나라 하더라도 서울 한강변의 이러한 정취는 내 마음을 고즈넉한 공간에 적요롭게 머물게 했다.

마라톤을 하러 일요일 아침부터 부산하게 몸을 움직여 한강공원에 왔다. 청명한 가을하늘 보며 운치를 즐기는 것에 그나마 위안을 뒀지만, 그 꼴은 못 보겠는지 서은우가 줄곧 주변에서 촐랑거렸다. 꼭 그 모습이 공장 시절 채 반장이 하던 행동과 흡사해서 한 대 날려주고 싶었다.

그렇다고 옆에만 찰싹 붙어있던 것도 아니다. 그는 스트레칭을 하다가 누구를 발견하면 달려가 악수하기 바빴다. 그의 끝마무리 멘트인 잘 부탁드린다는 말을 던지면 알겠네, 답변을 유도하는 솜씨가 마치 '위잉위잉 착착 쿵쿵'만큼 깔끔하고 간결했다.

서은우가 초능력자라고 커밍아웃한 이후 나는 그의 손과 입에 은연중 시선이 갔다. 허무맹랑한 가짜 초능력 따위 믿지 않았지만, 신경은 쓰였나 보다.

찰나에 십 미터 정도 거리를 두고 서은우가 우뚝 서서 나를 쳐다봤다. 어설프게 기지개 켜던 나는 그대로 동작을 멈추고 그와 눈을 마주쳤다. 그가 입 모양만으로 뭐라고 하는 것 같은데 나는 안 들리니 눈살이나 찌푸렸다.

뛰라고요! 그는 양손을 입 주위에 모으고 사자후 발사하듯 내게 외쳤다. 곧 뛰어야 하는데 왜 벌써 뛰고 있으란 건지 모르겠다. 난 안 들린다고 한 손을 허공에 휘이 젓는 동시에 고개를 절레절레 흔들었다. 답답함을 느낀 서은우는 짧게 한숨을 내쉬곤 마지못해 내게 달려왔다.

"뛰다가 쥐가 날 수도 있으니까 몸에 열 좀 내요. 십 킬로미터라고 우습게 보면 안 돼요."

"어차피 저 걸을 건데요."

말이 끝나기 무섭게 서은우는 멀리서 누군가를 발견하고 재빨리 그곳으로 뛰어갔다. 언제 날을 잡고 서은우가 내 말을 몇 번이나 잘라먹었는지 기록으로 남겨둬야겠다고 생각했다.

서은우가 달려가는 곳엔 흰 와이셔츠에 검은 정장을 입은 무리가 있었다. 그들이 감싸는 중앙에는 중년과 노년을 오가는 애매한 연령대 어르신이 근엄한 자태를 자아내고 있었다. 주변에선 그 어르신을 향해 카메라 셔터를 팡팡 터뜨렸고, 녹음 기능을 켠 휴대폰 든 기자들은 그의 뒤를 졸졸 쫓아갔다.

서은우는 수행원이 말릴 틈도 없이 검은 정장 무리를 비집고 들어가 어른에게 짧게 묵례했다. 수행원들이 저지하려고 하자 어르신이 놔두게, 하고 모두를 물렸다. 알고 보니 그가 바로 이 행사의 메인 주최자이자 유나문고의 대표이사였다.

"우리가 어디서 봤지? 내가 자네를 기억하는 것 같네만."

"유나의 밤 행사 기자간담회에서 유나문고 도매 독과점에 대해 지적한 적이 있었습니다. 그때 대표님께서 친절하게 답해주셨죠."

"맞네! 그 당돌한 친구였구만. 자네도 마라톤하러 왔는가?"

자연스레 뻗은 유나문고 대표의 손. 놓칠세라 덥석 잡은 서은우는 조그맣게 신문사를 하나 차려서 출판 사업을 겸하고 있다고 밝혔다.

"각 산업에서 이름을 날린 훌륭한 분들이 직접 작가가 되어 많은 독자를 지혜의 길로 안내하고 계시죠. 저희 책 좀 많이 받아주세요."

"알았네."

서은우의 요청에 유나문고 대표가 기계처럼 대답했다. 아니다. 정말 기계처럼 대답했나? 그의 지속된 초능력 타령에 내가 세뇌된 것 같았다. 어디 가서 이런 창피한 얘기를 할 수 있을꼬. 주현이에게 말해봤자 정신병원에 가자고 할 게 뻔했다.

그래도 뉴스통신사나 지상파 방송기자, 메이저 언론사 기자들도 유나문고 대표가 정중하게 인터뷰를 거절했는데, 서은우만 유일하게 마주 보고 독대한 것은 놀랄 일이긴 했다.

서은우가 간단히 인터뷰를 마치고 내게 왔다. 나는 혀 깨문 사람마냥 황당한 표정을 짓고 있었다. 내 표정을 보고 틈을 놓치지 않는 그가 의기양양하게 말했다.

"예전 기자회견 때 마인드컨트롤 능력을 좀 써놨었죠."

"네, 어련하시겠습니까."

난 그와 눈도 안 마주치고 심드렁하게 대충 대답했다. 그래놓고 문득 그의 초능력 설정이 궁금하지 않은데도 무의식적으로 그에게 질문을 던졌다.

"근데 초능력은 오 분이라고 하지 않았어요? 어떻게 옛날에 지시한 걸 지금도 할 수 있죠?"

말하고 아차 싶었다. 서은우가 설정한 초능력의 모순을 비아냥거리듯 꼬집고자 물어본 의도였는데, 꼭 내가 궁금해서 물어보는 뉘앙스처럼 보이지 않을까 싶었다. 아나나 다를까 그는 내가 믿는다는 전제하에 신나게 떠들어대기 시작했다.

"좋은 질문이에요. 물론 물리적 명령은 오 분이 지나면 더는 효력이 발생하지 않아요. 그래서 조건제시를 정확히 해야 합니다. '저를 언젠가 다시 보게 된다면 기억하고 계셨다가 정중히 맞아주세요'라고 주문을 걸어놨었죠. '언젠가'라는 조건이 걸려 있기 때문에 당장의 초능력은 발생하지 않습니다. 다음 차에 볼 때나 돼야 그때부터 오 분간 효력이 발생하게 되죠. 만약 당시에 초능력을 걸어놓고 바로 몇 분 뒤 다른 데서 마주쳤다면 마인드 컨트롤을 재차 걸어야 했던 거죠."

"죄송해요, 대표님. 그냥 몸 풀게요."

"설명해달라고 할 땐 언제고, 반응 시큰둥한 건 또 뭔가요."

"너무 진지하게 얘기하니까 미안해서 못 듣겠어요."

"진실을 얘기하니 진지하죠. 그럼 믿지도 않으면서 질문한 거예요?"

"그럼 지금 내가 믿을 거라 생각하고 물어봤다고 생각한 거예요?"

그와 실랑이를 벌일 무렵 안내방송이 나왔다. 하프마라톤을 뛰는 참가자들부터 출발점에 먼저 서라는 지시다. 내가 참여하는 십 킬로미터 참가자들은 하프마라톤 참가자 뒤에 섰다. 주변 참가자들을 둘러봤다. 왜 이런 극한의 고통을 돈 내고 체험하는지 이해가 되지 않았다.

서은우는 후드 트레이닝 지퍼를 내려 탈의한 뒤 소매를 허리에 둘렀다. 민소매 사이로 크게 화가 난 다부진 등 근육과 조거 팬츠 사이 탱탱하게 올라온 엉덩이가 한눈에 들어왔다. 일만 하고 사는 것 같더니 언제 또 이렇게 자기관리를 하고 있던 건지. 오피스텔 지하에 있는 피트니스센터 다니고 있다는 게 허풍은 아니었나 보다.

서은우의 몸을 감상하다가 그와 눈이 마주쳐 시선을 다른 곳으로 돌렸다. 그러고 보니 주변 사람들 모두 자신의 몸매를 자랑하듯 라인이 그대로 드러난 트레이닝복을 입고 있었다. 특히 여성 러너들은 가슴골을 한껏 모아 갚은 굴곡을 만들어내기에 애썼다. 또 허리는 얼마나 비틀어 재끼는지 제 몸엔 엉덩이만 달렸다는 듯 한껏 실룩실룩 뽐냈다. 남자들이 안 보는 척 눈알은 한 곳만 향하는 건 별다르게 어색해 보이진 않았다. 그들의 '호크아이'에 도움을 주지 못하는 내 옷차림이 이내 미안해질 뿐이다. 삼색 흰 줄 그어진 헐렁한 바지를 입은 나는 뭔가 궁핍한 내 라인이 민망해져 상의 슬리브를 주욱 내려 몸을 가려야만 했다.

탕! 출발을 알리는 총소리가 하늘 높이 울리자 모두 기합을 내지르며 뛰기 시작했다. 출발선에서 호루라기를 부른 남자는 "여러분들은 선수가 아닙니다, 기록이 목표가 아니라 완주가 목표인 것을 염두에 두고 뛰어주시기 바랍니다"고 말했다. 무리했다가는 내일 아침 근육통으로 일어나지도 못할 거란 경고다.

서은우는 한 번 신명나게 뛰어보자고 내 팔을 툭툭 치며 출발했다. 마지못해 나도 두 눈 질끈 감았다 뜨고 한발씩 나아갔다. 어릴 적 산을 탈 때 만해도 날다람쥐 소리까지 들었는데, 이제는 몇 걸음 뛰었는데 발걸음이 천근만근이다. 벌써 뛰기 싫었다. 백 미터도 안 가서 탈진할 지경인 나는 하악 하악, 거친 숨만 들이내쉬었다.

호흡을 가다듬지 못한 나는 일 분이 채 지나지 않아 입이 벌어졌다. 불규칙한 폐활량이 반복됐다. 이산화탄소를 사정없이 뱉었고, 산소는 들이마시지 못했다. 현기증이 몰려왔다.

"벌써 지쳤어요?"

"말 시키지 마요."

서은우가 내게 속도를 맞춰주고 있지만 난 그가 안중에도 없었다. 그저 이 순간을 빨리 끝내고 싶을 뿐이다.

"제가 구령을 외칠게요. 그에 맞춰 호흡하세요."

"말 시키지 말라고!"

깐족대는 서은우에게 버럭 소리 지르고 나니 힘이 더 빠졌다. 어제 먹은 치킨 살점이 역류했다. 입안에서 역한 맛이 감돌았다. 헛구역질 한 번이면 폭포수처럼 이물질을 쏟아 낼 지경이다.

후우, 후우. 서은우는 몸을 내 쪽으로 향하곤 헛둘 헛둘, 박자를 맞췄다. 그는 이제 삼백 미터 왔는데 거의 죽기 직전인 내 얼굴을 보며 혀를 찼다. 서지영 씨는 담배를 너무 많이 피워서 그래요, 속도 굼떴다. 지랄, 소리가 입 밖 현관문까지 나왔다가 들어갔다.

"이참에 담배 좀 끊어보시죠?"

너 때문이다, 네가 매일 스트레스 주니까 마음 다스리려고 담배만 먹는다, 소리는 꼭 겉으로 내고 싶었다. 그러나 망할 뜀뛰기가 너무 힘들어 하악 하악, 외엔 어느 말도 뱉을 수가 없었다.

그에게 먼저 가라고 했다. 본인이 데리고 온 게 미안해서라도 속도를 맞추겠다고 하자, 그냥 사라져 주는 게 도움 주는 것이라 했다.

"알았어요. 그럼 저 먼저 갈 테니 꼭 완주해요. 기다리고 있을게요."

그 말과 함께 그는 속도를 높였다. 그는 곧 저 멀리 뛰고 있는 어떤 중년 남성을 만나 그들과 속도를 맞췄다. 저기서도 악수를 한다. 일부러 내게 초능력 장난을 치느라 악수를 의도적으로 강조하는 건지, 아니면 내 눈에 악수만 보이는 건지 이젠 나도 헷

갈린다.

어떤 가녀린 여성이 몸을 낑낑대며 나를 추월했다. 톡 건드리면 부러질 것 같은 얇은 다리로 열심히 뛰었다. 상체는 팔을 휘저으며 바삐 움직이고는 있는데, 속도가 나지 않는 게 좀 웃겼다. 힘든 와중에도 웃음이 나긴 했다.

어쨌든 나는 저 여자라도 이기겠다는 이상한 경쟁심리가 발생하니 속도가 좀 붙기 시작했다. 금세 그녀를 지나친 나는 좀 우쭐해졌다. 고개를 뒤로 돌려 그녀를 살며시 흘겨보았는데 여전히 낑낑대는 모습이다. 저걸 보고 나니 저 깡마른 여자가 대뜸 재수 없어졌다. 어릴 적 체육 시간 때 나무 그늘에 앉아 나무 막대기로 운동장 바닥에 예술 작품이나 그리던 연약한 친구들이 떠올랐다. 볼 때마다 내숭 떠는 그 꼴불견 짓을 지금은 내가 하고 있다.

딴생각하는 사이 그 여자가 나를 앞질렀다. 방심했다. 당연히 차이가 벌어질 줄 알았던 나는 어느새 속도를 줄이고 있었나 보다. 이 깡마른 여자도 내게는 지기 싫었는지 백조가 호수에서 헤엄치듯 파닥파닥 발을 움직였다. 분위기 탄 나도 한껏 더 속도를 높였다.

하악 하악. 숨소리가 달라졌다. 턱밑에서 이산화탄소마저 나오기 싫다고 난리를 부렸다. 숨조차 제대로 못 쉬는 소리 없는 절규가 허공에서 맴돌 뿐이다. 깡마른 그녀가 눈앞에서 멀어지고 있다.

위잉위잉, 착착, 쿵쿵. 수년간 내 귀에 착착 감긴 그 소리가 순간 들려왔다. 옆에서 가납사니 짓하던 채 반장의 잔소리도 들렸다. 주현이와 주고받던 수다도 들렸고, 재욱이의 웃음도 떠올랐다. 딸의 시집을 인생 목표로 하는 엄마와, 조용하게 헛기침하는 아버지, 징징대는 남동생도 아른거렸다.

그나마 환청과 망상이 오가니 무너져 내릴 것 같은 심장과, 부서질 것 같은 종아리 고통이 좀 달아났다. 아니다. 안 달아났다. 그래도, 어쨌든, 정말, 죽겠다는 느낌은 처음이다. 하악 하악. 칠 킬로미터 정도 뛴 것 같았다. 멀리서 흰색 트레이닝복을 입은 소년이 깃발을 흔들며 미소를 방긋 지었다.

"삼 킬로미터 지났습니다."

죽을 고비 넘기고 뛰어온 거리가 고작 삼 킬로미터밖에 안 됐다. 포기하고 싶다. 앞으로 이 고통을 두 번이나 겪고 일 킬로미터를 덤으로 더 뛰어야 한다는 것에 의욕이 뚝 떨어졌다.

서은우. 이 남자가 문제다. 서울 와서 제대로 해본 게 없다. 커피 타고, 복사하고, 책 읽고, 술자리 따라다닌 것 말고 뭐했는지 기억도 없다. 이러면 내가 상산에서 살 때와 뭐가 다를까. 공장일 끝내고 집에 돌아와 저녁 먹고 TV 보고, 주말에는 주현이와 수다나 떨다가 밤에 개그 프로나 보며 잠들었던 때와 뭐가 다르냐는 거다. 사람 손바닥 위에 올려놓고 약이나 올리는 나쁜 인간. 초능력 같은 허무맹랑한 소리로 상대를 바보 만들려는 사기꾼.

시간이 더 지나니 서은우 생각도 안 났다. 러닝 레일에 뿌연 안개가 펼쳐진 것처럼 눈앞이 흐릿해졌다. 잔잔하게 흐르던 한 강 물은 공중에 뒤집혀 폭우처럼 쏟아지는 환각을 경험했다. 그 래도 이젠 삼분의 이는 왔겠지.

"오 킬로미터 지났습니다!"

망할, 저 천진난만한 소년의 입을 틀어막고 싶다. 그새 뒤에서 쿵쿵 누가 전광석화처럼 내 앞을 지나갔다. 잠시라고 할 것도 없 이 금세 지나쳐 얼굴도 제대로 못 봤다. 굉장히 빠르다. 다리가 길어 보폭도 상당했다. 저 사람이 왜 내 뒤에서 나타나나 했더니 이미 반환점을 돌고 온 하프마라톤 참가자란다.

얼굴이 벌겋게 달아오른 나는 후드 트레이닝 상의를 벗었다. 벗었는데도 덥다. 민소매도 던지고 싶고 브라도 벗고 싶다. 하악 하악. 상의를 손에 들고 뛰니 불편했다. 뜀박질을 멈추고 상의 소매를 허리에 둘러 묶었다. 다시 뛰려는 찰나 몸이 무거워진 게 느껴졌다. 쥐가 났는지 다리에 경련이 일었다. 다른 신체 부위들 은 나보고 그만 뛰라는 듯 몸의 힘살과 뼈마디를 쑤시게 했다.

자리에 털썩 주저앉았다. 절반밖에 뛰지 않았지만, 이 정도면 최선을 다한 것 같다. 인터넷 영상 찾아보니 러닝 안 해본 여자 가 십 킬로미터 뛰는 건 불가능에 가깝다고 했다. 합리성을 찾은 나는 고개를 푹 숙여 뜨겁게 달궈진 우레탄 레일을 멍하니 쳐다 봤다.

"그만하자."

육성으로 뱉어낸 이 말 뒤에 내 눈에 뜨거운 것이 차올랐다.

숨이 차고 심장이 고동치니 감정이 급하게 격해졌다.

"이게 뭐야."

서울 와서 처음으로 눈물을 흘리고 말았다. 뜀박질한 게 힘들어서 우는 것은 아니었다. 공장 다니면서 할아버지 수발들 때도 꾹 참았던 눈물이 지금 흐르는 것은, 내 나약함에 대한 부끄러움일 수도 있겠다.

상산에서 해방만 되면 모든 것을 다할 수 있을 것이라 생각했던 오만함. 동창 인맥으로 서울에 집까지 얻었는데도 여전한 답답함. 스스로 일을 찾아내지 못하는 무능함. 어쩌면 커피 심부름이라도 있으니 다행일 것이라는 무력감. 이렇게 부정적인 만감이 내 어깨를 짓눌렀다.

화사했던 햇살은 정오가 다가오니 뜨거워졌다. 햇빛이 내 정수리 바로 위에서 불태우고 있어 두 눈 찡그린 나는 눈물 몇 방울을 더 흘렸다. 손등으로 차양을 만들어봤지만 내리쬐는 태양을 가려낼 만큼 내 손이 크지 않았는지 여전히 눈부시다.

"갑자기 앉으면 몸이 더 괴로워요. 움직여야 풀립니다."

정수리를 강렬하게 쏘아붙이던 태양이 사라졌다. 서은우가 앞에 서서 그늘을 만들어줬다.

"절반이나 왔는데 여기서 포기하긴 좀 아깝지 않아요?"

"전 여기까지만 할래요. 부추길 생각 마세요."

그의 얼굴을 쳐다보기 싫어 고개 돌려 외면했다. 잠깐의 인연이었지만 친구인데도 고용주와 노동자로 엮인 내 초라함 그만 보여주고 싶다. 그만 좀 망신 주고 가버렸으면 좋겠다.

"일어나요. 저랑 같이 뛰어요."

내 말을 무시하고 서은우는 손을 내밀었다.

"손 치워요."

"저랑 손잡으면 제가 마인드컨트롤 쓸까 봐 그래요?"

"더 이상 뛰고 싶지가 않아요."

날이 선 어투로 말을 전하자 서은우는 내게 내민 손을 거두었다. 그러곤 무릎을 굽혔다. 주저앉아 있는 나와 눈을 마주쳤다.

"서지영 씨. 삶이 지루하고 답답해서 서울 오고 싶다고 했죠? 그곳에 있으면 매번 똑같은 생활만 해서 세상이 좁아 보인다고 했나요? 어쩌면 이 마라톤이 서지영 씨 삶의 새로운 동력이 될 수 있을지도 모를 텐데."

"마라톤이 꼭 서울에 지낸다고 할 건 아니잖아요. 시골에 있어도 마라톤은 할 수 있어요. 그냥 하기가 싫을 뿐이에요."

"이렇게 생각해 봐요. 시골에는 마라톤을 강제로 시킬 친구가 없지만 서울에는 그럴 친구가 있다는 거. 그것만으로 서지영 씨는 이미 예측하지 못하는 삶을 보내고 있다는 거."

궤변 같은 데 설득됐는지 나는 지그시 서은우를 바라봤다.

"예전 철봉 놀이할 때 그 씩씩했던 서지영이 보고 싶었는데."

서은우가 어릴 적 이야기를 하자 나는 눈이 커다래졌다. 그가 처음으로 어린 시절을 구체적으로 꺼냈으니 놀랄 만도 했다.

"저 기억 안 난다고 하지 않았어요?"

"그럴 리가 있나요. 남자들 사이에서 대장 놀이하던 그 여장부 오랫동안 제 머리에 남아있죠. 허수아비 놀이할 때 철봉 붙잡고 반동으로 점프해서 내 복부 걷어찬 그 무서운 여장군을 어찌 잊을 수 있나요."

서은우가 떠올리는 옛 추억을 따라 나도 예전을 떠올렸다. 어릴 적 남자들이 철봉을 가지고 허수아비 놀이하던 때가 있었다. 그땐 내 키가 남자들보다도 컸기에 오히려 내가 허수아비 게임을 더 잘했던 거로 기억한다.

"설마 그때 배때지 찬 거 복수하려고 마라톤 시키는 건 아니죠?"

"그만큼 씩씩했던 서지영 소녀가 기억이 난다는 겁니다."

내 우매한 질문이 웃겼던 듯 피식하더니 다시 내게 손을 내밀었다.

"내 초능력이 가짜라고 생각해도 돼요. 제가 힘을 부여해 줄테니 잡고 일어서 봐요. 끝까지 뛸 수 있다는 그 각오 한 번 보여주세요. 이것만 성공해도 서지영 씨 서울 생활 7할은 성공한 겁니다."

서은우는 근거 불분명한 설득으로 나를 일으켜 세우려고 했다. 괴롭히고 싶어서 실실댈 때는 소시오패스 같긴 했지만, 지금은 엉뚱한 모습에서 실소가 나오게 한다.

어쨌든 지금은 혼자 일어나기 힘드니 서은우의 손을 빌려야 일어날 수 있었다. 그의 손바닥에 내 손을 얹었다. 그는 내 손을 꽉 잡아 일으켜 세우곤 자신의 얼굴에 나를 가까이 댔다.

"손을 잡았으니 초능력 좀 쓸게요. 지금부터 서지영은 힘들더라도 완주한다."

"풉, 참나."

초능력 언급할 때마다 손발이 오그라들었는데 이번엔 격려가 됐다. 이왕 이렇게 된 것, 초능력에 사로잡힌 사람처럼 끝까지 한번 뛰어 봤다. 옆에서 서은우가 박자를 맞춰줬고, 난 그의 구령에 따라 다리를 뻗었다. 신경이 그것에만 쏠리니 힘든 것을 별로 못 느꼈다. 어느새 결승점이 눈앞에 보였다. 앞에서 학생들이 박수로 응원해줬고, 생수 흔들며 나를 결승점으로 유도했다.

나는 도착하자마자 학생이 쥐고 있는 봉지를 빼앗듯 낚아챈 뒤 물을 꺼냈다. 봉지 꾸러미엔 바나나도 있었다. 숨 막혀 죽겠는데 바나나를 주고 앉아있다. 뚜껑을 바닥에 휙 던지고 생수 주둥이를 입에 갖다 대어 한입에 털었다. 서은우는 내가 버린 뚜껑을 집었다.

내가 생수를 마시는 건지 생수가 나를 마시는 건지, 물이 목구멍으로 벌컥벌컥 들어갔다. 서은우는 내 팔목을 붙잡고 천천히 마시라며 생수를 빼앗고는 어이없는 표정을 지었다.

"물 먹다 체하고 싶어요? 천천히 좀 마셔요."

"갈증 나 죽겠어요. 줘요, 빨리."

내가 공격적으로 손을 내밀자 서은우가 다시 생수를 주려고 했다. 그때 그는 또 안테나를 세우고 어딘가로 재빠르게 달려갔다. 가는 건 둘째 치고 내 생수를 들고 자리를 떠나는 바람에 짜증이 솟구쳤다.

이건 분명 고의다.

갈증이 가시지 않은 나는 천막 안에서 생수를 배급하는 학생에게 하나만 더 달라고 했다. 그 물을 한 모금 입에 벌컥 밀어 넣은 뒤 거리가 좀 되는 소각장으로 걸어갔다.

입술에선 여전히 옅은 숨소리가 후, 후, 불규칙한 박자로 새어 나오고 있다. 그러나 니코틴이 뇌를 쿵쿵 두드리며 채워 넣으라고 재촉하니 신속히 한 대 피워야 했다. 다리가 후들거려 걷기 힘들지만 멈출 수 없다. 다리 아픈 건 담배 못 태우는 고통에 비하면 사치기 때문이다.

녹슨 녹색 드럼통이 보이는 곳에 다다르자 나는 주변을 한 번 둘러보고 아무도 없는 것을 확인하곤 지직, 담배에 불붙였다. 지나가는 사람에게 얼굴 팔리는 꼴은 보이고 싶지 않아 벽을 바라보고 담배를 태웠다.

후, 여기 오기 전 한 대 태우고 오늘 두 번째이다 보니 어질함이 더했다. 폐부 깊이 빨아들였다가 뿜어내는 담배 연기가 뇌와 심장을 동시에 두들겼다. 마치 롤러코스터 고점에서 뚝 떨어져 무중력을 경험하는 것처럼 붕 떴다. 이게 그렇게 기분 좋을 수 없다.

필터를 입술에 살짝 대고 한 번 더 깊게 흡입했다. 맙소사. 아직 마라톤 후유증이 남았는지, 옅은 숨 고름이 진행 중인 찰나에 흡입하다가 콜록, 기침이 나왔다. 한 번 시작되니 기침은 연이어 터졌다. 담배 한 대도 제대로 못 태우는 꼴이라니. 그래도 뇌를 안정시키는 것이 우선이기에 한 번 더 흡입을 시도했다.

"숨을 그렇게 헐떡거리면서도 담배가 피고 싶나요."

등 뒤에서 서은우 목소리가 들렸다. 나는 고개만 까딱 돌렸다가 얼굴 확인만 하고 다시 벽을 보고 담배를 태웠다.

찰나에 몸이 움찔했다. 오른쪽 팔꿈치에서 무언가 뱀이 스멀스멀 올라오듯 하더니 이내 부드럽게 내 팔을 더듬고 지나가 손등에서 멈추었다. 서은우의 손이다. 그는 내 손등을 제 손으로 덮더니 금세 내 담배를 스윽 빼갔다. 마치 이건 영화 〈안나 카레리나〉에서 담배 피우다 기침한 안나의 담배를 섹시하게 뺏는 브론스키의 그 행동처럼 치명적이었다.

당황한 나는 빠르게 고개를 돌려 미간을 좁히고 불쾌함을 드러냈다. 상관없이 내 담배를 낚아챈 서은우는 싱긋 웃더니 무릎을 굽혀 바닥에 불을 끄고는 손수건에 감싸 주머니에 넣었다.

"감히 내 담배를 뺏어요?"

"감히 서지영 씨를 폐암 위기에서 구출한 거죠. 그리고 한강공원은 지정 구역 아니면 모두 금연 구역입니다. 첫날도 터미널에서 담배 피우다가 벌금 물었다면서요."

그날을 떠올리니 순간 담배 생각이 뚝 떨어졌다.

"뭐 그건 그렇다 치고. 불 껐으면 그냥 저한테 주면 되지 왜 그걸 비싼 손수건에 감싸요?"

"주변에 쓰레기통은 없고, 이미 꽁초가 된 담배는 역한 냄새가 풍기는데 그걸 서지영 씨에게 다시 주는 건 아닌 거 같고. 금방 생각나는 게 손수건밖에 없었네요."

그의 손수건은 얼핏 봐도 값 꽤 나가는 명품브랜드였다. 여기는 소각장이라 드럼통에 넣으면 되는데, 굳이 말하진 않았다. 아무렇지도 않다는 듯 천진하게 미소를 전하는 서은우의 얼굴. 저 따스한 미소에 방심한 사이 내 마음의 문이 무장 해제됐다. 웃지 좀 마. 넌 비웃고 있는 익살쟁이가 어울려. 이러면 안 되는데, 자존심 상하는데.

저번에는 그 잘생긴 얼굴에 순간 설렜다는 것이 오히려 기분이 나빴지만, 이번엔 기분이 꺼림칙한데 기분이 좋을 수 있다는 것을 경험한 이상한 날이었다.

5장

  나는 상산에 있을 때부터 남는 시간을 독서로 채우곤 했다. 본래 책을 좋아했던 건 아니다. TV는 아홉 시까진 아버지 독점이고 열 시 이후엔 엄마 지분이다. 데스크톱은 남동생 차지다. 물론 나도 노트북은 있었으나 스마트폰으로 검색이 다 되니 크게 필요성을 못 느꼈다. 그렇다 보니 나는 자연스레 독서를 했고, 잡다한 지식을 많이 습득하게 됐다. 친구들은 책을 안 읽어도 유튜브면 어떤 정보도 쉽게 얻을 수 있는데 굳이 피곤하게 산다고 했다.

  모티머 J. 애들러의 〈독서의 기술〉을 보면, 현대의 미디어는 머리로 무엇을 생각하지 않도록 장치돼 있다고 한다. 이에 동의한다. 영상은 보여주는 시각만으로 정보를 그대로 취득하게 해주는 수동적 예술이다. 그러나 독서의 행위는 스스로 연출하고, 감정도 멋대로 이입하며, 상상도 내 자유에 맡기게 한다. 내 독서의 미학은 자율성에서 비롯됐다.

이 얘기를 하는 건 나도 모르게 서점에서 산 〈ESP, 그 특별한 만남〉이라는 초능력 소설 때문이다. 서은우가 초능력을 얘기한 후부터 초능력에 관심이 생겨 이것저것 검색했었다. 마침 국내모 소설가가 쓴 소설이 다양한 초능력을 다룬다고 해서 한 번 읽어봤다. 영화 〈엑스맨〉처럼 돌연변이의 차별에 대한 이야기는 아니었다. 초능력의 활용법과 그 타당성, 한계점을 묘사하는 초능력 연작소설이다.

E.S.P는 초감각적 지각(Extra Sensory Perception)의 영문 약자다. 책을 살펴보니 초능력은 크게 염력계, 정신계, 특수계로 나눠진다. 염력계는 대상을 물리적으로 다루는 것이고 정신계는 상대를 화학적으로 조종하는 능력이다.

여기서 염력계는 물체를 움직이는 사이코키네시스(염동력)부터 물·불·흙·공기 제 4원소를 다루는 능력까지 다양하다. 정신계는 텔레파시, 투시, 사물을 읽는 사이코메트리, 사람의 마음을 조종하는 마인드컨트롤 등으로 나눠진다. 물론 순간이동이나 시간을 멈추게 하는 공간계 초능력도 있고, 투명인간이나 늑대인간, 기타 야수로 변하는 형상화 구현 능력도 있다.

너무 비현실적인 것은 뒤로하고, 사람을 조종하는 마인드컨트롤 능력은 많은 곳에서 이미 활용되고 있다. 초능력 범주는 아니지만 최면술 같은 경우는 보편화 돼 있지 않은가.

특히 정신계 중 텔레파시는 이제 근미래 기술에 해당한다. 페

이스북(현 메타) 회장 마크 저커버그는 텔레파시가 미래의 의사소통이 될 것이라고 꼽았고, 테슬라 CEO 일론 머스크는 10년 안에 텔레파시 기술을 상용화시키겠다고 말한 적도 있다.

이 텔레파시가 강화하면 바로 마인드컨트롤이 되는 것이다. 마인드컨트롤은 음모론에서, 특히 정부가 인간의 의식을 조작한다는 주장과 함께 자주 언급된다. 일루미나티와 같은 그림자 정부가 마인드컨트롤로 세상을 조종한다는 주장이 일부 음모론 책에서 다뤄지고 있다.

〈뇌가 해킹 당하는 세상〉이라는 음모론을 보더라도 세상에는 의도한, 아니면 의도하지 않은 예측 불가 결과가 발생하게 되는데, 이게 모두 마인드컨트롤 능력 때문이란다. 이러한 능력을 보유한 자가 서은우 말고도 있다는 것인데, 본인들끼리는 공유가 되나 보다.

아뿔싸. 나는 서은우가 초능력자라는 것을 인정하고 책을 읽고 있다. 사람을 조종하는 능력자들은 세상에 혼자 남겨지는 듯한 우울증을 자주 겪는다고 하는데, 그 부분을 읽으며 무려 내가 서은우를 걱정했다는 것에 심히 놀랐다. 이 창피함 어디 가서 말도 못 꺼내겠다.

정신 차리자, 서지영.

그가 말하는 초능력은 단순히 능력이다. 그저 설득력이 좋아 그 자리에서 대답한 것을 초능력이라고 우기면 뭐든 초능력이 되는 것이다.

초능력 얘기하니 초능력만 떠오른다.

그러나 그의 능력. 믿지 않지만, 상당히 신경이 거슬린 때가 있었다. 그날을 떠올리니 마음이 또 심란하다.

사람저널의 별도 사업인 자비출판의 수강생 미팅이 있는 날이었다. 사람저널의 출입처이자 사람저널에 정기적으로 광고를 게재하는 중소기업 CEO를 대상으로 한 자기계발서 집필 강의였고, 이날은 그들과 기획 회의를 하는 날이었다. 서은우는 강의에 앞서 나를 따로 불렀다.

"서지영 씨도 같이 한 번 들어봐요. 참, 그전에."

"커피요?"

서은우는 이심전심이었다는 듯 한쪽 눈을 찡긋하곤 손가락 총알을 꾸러기마냥 발사했다. 이런 행동들이 사람 속을 더 긁었다. 아이스커피 시켰으면 옷에 쏟아부으려 했는데, 안 시킨 본인의 운에 감사하라고 속으로 전했다.

이번엔 여덟 명이나 온다고 했다. 스모선수 기 차장이 거들어주겠다며 내 쟁반을 받고 같이 회의실로 들어갔다.

기 차장이 이미 회의실을 깨끗하게 치우곤 책상 중앙에 빔프로젝터를 설치해놓은 상태다. 이런 일이라도 잘하니 다행이다. 혹시 저 두툼한 손으로 빔프로젝터를 박살이라도 냈다면 저 일도 내 일이 될 뻔했다.

회의가 시작됐고 여덟 명의 사장이 자리에 앉아 화면을 응시했다. 서은우는 리모컨으로 첫 화면을 띄워 '나도 쓸 수 있다!'라고 적힌 제목으로 그들을 집중시켰다.

"저는 사장님들의 인생 성공 과정이 후배들에게 좋은 밑거름이 되어주길 바라고 있습니다. 사장님들의 노하우를 이 세상에 전파하는 길, 전 그게 책이라고 봤죠. 그래서 예전부터 저희 오피니언 면에 사장님들의 이야기를 기고로 많이 넣었고요. 오늘이 자리에서 사장님들이 성공적으로 책을 쓰기 위해 제가 전하는 강의를 귀담아들어 주시길 바랍니다."

서은우를 바라보는 사장들의 눈빛이 초롱초롱 빛났다. 나도 작가가 될 수 있는가, 의지가 불타오르는 게 멀리서도 고스란히 느껴졌다.

"얼마 전에 드론회사 차리고 대박 터뜨린 이 대표님. 대기업에서 십이 년 정도 근무하셨죠?"

"네, 그렇습니다."

"그럼 대표님은 누구에게 어떤 메시지를 전하고 싶죠? 현재 그 대기업에 근무하는 직장인들? 아니면 기업을 희망하는 대학생이나 취업 준비생들?"

"대기업을 다니는 5년 이하 직장인들에게 대기업을 떠나라고 전하고 싶습니다."

"떠나는 게 중요한가요, 떠나서 뭘 해야 할지가 중요한가요?"

"떠나서 스타트업을 차리라고 해야지요."

"책임질 수 있는 말인가요? 괜히 대기업을 준비하는 청년들의 진로에 혼란을 준다거나 대기업 가고 싶었는데 못 가는 취준생들에게 박탈감을 줄 가능성은요?"

"무얼 하라고 지시할 생각은 없습니다. 그저 제가 걸어온 길을 보여드립니다. 그 과정이 공감된다면 믿고 따라가고, 아니더라도 참고는 할 수 있도록 하고 싶습니다."

"좋아요. 그럼 일단 대표님처럼 명문대 나오신 분 중에서 대기업 입사한 사람들의 성공사례 자료를 준비해 주세요. 그리고 대기업을 목표로 취업 준비하는 그들에게 해결책도 함께 제시해주세요. 또 정부의 드론정책 보도자료도 취합하시고요. 드론에 관해서 읽을 책이나 개인방송 추천 리스트도 뽑아주세요."

"네? 자료라니요? 내 이야기만 하면 되는 거 아니었나요?"

"근거자료야말로 가장 설득하기 좋은 문장입니다. 어떤 에세이들 보면 명확한 자료 없이 그냥 '나는 이래서 됐다, 저래서 됐다' 하는데 이 대표님이 그거 보면 믿고 따라 하실 수 있겠습니까?"

"그렇긴 하다만……. 자료까지 조사할 정도로 귀찮은 작업이면 내가 책을 쓰겠다고 하진 않았지요."

"맞습니다. 바로 그겁니다. 대표님은 지금 바쁘십니다. 책 쓰는 것에 시간을 둘 여유가 없지요. 그러니 대표님은 생각나는 것을 주저리주저리 쓰기만 하면 됩니다. 그럼 자료는 저희가 구할 것이고, 이미지도 저작권 선에서 해결해드리지요."

"사람저널에서 다 해주는 거였군요. 그래서 천만 원이 든다고 한 거구만."

이들의 대화를 추측해보면 사람저널은 각 중소기업 사장들이 책을 쓰는 것에 자료수집과 교정을 지원해 준다. 사실 책은 명분이고, 이는 정부 기관과 기업의 다리 역할을 해주는 것에 대한 수수료 수단 정도였다. 창고에 형편없는 책들이 즐비해 있는 이유가 여기에 있었다.

몇 시간에 걸쳐 글쓰기 강의가 끝나자 수강생들은 선술집 하나를 예약했다며 서은우에게 가자고 했다. 서은우는 일단 사장들을 먼저 보내고 사촌누나인 최명숙 부장에게 한잔할 거냐고 물었다. 최명숙 부장은 모니터에 눈을 둔 채 고개만 두 번 가로젓고는 안 간다는 말을 대신했다.

"누나는 그럴 줄 알았고. 기 차장은 시간 어때?"

"저는 여자 친구랑 오늘 데이트가 있어서요."

기 차장이 여자 친구가 없을 거라고 생각한 내 편견을 잠시 꾸짖었다.

"오케이. 기 차장도 됐고. 그럼 서지영 씨 퇴근 준비하세요. 같이 술 한잔하게."

나하곤 눈 한 번 안 마주치고 내 허락을 강제로 받아 갔다. 애초에 허락조차 없었다. 사촌누나도 물어보고 기 차장도 물어봤는데 내 의사는 물어보지도 않았다. 따지고 싶어도 그가 잽싸게 밖으로 나가는 바람에 타이밍을 놓쳤다. 황당한 나는 입안을 혀 끝으로 찌르며 속을 다스렸다. 앓느니 죽는다, 생각에 의자에 걸린 코트를 신경질적으로 꺼내 들곤 뒤를 따라나섰다. 도중에 기차장과 눈이 마주쳤다. 미안해하는 그의 얼굴에서 그나마 위안을 삼았다.

인근 선술집 거대한 방을 예약한 대표들은 서은우가 도착하자마자 그를 극진히 모셨다. 적어도 이십 년은 우리보다 더 넘게 산 대표들이 우리 서 기자, 우리 서 기자, 아양을 떨었다.

여기 온 대표들은 모두 정부의 공공사업에 자신들의 아이템이 들어갈 수 있도록 서은우의 펜을 빌린 적 있어 아부에 열정적이다. 왜냐면 서은우는 정부에게는 국민들을 위한 산업 발전과 예산 확보를, 업체에게는 정부에게 기업의 목소리를 전하겠다는 빌미로 수익을 창출하고 있었기 때문이다.

서은우가 기사를 쓰지 않더라도 업계를 영위할 수 있었던 이유가 여기에 있다. 본인은 건수를 물어오고 경력 기자들에게 이를 맡기면 되는 구조다.

30대 중반에 어떻게 이렇게 많은 걸 해올 수 있었는지. 내가 아는 사람 중 가장 똑똑한 남자라 생각했던 재욱이가 애교로 보일 정도다.

실내는 공통 주제로 대화가 무르익었다. 서로들 영웅담을 털어놓거나 정부 비판, 정치 분쟁으로 대화가 이어졌다. 가끔 축구나 야구 이야기로 빠지기도 했지만 대부분 정치가 주된 소재였다. 다행히도 진영의 극과 극은 없어 보였다. 비슷한 위치에서 일을 하다 보니 성향들이 비슷했다. 정치 얘기는 오히려 한마음 한뜻 한곳만을 향했기에 화기애애했다. 특히 이들이 정치 얘기에만 몰두해서 나를 안중에 두지 않은 것이 가장 좋았다. 술 비었네요, 한 잔 받아요, 하고 서은우가 말을 걸기 전까지는 말이다. 그는 내 잔에 소주를 한가득 푹 채우고는 자기 잔을 들이밀어 건배를 제안했다.

"술 너무 꺾으시는 거 아니에요? 원래 술 잘 안 마시세요?"

"그다지요."

"그래도 술은 템포이자 교감인데 다들 '짠'할 때 같이 좀 해줘요. 대표님들 무안하잖아요."

공장에서 일할 땐 내 성격 알고 누구도 술자리에서 잔소리를 한 적이 없다. 그런데 이 서울 사장은 제멋대로 술 따르고 훈계까지 했다. 마지못해 나는 사장들을 무안하게 하지 않으려고 술잔을 부딪쳤다. 내가 먼저 손을 내밀자 옆에 계신 사장 한 분이 반겼다. 큰 대화는 오가지 않았지만 대부분 서은우 칭찬 일색이었다. 그러다 내게 나이를 물어보려는데 결혼은요, 왜 아직 혼자세요, 좋은 사람 소개해 줄까요 등 식상한 질문이 이어질 것 같아 화제를 그들의 회사 업무 내용으로 전환했다.

무렵, 테이블 끝자락에선 어떤 대표들이 언성을 높이고 있었다. 동시에 모두의 시선이 한쪽으로 쏠렸다. 염병, 망할 등 육두문자가 오가면서 글쓰기 강의의 어두운 단면을 흥보고 있었다. 주변 사람들은 오가는 욕지거리와 서로를 향한 삿대질의 콜로세

움 광장 속 관객이 되어 지켜보았다.

"공적 소개도 쓸 줄 몰라 아랫것들 시키는 자네들이 글을 쓴다고? 정신들 차리게. 우리 같은 엔지니어가 글은 무슨 글! 게다가 그걸 배우겠다고 천만 원이나 태운다는 거야? 이 호구들."

"이번에 의료기기 업체 대표 하나는 대필로 삼천만 원 주고 자서전 썼다는데 그것보단 낫지 않는가."

"그건 그쪽들 얘기고. 자네들 회사가 그 정도로 매출이 되는 건 아니잖아."

"자네 꼭 그렇게 고깝게 말해야 하는가."

"에잇!"

반기 드는 사람이 없나 했더니 사각턱이 고집스러워 보이는 중년 대표 하나가 테이블을 쾅쾅 치며 열변을 토했다. 그는 과거 서은우가 특허 관련 취재를 하다 인연을 맺은 안전 장비 기업 사장이다. 시험테스트 과정에서 규정을 위반했다고 의혹을 사는 바람에 한때 서은우의 밀착취재 대상이 됐다고 한다. 취재 과정에서 결백이 밝혀졌고, 서은우는 곧바로 사과한 뒤 제보자를 응징했다고 한다. 나름 싸우면서 친해진 것 같은데 여전히 그는 서은우를 보면 날을 세웠다.

"난 저기 서 기자 믿을 수가 없어. 내가 오늘 이 자리에 온 것도 다 자네들 한심함 흉보러 온 거야. 정말 책 쓴다고 몇천만 원씩 수익이 날 거라고 생각해? 다단계가 따로 있는 줄 알아? 이게 바로 다단계야!"

김 대표는 주변에 있는 사람들에게 당신들이 언제 글이나 제대로 써봤느냐, 누가 책을 사겠느냐, 책쓰기는 사기다, 지방방송 열심히 전파했다.

내가 시선을 멀리 있는 사장에게 던지고 있자 서은우는 테이블을 톡톡 쳐서 내 시선을 자신에게 고정시켰다. 그는 한껏 여유를 품은 미소와 포근한 눈빛을 내게 보냈다.

"악수에 대해서 깊게 생각해 본 적 없죠?"

"깊게 생각해 본 적 없는 거 알고 물어보시는 거 맞죠?"

지방방송 듣기 싫어 옆에 있는 내게 뭐라도 말을 걸고 싶은데 생각나는 게 없어서 아무 말이나 던지는 것 같았다.

"악수는요."

그가 자신의 양손을 교차해서 자기 손목을 잡더니 내게 내밀며 사설을 늘렸다.

"악수는요. 두 사람이 할 수 있는 가장 안전한 인사법이에요. 예전에는 소매에 단검을 숨기는 경우가 있어서 이를 확인하려고 서로의 손목을 잡았다고 하네요."

"악수 얘기를 하는데 왜 역사부터 읊어요? 얼마나 길게 하시려고."

"악수는 원래 남자들만의 인사법이었는데 이젠 보편적으로 바뀌어서 성별에 상관없이 자연스럽게 할 수 있게 됐죠. 특히 비즈니스에 있어 악수는 현대판 도원결의와도 같다고 봐요. 악수야말로 '너와 내가 가장 평등한 위치에서 화합과 도모를 추구한다' 이런 의미가 담겨있다고 봅니다."

안 물어봤다.

"유럽이나 미국도 전체적으로 악수를 많이 하고요. 구소련의 경우는 위아래 상관없이 악수를 청했다고 하네요. 우리나라는 웃어른을 공경한다는 점에서 아랫사람이 먼저 악수를 권하는 경우는 거의 없기도 하죠."

안 궁금했다.

"만났을 때는 보통 윗사람이 먼저 악수를 권하는 경우가 많아 악수하기가 쉽습니다. 다만 협상이 제대로 이뤄지지 않으면 끝나고서 헤어질 때 아랫사람이 먼저 악수를 청하긴 힘들겠죠? 어른이 먼저 악수를 청해야만 할 수 있습니다."

"하고 싶은 말이 뭐예요?"

"저는 일단 손을 잡아야 초능력을 쓸 수가 있잖아요. 대뜸 상대 손을 잡을 순 없고, 그렇다 보니 악수 유도가 상당히 중요하더라고요. 그래서 제가 어떻게 마인드컨트롤을 유도하는지 보여드리려고 하는 겁니다."

서은우는 소주 한 잔을 입에 털어 넣고선 소리가 나도록 의자를 뒤로 뺐다. 정장 깃을 매만지며 헛기침을 하더니 앉아있는 내게 눈을 맞췄다.

"김 대표님을 이 자리로 꼭 오게 만들겠습니다."

그는 끝자락 심통 가득한 표정으로 홀로 소주잔을 기울이는 김 대표에게 다가갔다. 사각턱에 심술이 잔뜩 묻어 있는 걸로 보아 건드리지 않는 게 좋을 것 같았으나, 이에 상관없이 서은우는 김 대표 옆에 앉아 술을 권했다.

"김 대표님, 한 잔 받으시죠."

"됐네. 술맛 다 떨어져서 그만 일어나려네."

"불편한 자리로 만들어 드려서 죄송합니다. 그래도 오해는 풀고 싶습니다."

"자네 오해라고 했나?"

김 대표의 말투에 재차 날이 섰다. 한번 휘두르면 서은우의 목이 댕강 날아갈 것 같은 날카로운 목소리다. 김 대표는 다른 대표들을 넓게 훑어보곤 코웃음 치며 서은우를 노려봤다.

"기자 시절에는 온갖 협박으로 여기 사람들 피 말리게 하더니, 이젠 헛꿈이나 꾸게 만들면서 내게 오해를 논하나? 이거 다 광고 늘리려고 속셈 부리는 거잖아."

"김 대표님도 곧 하시게 될 겁니다."

"책 따위 쓰는 법 배우는데 내가 천만 원이나 태울 거라고?"

"굳이 생돈 천만 원 내는 분은 없다고 봅니다."

서은우는 한 마디도 지지 않고 꼬박꼬박 대꾸 잘했다. 곱절은 더 살았을 김 대표에게 기가 전혀 눌리지 않았다. 그는 들고 온 술잔을 빠르게 목구멍으로 털어놓고는 후, 한 박자 쉬었다. 둘의 대화가 멈추자 순간 실내에는 긴장감이 감돌았다. 대표들은 시선을 서은우에게 집중했다. 주목받는 시선을 놓치지 않고 서은우가 힘주어 말했다.

"대표님들. 천만 원이 광고 집행이었습니까, 본인들 투자였습니까. 광고라고 생각하시는 분 계시면 말씀해 주세요."

서은우 말이 떨어짐과 동시에 침묵이 곧 실내를 감쌌다. 대표들은 각자 한쪽으로 고개를 돌려 서로 눈을 마주치다, 다른 쪽으로 시선을 돌려 반대쪽에 앉은 대표들과 눈을 마주치다 반복했다. 그들의 얼빠진 모습에 김 대표는 혀만 끌끌 찼다.

"대체 어떻게 구워삶은 거야?"

"김 대표님께 한 가지만 물어볼게요. 김 대표님은 그동안 자신이 이뤄 왔던 업적을 남에게 보여주고 싶습니까, 감추고 싶습니까?"

"굳이 일부러 보여주고 싶은 마음도 없고, 감추고 싶은 마음도 없네."

"그래요. 그럼 그렇게 사시면 돼요."

서은우는 김 대표가 방어적인 태도로 답을 하자 물어보는 것을 포기했다. 그는 김 대표의 손을 꽉 잡은 뒤 가볍게 묵례를 하곤 자리로 돌아왔다. 옆자리로 데려온다고 해놓고선 싱겁게 끝나자 나는 코웃음을 쳤다.

"못 데리고 오셨네요."

일부러 좀 민망해하라고 비꼬듯이 말했으나 서은우는 도리어 자신 있는 웃음으로 화답했다. 두고 보라는 듯 그의 눈망울이 초롱초롱 빛났다. 마침 끝자락에서 김 대표가 옆에 있는 사람에게 툭 던지듯 근데 수강료 천만 원이 왜 투자야, 했다.

말이 떨어지기 무섭게 서은우가 비릿하게 미소를 흘렸다. 그는 다시 자리에서 일어나 모두를 집중시켰다. 나서서 주목받는 것에 진심인 남자다.

"대표님들. 여러분들은 모두 각자의 인생에서 승리했습니다. 이것을 글로 남기면 기록이 되지요. 이 기록이 지인들에게만 알려지는 것에 국한하지 않고, 많은 이들에게 전해줘야 하는 게 사람의 도리라고 저는 생각합니다. 저기 김 대표님은 그것에 취미가 없는 것뿐이고, 여러분은 그것에 취미가 있거나 관심이 있기에 이 자리에 있는 거지요. 그러니 휘둘리실 필요 없습니다."

뜬금없는 궤변에 나는 좌불안석이 됐다. 성격도 불같아 보이는 김 대표를 굳이 도발해서 싸움 거는 저의가 이해 안 됐다. 그러나 내 생각과 달리 김 대표는 서은우의 말에 반응했다.

"자네는 내가 이들을 선동한다고 생각하는가?"

"분명 수강료는 천만 원이 맞습니다. 하지만 이들 모두 광고 대체비용이라고 생각하지 않습니다. 그런데도 김 대표님은 잘 알지도 못하시면서 절 사기꾼으로 내몰고 있지 않습니까."

"책 만드는데 몇백만 원도 안 들을 거 같으니 하는 말이네."

"왜 천만 원이 들어가는지 궁금하시면 여기로 오셔서 저랑 얘기 더 해보든가요."

그러자 김 대표가 인상을 팍 구기고 씩씩대며 서은우 곁으로 다가왔다. 뭐가 됐든, 정말로 김 대표는 서은우의 옆자리를 채웠다. 김 대표가 앉자마자 서은우는 나를 등지고 그에게 고정했다.

"대표님. 자신의 인생이 보잘것없어 보여줄 게 없으면 안 하면 되는 겁니다. 하지만 저분들은 자신의 인생이 값진 인생이기에 값진 인생을 기부하고자 글씨에 마음을 담았습니다. 그러니 이분들에게 호구니 뭐니 그런 말씀은 삼가세요."

속을 긁는구나.

"내 인생이 보잘것없어? 자네가 나를 알아?"

이럴 줄 알았다. 울컥 화가 난 김 대표는 주먹으로 테이블을 쾅 쳤다. 젓가락이 테이블 밑으로 수두룩 떨어졌고, 접시들은 공중에서 점프 한 번 하고 좌우 날갯짓하다 평행을 맞췄다.

"보잘것없지 않으세요? 그럼 기록을 남기셔야죠."

"서 기자, 자꾸 나랑 말장난해? 그런 거 필요 없다니까."

"사람은 누구나 자신의 자랑스러운 업적을 기록으로 남기고 싶어 합니다. 그러지 못한 사람들이 기록을 남기는 것에 자신 없어 하지요."

"그렇다 치더라도 내가 천만 원이나 퍼주고 사기당할 것 같아?"

"그래서 제가 생돈 천만 원 지불 안 하는 법을 알려주겠다고 김 대표님에게 이 자리에 앉으라 한 겁니다."

"그게 뭔데! 아……."

김 대표는 저도 모르게 궁금했던 심정을 들켰는지 말끝에 아차 하는 감탄사를 자아냈다. 그는 말려들었지만, 자존심이 허락하지 않았는지 사각턱을 비스듬하게 세웠다.

"흥분을 가라앉히시고 일단 한잔하시죠."

서은우의 부드러운 음성이 김 대표의 귓가를 녹였다. 아까처럼 노발대발 화도 내지 않았다.

"일단 저희를 통해 책을 내면 대표님의 미담 인터뷰를 삼 회 진행해 줍니다. 보도자료는 10회, 기획기사는 1회, 중소벤처기업부 토론회 1회 금액이 포함돼 있습니다. 메이저에서 이거 모두 진행하려면 일억 원이 들 것이고, 일반 경제지에서도 몇천만 원은 줘야 가능하다는 건 여러분이 더 잘 알겠죠. 그걸 저희는 책 출간과 함께 겨우 일천 만 원에 해드리는 겁니다. 이제 납득이 좀 되셨습니까?"

"그런 거였군."

술자리 끝자락에서 말할 때는 버럭 소리 지르던 양반이 이 자리에선 고분고분 쉽게 대답했다. 서은우가 이것저것 설명하는 동안 그는 말을 한 번도 끊지 않고 고개를 끄덕였다.

"조만간 계약서 도장 찍으러 오세요."

"에이, 그래도 이건 좀 아닌데."

분위기가 좋아진 줄 알고 김 대표가 곧바로 오케이 사인 낼 줄 알았으나 역시 호락호락하지 않았다.

"대표님. 세상 사람들에게 널리 알려질 자격이 있으신 분입니다. 하셔야 합니다."

서은우가 손을 내밀었다. 김 대표가 그의 손을 보고 머뭇거렸다. 동시에 그를 주목하는 다른 대표들과도 눈빛을 교환했고, 마지못해 그 악수를 받아들였다. 찰나에 씨익 웃은 서은우가 격하게 손을 흔들더니 김 대표의 손등에 나머지 한 손을 덮었다.

"계약은 내일 당장 하는 겁니다. 그리고 여기 오신 김 대표님 친한 분들에게도 꼭 하라고 해주시고요."

"알겠네."

귀를 의심하지 않을 수 없는 순간이었다. 방금까지 안 하겠다고 역정 냈던 양반이 프라이팬 달걀 뒤집듯 흔쾌히 대답했다. 시선을 주변으로 돌린 나는 어안이 벙벙했다. 모두 흐뭇한 표정을 지으며 고개를 끄덕였고, 오늘 처음 왔던 다른 수강생들도 옆에 붙어 술렁댔다. 갑자기 너도나도 할 것 없이 서은우에게 달라붙었다.

나도 글 써 보고 싶다, 내가 글 쓴다는 것을 상상도 못 해 봤는데 자신감이 생겼다는 둥, 거짓말처럼 오늘 데모 수강을 들었던 대표들이 정식 수강생이 됐다.

'위잉위잉 착착 쿵쿵'으로 반복 노동하며 일정한 월급만 벌어왔던 내겐 이 광경은 신선한 충격이었다. 말 몇 마디로 이 남자는 이 자리에 모인 열 명에게서 수강료를 뽑아냈다. 단 몇 시간 만에 1억을 번 남자를 현실에서 목격했고, 이는 그가 보여주고자 한 '믿음직'의 기적이었다고 감히 말할 수 있겠다.

술자리가 끝나고 서은우는 선술집 문 앞에 서서 대표들을 한 분씩 마중했다. 그가 공손히 묵례하자 대표들은 오른손을 힘차게 뻗어 악수를 청했고, 서은우는 그 손을 맞잡아 대리운전 지금

바로 부르시고 편하게 주무세요, 조만간 뵙지요, 힘주어 말했다.

열 명 남짓 대표들이 줄을 서서 악수하는 풍경이 꼭 연예인 시 사회를 보는 느낌이었다. 사람 좋은 미소를 실실 흘리며 앵무새 처럼 반복하는 저 말에 모두 알겠다고 대답했다. 인기 있는 트로트 가수 사인받은 팬들마냥 그들의 얼굴에 생기가 돌았다.

정녕 초능력 때문에 그들이 저렇게 밝아진 걸까, 아니면 악수로 맺은 도원결의가 그들의 열정을 끌어올렸는가.

이 자리 외에도 서은우의 악수는 오피스텔 지하 주차장에서도 빛을 발휘하고 있으니 그의 손에 부쩍 신경이 안 쓰일 수가 없었다.

술자리에서 대표들이 모두 떠나고 나도 길가에 나가 택시를 잡으려 했을 때다. 대뜸 서은우가 대리운전 불렀다고 같이 가자고 했다. 됐다고 하니까 어차피 같은 오피스텔에 사는데 굳이 따로 갈 필요 있냐는 거였다.

"우리 같은 동 살았어요? 왜 여태 말 안 했어요?"

"어디 사는지 안 물어보셨잖아요."

미쳤다. 내가 여기 온 지가 언젠데 그걸 여태 얘기도 안 해줬다니. 한 층 밑에 이 인간이 살고 있었다. 출퇴근이 대중없는 사람이라 몇 달간 한 번도 마주친 적이 없어 알 턱이 없었다. 그리고 내가 대표의 집이 어디인지 물어볼 까닭이 없는데 어디 사는지 안 물어봤냐고 대꾸하는 거 보면, 이 또한 혼자 즐기고 있었다는 셈이다. 나중에 내가 알게 됐을 때 황당 내지 당황했을 얼굴 상상하면서, 속으로 혼자 얼마나 실실거렸을까.

오피스텔 도착 후 대리운전 기사가 적당한 곳에 차를 주차했다. 차에서 내린 나는 서은우와 따로 걸으려고 거리를 넓혔다. 몇 달간 적당히 눈인사하며 지낸 이웃들에게 외간 남자를 불러왔다는 괜한 오해를 사긴 싫었다. 속셈을 모르는 그는 걸음을 멈추고 고개를 돌려 나를 기다렸다. 내가 손으로 휘이 저으며 먼저 가라고 신호했다. 대수롭지 않다는 듯 곧 서은우는 먼저 앞에 서서 걸었다.

지하 주차장 로비에서 서은우가 카드를 꽂고 유리문을 열었다. 카드를 꺼내거나 비밀번호 누르기 귀찮았던 나는, 이때만이라도 편승하려고 문이 닫히기 전에 잽싸게 같이 들어가려고 했다. 생각보다 우리의 거리가 멀었는지 그가 유리문 앞에서 손이라도 저어주지 않으면 그냥 닫힐 기세였다.

기다려요, 내가 소리 질렀는데 그는 못 들은 척 지나갔다. '척'이라고 확신했던 건 그가 한쪽 입가 씨익, 했으니 이게 그 증명이다.

나는 유리문 앞에 서서 핸드백 지퍼를 열고 주섬주섬 카드를 찾았다. 마침 경비원이 부리나케 뛰어와서 문을 열어줬다. 서은우는 엘리베이터를 기다리고 있었다. 곧 엘리베이터가 지하 1층에 도착했고 서은우가 나를 힐끔 보곤 또 그냥 혼자 들어가려고 했다. 이번엔 '열림' 버튼 누르고 대기 안 하면 내일 당장에라도 타액 듬뿍 담긴 커피를 저 목구멍에 쑤셔 넣겠다고 다짐했다.

"어이, 거기요! 잠시 서 봐요. B동 거주시는 분 맞죠?"

아까 전 카드로 문을 열어줬던 경비원이 서은우를 멈춰 세웠다. 서은우가 엘리베이터 안에서 밖으로 나와 경비원과 마주 섰다. 동시에 엘리베이터는 사람을 태우지 않고 그냥 올라갔다. 그 사이 경비원이 서은우에게 따지듯 말했다.

"방금 A동 건물에 주차하신 거 같은데 B동으로 옮겨주세요. 동별로 주차자리는 지켜주셔야죠."

"죄송합니다. 대리운전 기사가 A동에서 내려줬네요. 그리고 아까 오면서 보니 B동에는 주차할 곳이 없던데요."

"안쪽으로 좀만 들어가면 공간 많습니다."

"거기는 너무 외집니다. 아침에 차 뺄 때도 힘들고요."

"그래도 규칙은 지켜주셔야죠. 빨리 빼주세요."

별거 아닌 것 같은데 경비원은 강압적으로 서은우를 몰았다. 그것도 그렇지만 서은우도 꽤 고집을 부렸다. 이 정도로 뭐라고 하면 그냥 귀찮아서 따를 만도 한데 그는 자신의 주차에 합리성을 부여했다. 술을 많이 마셔서 지금 운전하면 음주 운전이라고 한단다. B동까지 주차하려고 대리운전을 부르는 것도 웃기지 않느냐며 너스레 떠는 중이다. 또 괜히 나까지 지목하며 이분은 운전을 할 줄 모른다고 그랬다. 나는 귀찮은 일에 말려들지 않으려고 다른 엘리베이터를 타려 했는데 그가 내 핸드백 손잡이를 손가락으로 잡고 못 가게 막는 거였다. 놓으라고 하려는데 그는 경비원이랑 실랑이하느라 나는 안중에도 없었다.

"제가 주차해 줄 테니 키 주세요."

"제 차는 작동법이 좀 달라서 맡기기 그러네요. 내일 아침 일찍 나갈 거니 한 번만 봐주세요."

"안 됩니다. A동 거주자들이 매번 B동 거주자들 주차 침범 때문에 민원을 넣어 저도 힘듭니다."

오피스텔 A동과 B동은 주차장 입구가 하나로 연결되어 있었다. B동으로 들어가려면 A동을 먼저 지나쳐야 했고, B동 엘리베이터 입구는 A동 쪽에 위치해 있었다. 이 때문에 B동 거주자들이 A동 끝자락에 주차를 하곤 했고, 이는 A동 주민들에게 큰 불만으로 이어졌다.

누구의 아이디어로 이런 건축 구조가 만들어졌는지는 모르지만, 분쟁의 역사는 언제나 영역 침범에서 시작된다는 점만은 분명했다.

서은우는 검지로 걸고 있던 내 핸드백 줄을 놔주고 경비원에게 다가갔다. 혹시 시비라도 걸려는 건지 몰라 나도 모르게 그를 말리는 자세를 취하려고 했다. 공동주택 경비원 문제가 요새 사회문제로 번지고 있는데, 이럴 때 괜히 엮이면 골치 아파지지 않을까 하는 오지랖이었다. 생각과는 달리 서은우는 입가에 균형 잡힌 미소를 짓고는 경비원의 손을 꼭 잡았다.

"경비 아저씨 고생하는 거 누구보다 잘 아는 세입자입니다. 그래도 이번만 넘어가 주세요. 빨리 들어가서 쉬어야 내일 빨리 차를 빼지 않을까 싶어요. 알겠죠?"

"네, 그러세요."

안 된다고 고집부리던 경비원이 초점 하나 없는 눈으로 고개를 끄덕이곤 승낙했다. 방금까지의 시비는 전혀 기억을 하지 못한다는 듯, 흔쾌히 허락하는 게 회식 자리에서의 김 대표 때와 비슷했다. 이번엔 진짜 마인드컨트롤을 썼다는 느낌을 지울 수 없을 정도로 강력한 테스트였다.

엘리베이터에 같이 타게 된 나는 엘리베이터 모퉁이에 등을 기대어 그에게 말했다.

"아까 김 대표도 그렇고, 경비 아저씨도 그렇고. 불통처럼 보이던 분들을 단칼에 설득하네요? 이게 다 초능력이라고요?"

"그렇지요."

"그럼 뭔가 후유증은 따로 없어요?"

"쓸 때마다 머리가 좀 아프긴 해요."

"그럼 쓰지 마요."

엘리베이터가 그가 사는 십 층에 멈췄다. 띵, 소리가 나고 문이 열렸다. 그는 나가지 않고 열림 버튼 누른 채 나를 가만히 응시했다. 나는 모퉁이에서 핸드백 끈을 양손으로 잡고 서 있었다.

"왜 쓰지 말까요?"

평소와 어울리지 않는 서은우의 진중한 물음이었다. 초능력이라는 황당한 주제를 가볍게 넘길 수 없는 분위기가 엘리베이터 안을 가득 채웠다. 덩달아 진지해진 나는 이전과는 다르게 최근 내가 새롭게 느끼는 감정을 전달하지 않을 수 없었다.

"사람을 조종하는 걸 제가 아는데 제가 안 무섭겠어요? 그러니 하지 마세요. 그리고, 초능력 쓰면 그쪽 머리도 아프다면서요."

능력 유무는 상관없다. 없는 초능력 가지고 내게 장난치는 것일 수도 있지만, 초능력이 있다는 것을 믿는 자가 하는 지금의 행동은 도덕적으로도 어긋났다. 그리고 혹시 그 초능력이 나를 향한다면.

"백번 양보해서 초능력이 있다고 치고, 초능력 쓰는 거 별로예요."

엘리베이터 안은 잠시 침묵이 이어졌다. 그때, 삑 침묵이 이어지던 엘리베이터 안에서 삑, 하는 경고음이 울렸다. 그는 열림 버튼을 계속 누르고 있었던 것이다. 멍하니 있던 나는 그 소리에 흠칫 놀랐고, 그가 성큼 엘리베이터 밖으로 걸어나갔다. 문이 서서히 닫혀갈 즈음, 그의 눈과 내 눈이 마주쳤다. 문이 완전히 닫히기 직전, 그는 입 모양으로 무언가를 말했던 것 같아 떠올려보았다.

6장

　보브 단발 컷에 앞머리 몇 자락으로 한쪽 눈을 가린 여자. 눈 언저리를 도발적으로 물들인 버건디 컬러 주변에 예리하게 말린 풍성한 속눈썹과, 큰 눈동자 끝 찢어진 눈매가 사람 하나 기죽일 듯 오랫동안 나를 응시했다. 보고만 있어도 압도되는 눈빛은, 마치 끝없는 연장전이라도 펼치듯 눈싸움에 전전긍긍하고 있는 모습이다.

　가을과 어울리는 베이지 버버리코트로 감각적 패션을 연출한 그녀의 고상하고 독특한 품위가 짙게 내 기운을 누르는 중이었다.

　앞에 있는 이 여자가 서은우와 깊은 연관이 있을 거라 직감적으로 알 수 있었다. 어깨에 얹힌 그녀의 샤넬 끈이 살며시 흘러내리자 그녀는 어깨를 으쓱하여 고쳐 메곤 내게 손을 내밀었다.

　"반가워요, 이윤경 기자입니다."

이윤경이라고 소개하는 그녀의 목소리는 낮게 깔려있음에도 힘이 있어 듣는 이를 집중케 하는 것에 알맞았다. 나를 보며 싱긋 웃는 그녀. 그런데 반갑다고 전하는 예의 차린 언어와 달리 눈빛은 오히려 섬뜩하다 느껴지는 것은 기분 탓일까.

"서지영이에요."

"얘기 들었어요. 우리 오빠 어릴 적 친구라고. 우리 자주 봐요."

여운을 남기고 그녀가 서은우 집무실로 들어갔다. 난 집무실 문밖에서 그녀가 남기고 간 아우라를 멍하니 응시했다.

기무영 차장에게 혹시 저 여자 아느냐고 물어보다가 듣고 싶지 않은 충격적 사실을 알아냈다. 그녀는 경제일보 정치부 기자이고 서은우와는 사내 커플이었다고 한다.

"그럼 지금도 사귀는 거예요?"

"대표님이 그건 아니라고 했었어요. 연인 관계를 떠나 비즈니스 파트너로서 어쩔 수 없이 연락하는 중이라네요."

이유 모를 안도의 한숨. 나는 기 차장의 말에 다행이라고 생각했다.

얼마 지나지 않아 이윤경이라는 여자가 집무실 밖으로 나왔다. 그녀가 서은우에게 웃어주는데 그게 그렇게 사랑스럽게 보일 수가 없다. 그 미소를 담은 서은우의 표정도 만개했다. 잘 어울리는 선남선녀 한 폭이다.

멀리 서 있는 나와 눈을 마주친 이윤경. 그녀는 비웃음인지 모를 싱긋, 미소를 흘리고 퇴장했다. 꼭 그 미소가 너 따위가, 하는 표정이다. 자격지심이 여기서 폭발했다.

❀ ❀ ❀

여기 온 지 두 달이 더 지났다. 이제 다섯 달째다. 기자를 하는 건 아니었지만 최근 동안은 김 대표 책 출간에 많은 역할을 한 것 같아 나름 월급은 했다.

"이게 정말 내 책인가?"

새로 산 장난감 만지듯 김 대표는 자신의 책을 어린아이처럼 이리저리 살폈다. 사실 김 대표는 서은우가 책 출간하라고 꼬시기 전부터 많은 원고를 집필한 상태였다. 그래서 그는 책 출간 전까지 퇴근만 하면 사무실에 찾아와 미팅룸에서 밤늦게까지 퇴고만 열심히 했었다. 아이러니하게도 가장 의심이 많았던 김 대표가 수강생 중 가장 먼저 양질의 책을 출판하게 된 것이다. 그것도 단 두 달 만에.

"현대판 유자 경전의 서적이 김 대표님 손에서 재탄생했습니다. 열정이 만들어 낸 따끈따끈한 신간, 보기만 해도 뿌듯하시지요?"

"이게 정말로 서점에 걸린단 말이지?"

"유나문고 종로와 강남점에 열흘간 신간 가판대에 올라가게 될 겁니다. 유나문고 MD가 책 요약을 보고 맘에 들어 했거든요.

대표님 책이 베스트셀러 작가들 책과 어깨를 나란히 하게 되는
겁니다."

김 대표의 책 제목은 〈사림이 뜬다〉였다. 표지에는 고려말 성
리학자 포은 정몽주와 야은 길재, 그리고 조선 중기 사림을 이끈
이황과 조식, 서경덕, 이이 초상화가 듬직하게 뒤를 지키고 있어
책 표지의 무게감을 더했다.

편집에 참여했던 나는 이 책이 창고에 있던 날림 책과는 비교
할 수 없을 정도로 훌륭한 책이라 생각했다. 자료도 탄탄하고 설
득력도 강해서 그저 구색 맞추기 출간이 아님을 스스로 증명한
셈이다. 의심하고 신중하고 진지하니 그 프로의식이 고스란히
책 쓰기에도 나타났다. 이제부터는 팔리느냐가 중요하다.

"사림이 조선을 망하게 한 주범이라고도 하지만, 사림의 정신
은 우리 현대인들이 배울 게 워낙 많다고 평가받고 있지요. 책
내용처럼 선비의 삶인 책 읽기와 글쓰기 습관을 많은 후배들이
깨닫게 되길 바랄게요."

"앞으로 홍보는 어떻게 하지?"

"유나문고 중앙 가판대에 진열되는 그 십일 안에 승부를 봐야
합니다. 공대생과 취업 준비생을 대상으로 해서 북 콘서트를 열
고 구매 욕구를 상승시켜야죠. 결핍된 인문학 DNA를 심어주는
게 이번 전략입니다."

그날 나는 전체적으로 총괄 보조를 맡고, 기 차장은 영상 촬영
을 한다. 특히 그날은 창고에만 박혀있던 편집부도 세상 밖으로

나와 함께 일을 하게 된다. 학생 코스프레를 해야 하기 때문이다. 쉽게 말해 바람잡이다.

우리 회사 취재기자들은 안 온다. 역시나 그들은 그날도 코빼기 하나 볼 수 없는 귀한 종자들이다. 기사 보면 뭐 그렇게 대단한 특종을 잡는 것도 아닌데 너무 대충 일하는 게 아닌가 싶었다. 대체 얼마나 월급을 적게 주면 일들을 그렇게 안 하려고 할까.

"서지영 씨. 작년 10대 대기업 직무적성 검사에 나온 문제들 영역별로 다섯 문제씩 추려 주세요. 그리고 김 대표님이 직접 수기로 쓴 엽서들도 예쁜 봉투에 잘 담아두시고요."

"몇백 권이나 되는 저걸 저 혼자 다 하라고요? 싫어요, 못 해요. 유인물 포장도 아직 못 했거든요?"

"혼자 하라고 안 해요. 저도 달라붙을 거니까 걱정 마세요."

"우리 둘만으로도 퇴근 때까진 못해요."

"알았어요. 그럼 내일 휴무 줄 테니 자정까지만 해요."

"대표님은요?"

"전 나와야지요."

회사 대표가 이렇게 열심히 하는데 아무도 거들어주지 않는 게 웃기다. 위상이 너무 없는 듯싶다. 결국 이날 밤은 나와 서은우가 사은품을 포장하고 엽서 꽂고 유인물까지 모두 정리해야만 했다. 기 차장이 남아서 도와주겠다고 했으나, 솥뚜껑이 할 수 있는 작업은 아니었다. 어차피 영상 편집할 때는 기 차장이 혼자

고생할 테니 신경 쓰지 말고 가라고 했다.

나와 서은우는 여섯 시가 되자마자 사무실 중앙에 놓인 회의 테이블에서 물품들을 잔뜩 깔아놓고 빠른 손놀림으로 작업을 시작했다.

"손이 굉장히 빠르시네요. 나 한 장 할 때 다섯 장은 만드는 것 같아요."

서은우는 무표정으로 손만 바삐 움직이는 내 손놀림에 진정 놀란 듯 보였다. 어릴 때부터 손재주가 좋아 손으로 하는 건 뭐든 능수능란하게 잘했으니 경이롭게 볼 만도 하다. 단순 반복 노동 작업은 내 천직인가 보다. 사실 자정까지 할 필요도 없었다. 그저 나 혼자 남아 이 짓을 하는 게 억울해서 투정 좀 부린 거였다.

"'위잉위잉 착착 쿵쿵' 덕이죠."

"위잉 뭐요?"

"있어요, 그런 게."

작업은 무난하게 진행되고 있었다. 그러나 생각 없이 반복적으로 작업하는 것이 오히려 피곤을 불러일으켜 하품이 나왔다. 그걸 포착한 서은우가 말을 걸었다.

"졸려요? 라면 먹고 할래요? 진짜 라면이요."

"진짜 라면, 가짜 라면 따로 있어요?"

"그냥 라면 먹자고 하면 오해할까 그랬죠."

"퍽이나 그러겠습니다. 그리고 뭘 모르시네. 이런 작업 할 때는 중간에 뭐 먹으면 능률이 떨어져요. 단숨에 처치하지 못하면 일하기 싫어진다니까요."

"능률까지 생각하시다니. 서지영 씨에게 후광이 보이네요."

"그나저나 대표님은 북 콘서트 때 뭐 하세요?"

"돈도 없는데 제가 사회 직접 봐야죠. 끝나고선 강당 밖에서 대기했다가 학생들에게 유인물 나눠 주고 악수하면서 '책 사주세요' 하고."

"돈도 없는 대학생들에게 초능력으로 강매시키다니. 나빴어."

"그들에게 이렇게 말할 겁니다. 무언가 잡고는 싶은데 무얼 잡지 못할 때, 그 지푸라기가 이 책이라고 생각이 들면 서점에서 꼭 첫 장을 넘겨보라고요. 첫 장 이후에는 학생들이 판단하는 거예요. 그럼 이건 강매가 아니겠지요?"

수긍은 가는 해명이었다. 가만 보면 손을 잡지 않으면 무용지물이니 여러모로 불편한 초능력이라서 그다지 부러운 능력은 아닌 것 같다.

"그리고 지영 씨가 초능력 함부로 쓰지 말라 했잖아요. 그래서 웬만하면 안 쓰려고요."

"무슨."

나 때문에 초능력을 쓰지 않는다니. 이는 마치 모스키토가 사랑하는 남자를 위해 피 흡입을 멈추겠다는 그 희생과 같은 맥락이, 아니지. 미쳤네. 정신이 자꾸 마실 나가서 돌아오지를 않는다.

"근데 지영 씨. 제 초능력 이제 완전히 믿는 거죠?"

"네? 아!"

나도 모르게 초능력 이야기를 아무렇지 않게 꺼냈다. 나는 성급히 초능력을 믿는 게 아니라 초능력이라고 믿고 있는 너의 시커먼 마음을 얘기한 거라고 강조했다. 정색을 심하게 하니 서은우의 표정도 그리 밝지는 않았다. 마음이 불편해졌지만, 문득 저게 또 사람 속이려고 연기하는 건 아닌가 생각이 들었다. 그냥 말하지 말고 일이나 마무리해야겠다는 생각에 시선을 외면했다.

어느덧 시간이 여덟 시를 지나고 있었다. 담배 한 대 태우고 한 시간 정도만 몰아붙이면 금세 끝날 것 같았다.

서은우는 반쯤 감긴 눈을 번뜩 동그랗게 뜨며 잠을 쫓고 있었다. 눈동자가 불그스름한 게 제대로 충혈돼 있었다. 하루에 잠은 얼마나 자는 건지. 그는 하품을 참으려고 아랫입술을 구강 안으로 말아 넣는 동작도 취해봤다.

나름 아련하게 바라봤던 나는 서은우와 눈을 마주치고 잽싸게 고개를 숙였다. 괜히 헛기침하고 손을 더 분주하게 움직였다. 의식하지 않으려고 했는데 그가 빤히 쳐다보고 있는 게 느껴지니 내 눈동자는 갈피를 못 잡고 좌우로 흔들렸다. 왜 쳐다보는 거야.

"어때요? 온 지도 이제 다섯 달 정도 된 거 같은데 할 만해요?"

"갑자기요?"

"뭐가 갑자기요?"

"아니, 뜬금없이 그걸 왜 묻나 해서요."

"뜬금없이 물어보면 안 돼요?"

"그건 아니지만."

"아무 말도 안 하니 졸려서 그래요."

"할 만할 것도 없이 아직 뭐가 뭔지도 모르겠네요."

"그래요? 그럼 그동안 정신없이 시간이 흐르긴 흘렀다는 거네요? 그건 그거대로 다행입니다."

내 답변이 만족스러웠는지 그는 의기양양한 얼굴을 보였다. 자기 자랑을 간접적으로 듣고 싶어 물어본 질문이었나 보다.

"다음 질문. 왜 그렇게 서울에 오고 싶어 했어요? 서울 오면 따로 하고 싶었던 건 없었어요? 아, 그리고 서울 와서 그전과 달라진 게 있다면 뭐가 있는지?"

"저 취재하세요? 그리고 질문이 왜 이렇게 자아성찰스러워?"

"지금까지 너무 바빠서 못 물어본 거 밤도 그윽하게 왔으니 기회 타서 한번 물어보는 거죠. 언제 또 이렇게 허심탄회하게 이야기할 시간 있겠습니까?"

들어온 지 다섯 달이나 지났는데 이제야 이런 질문을 하니 혀가 절로 끌끌 차졌다.

어쨌든 가끔 내가 지금 잘하고 있나 스스로에게 묻기도 하지만 점검리스트를 따로 만들지 않아 선뜻 대답이 나오지 않았다. 상산에 있을 때 그렇게 자기계발서에 심취하고 메모하는 법을 공부했는데도 정작 상황이 닥치니 아무것도 안 한 내가 한심할 때가 많았다.

"그게 말이죠."

분명 서울에 가게 된다면 내가 할 수 있는 업무는 대부분 서비스직일 거라고 생각했다. 서울에 있는 친구들도 알아봐 줄 수 있는 일자리가 백화점 매장 정도뿐이었으니.

사무직은 생각해 본 적도 없다. 더구나 언론사는 뜬구름 잡는 직장이었다. 당연히 난 여기서 사무보조나 할 수밖에 없는 처지일 거라 예상은 했었다. 그럼에도 그의 러브콜 아닌 러브콜을 놓치고 싶지 않았다.

"난 단지 할아버지를 벗어나고 싶었어요. 웃긴 건, 장례식장에서도 서울 갈 계획을 짜고 있었다니까요. 저 못됐죠?"

물음에 서은우는 입술을 살짝 오므리는 것으로 대답을 대신했다. 의미는 정확히 모르겠으나 못 되지 않았으니 자책하지 말란 것 같았다. 나는 말을 이었다.

"나, 대표님이 서울 오라고 했을 때 마음이 복잡했어요. 서울은 가고 싶은데 언론사에서 내가 뭘 할 수 있을까 했죠. 게다가전 고졸이잖아요? 인맥으로 가면 손가락질 받는 건 아닐까 걱정됐어요. 그리고 기자에 흥미가 있으면서도 기자들이 쓰는 기사를 흉내 내려니 기자는 엄두조차 나지 않더라고요. 그래도 가고싶었어요. 사람들이 내 얼굴만 보면 할아버지 돌아가신 것 때문에 안쓰럽게 쳐다보는 게 너무 싫었거든요. 그래서 다른 계획을 짜기도 전에 대표님 손잡은 거고."

밤이 깊어가서 그런가. 속내를 너무 쉽게 털어놓는 게 아닌가싶었다. 말하면서도 그만 멈춰야 한다고 속으로 외치는데 내 입은 술술 불고 앉아있었다.

"별소릴 다 했네요."

사무실 창문 틈새로 시원한 가을 밤공기가 스며들어온다. 우리 주변만 켜진 형광등 아래서 진실게임 조장하는 운치가 내 입을 자유롭게 만든다. 아무래도 서울에서 의지할 사람은 그밖에 없으니 진작부터 이런저런 속에 있는 말을 꺼내고 싶었나 보다.

주현이와 전화하는 것도 한계고, 재욱이에겐 차마 못 하겠다. 랜덤채팅 앱에서 정체 모를 남자와도 얘기해보고, SNS DM으로 '맞팔남'과 대화도 해봤지만 공허함은 채울 수 없었다. 그렇다 보니 서은우가 쏘아 올린 질문들이 나를 무장 해제케 했다. 서은우는 흠, 소리 한 번 내고는 나지막하게 말했다.

"혼자 많이 생각하고 있었네요. 간섭받는 거 싫어하는 줄 알고 술 한 번 같이 먹자는 말도 안 한 게 괜히 미안해지는데요."

"술은 원래 그다지 안 좋아했으니 신경 쓰지 마요. 참, 내친김에 저도 질문 하나 할게요."

"해 보세요."

"음. 이건 그냥 대표님이 초능력을 믿고 있으니까, 그 기준 맞춰서 질문하는 건데요. 왜 마인드컨트롤 초능력을 갖고 있으면서 기자를 택했어요?"

"기자가 된 이유는 단순해요. 그냥 언론정보학과 나왔고요. 사람과 접촉하는 직업이 아나운서보단 기자인 것 같아서 좀 유리한 쪽을 택한 거죠. 지영 씨도 봐 왔겠지만, 제 초능력 생각보다 유용하지가 않아요."

"차라리 처음부터 비즈니스를 하는 게 낫지 않았나요?"

"이미 해봤죠. 근데 어머니가 말씀하시길 본인이 갖고 있는 과분한 능력은 제한해서 쓰지 않으면 언젠가 그게 부메랑이 되어 돌아올 거라 했어요. 나 스스로를 괴물로 만들 거라고 하셨죠."

"어머니도 능력의 존재를 알고 계셨군요."

"제가 언론정보학과 들어갔을 때 어머니는 기자가 되면 그걸 악용하지 말라고 하셨어요. 그래서 전 악수할 때 '진정성 있는 답을 원합니다'라고 한마디만 했었어요. 그것만으로도 유용했죠. 물론 지금은 먹여 살려야 할 직원이 많아서 비즈니스용으로 쓰고 있어요. 사람을 초능력으로 이용하는 건 아니지만, 매번 언제 펑크 날지 모르는 통장을 보면 가만히 있을 수가 없어요. 제 손에 열 명의 생명줄이 있다고 생각하니 어깨가 무겁더라고요."

그의 초능력을 믿는 것은 아니지만 진지하게 전하는 그의 말에 반박은 따로 하고 싶지 않았다. 그에게 있어 초능력이라는 단어에는 특별한 사연이 있을 것이라 여기면 그만이었다. 장단 맞춰준다고 크게 문제 될 건 없어 보였으니.

이 남자 더 알고 싶어졌다.

"또 질문!"

"제 차례 아니에요?"

"대표님 질문 한 번에 네 개 했거든요."

깊어진 대화 속 시간은 아홉 시를 넘기고 있었다. 지금쯤은 끝냈어야 했지만 의외로 그와의 대화가 재밌었는지 시간 넘어가는 것에 신경을 전혀 쓰지 않았다.

"그, 전에 왔던 이윤경 기자는 잘 아는 분이에요? 가끔 놀러 오는 것 같던데."

그간 궁금했던 부분을 상황 틈타 던져봤다. 질문을 하고 나서도 괜히 했나 싶어 가슴이 곧 두방망이질 쳤지만 의외로 서은우는 덤덤하게 이야기를 풀었다.

"경제일보 있을 때 제 여자 친구였어요. 노국구 펀드 환매조작 사건 아시죠? 사모펀드 환매조작으로 중앙부처 고위직과 국회의원들 몇 명 날아간 사건이요. 그걸 편집국 승인도 안 받고 윤경이가 단독 취재를 감행했는데, 불법 녹취파일 문제로 징계를 먹은 적이 있거든요. 그거 덮어주면서 제가 책임지고 회사를 그만두게 된 거죠."

"여자 친구 일을 본인이 직접 해결했다고요? 그래놓고 그 여자는 지금도 경제일보에 다니고 있고요?"

"외적으론 윤경이 책임은 하나도 없으니까요."

"안 그렇게 생겨서 희한한 것에 순애보네요."

이야기인즉슨 이윤경은 사모펀드 조작을 캐내려고 해당 연루자들에게 자백을 유도한 바 있었다. 그녀는 그 사건을 계기로 상당한 실적을 쌓았고 기자협회 특종상까지 받았다. 그러나 대규모 게이트 사건과는 별개로 그녀는 대법원에서 불법녹취와 강제보도를 했다는 윤리위원회의 결정으로 이윤경은 3개월간 감봉

처분을 받았고, 재발 방지를 약속해야 했다.

서은우는 그녀를 지키려고 해당 관계자들을 모두 찾아다녀 초능력으로 본인이 했음을 자처했다고 한다. 서은우가 그녀 대신 기자협회에서 쫓겨난 것이다. 이렇게까지 된 것에는 정치권의 입김이 크게 작용했다고 했다. 사실상 그는 회사를 차리면서 사이비 기자가 된 셈이다.

"후회 안 하세요?"

호구야, 여자 때문에 인생 망치냐, 말하고 싶은 것을 꾹 참고 고르고 골라 질문한 게 저 말이다. 대체 얼마나 한 여자를 사랑하면 모든 희생을 자신이 감내할 수 있는 걸까. 아니면 원체 희생하는 것에 거리낌이 없는 성격인 걸까. 아니다. 다섯 달 동안 겪어본 바, 그는 딱히 이타심을 갖고 살 것 같진 않아 보인다. 여자 하나에 홀라당 넘어간 게 분명 맞다.

"윤경이는 원래 제 후배였어요. 다 제가 그렇게 가르친 거니 제가 수습하는 게 맞겠다고 생각했죠. 어쨌든 그 기회로 이렇게 사주까지 하고 있으니 전화위복일 수도 있겠고."

전하는 그의 목소리에 쓸쓸함이 묻어났다. 여전히 그녀에게 미련이라도 남은 듯 짙게 스민 여운이 실내를 감싸는 것만 같았다. 남자들은 정말 예쁜 여자만 보면 정신 차리지 못하는 것 같다.

"저 옥상 가서 담배 한 대만 태우고 올게요. 곧 마무리하고 가죠."

시샘이나 경계까진 아니더라도 듣고 나면 괜히 불편해질 것 같아 지금도 마음에 있냐고 끝내 물어보진 못했다.

어느덧 일교차가 심해지니 찬 공기가 슬그머니 옷소매를 파고들었다. 찰나의 한기가 몸을 더듬고 가니 부르르 떨린다. 담배를 피우면 체온을 1도 올려준다는 그 허무맹랑한 근거를 믿고서 빠르게 라이터를 켰다. 한 모금 태우니 잡생각이 이어진다.

가만 생각해 보면 그가 여자 친구가 있든 없든 나와는 전혀 상관이 없었다. 딱히 내가 그를 남자로서 신경 쓰고 있는 건 아니니까.

이런 생각도 하지 말아야 했다. 내려가서 일이나 빨리 끝내고 내일은 종일 잠이나 자야겠다. 그나저나 이윤경하고는 상당히 깊은 관계까지 갔겠지?

그 여자 생각 그만하자, 결심에 나는 손바닥으로 양 관자놀이를 통통 치며 급하게 사무실로 내려왔다. 일이나 빨리 끝내고 가자. 그래도 아직 마음에 있는지 정도는 물어볼 수 있지 않을까.

생각하던 찰나에, 잠깐 담배 피우고 온 사이 서은우는 의자 하나를 꺼내 두 다리를 올려놓고 잠을 자고 있었다. 졸고 있는 것도 아니고 아예 마음먹고 잠들어 있었다. 아직 일이 많이 남았는데 발로 차서 깨울까 하다가 충혈된 눈이 떠올라 놔뒀다.

보통 피곤함에 절어 잠에 들면 입 벌리고 코 골고 이 갈고 침흘리기 일쑤인데, 그는 입 다물고 곱게 잠들어 있었다. 양팔을 교차해서 팔짱 끼고 자는 자세가 마치 설정처럼 정갈해서 좀 웃기기도 했다.

의자에 앉은 나는 테이블에 턱을 괴어 물끄러미 서은우가 잠든 모습을 지켜봤다. 처음에는 순진한 중년들 지갑이나 여는 사기꾼 느낌이 없지 않아 있었는데, 이번 김 대표 책 출간 준비하는 과정을 지켜보면서 그에 대한 오해가 많이 풀렸다.

고작 십 킬로미터였지만 마라톤 완주할 수 있게 도와준 것도 그렇고. 그 외에도 좋은 면을 많이 보여주니, 초능력 농담과 상관없이 그에 대한 경계가 느슨하게 풀린다. 문득 옛일이 떠올랐다.

❀ ❀ ❀

스무 몇 해 전. 덜컹거리는 돌밭 길을 지나가는 버스는 항상 내 속을 뒤집어 놓기 안성맞춤이었다. 내가 손으로 입을 막고 있으면, 앞에서 운전하는 버스 기사 아저씨가 룸미러로 나를 쳐다보며 지영이 또 쏠리느냐고 걱정해줬다. 차멀미를 자주 하던 나는 도중에 내려 걸어간 적도 꽤 많았다.

"아저씨 그냥 내려줘요."

"아유, 언제까지 차멀미할 겨. 아무튼 그랴, 조심히 가."

내가 다니는 초등학교에서 우리 집으로 가는 길은 여덟 정거장 정도 된다. 여덟 정거장이면 도착하는 것이 아니라 여덟 정거장을 지나면 우리 집 가는 방향이 아니기에 내려야 한다는 것이다. 여기서부터 나는 십 리를 걸어가야 한다. 대략 오십 분 정도 걸렸다. 운이 좋아 경운기나 트랙터 모는 동네 아저씨라도 만나면 그나마 다행인데, 하굣길엔 잘 마주치지 않았다.

나는 이 장거리를 걸어 다니며 줄곧 즐거운 상상에 빠졌다. 드라마 〈느낌〉에서 나온 손지창과 김민종, 이정재 오빠 중 누구랑 사귀는 게 좋을까 고민하며 걷는 게 좋았다. 지창이 오빠는 지적인 이미지인데 좀 바람둥이 같고, 민종이 오빠는 여린 게 마음에 걸리고, 정재 오빠는 너무 거칠다.

하지만 나는 우희진처럼 남자 셋을 갖고 노는 파렴치한 계집애가 아니기에 세 남자 중 나와 어울리는 사람을 빨리 결정해야 했다. 딱 서울 사람처럼 생겼을 똑똑한 외모. 그 얼굴이 내 이상형이었으니, 나는 이를 지창이 오빠로 정했다.

상상 속에서 지창이 오빠와 데이트할 무렵 뒤에서 검은색 세단 한 대가 덜컹거리는 돌밭 길을 힘겹게 달려왔다. 여기서 저런 비싼 차를 끌고 오다니.

검은 세단은 내 앞을 지나가다 잠시 멈췄다. 예쁜 아줌마 한 분이 창문을 열고선 나를 불렀다.

"얘. 혹시 환골 마을이 여기로 들어가는 거 맞니?"

"네, 저어기요."

"넌 어디 사니?"

"환골 마을 살아요."

"그래? 그럼 서백 어르신 아시니?"

"우리 할아버진데요."

"어머, 잘됐네. 아줌마가 태워다 줄게, 타고 가."

"모르는 사람 차 타지 말라고 그랬는데요."

그렇게 말하면서도 나는 아줌마 차에 올라탔다. 어차피 여기서 더 가 봐야 우리 집이 끝이었다. 굳이 날 유괴하겠다고 이 산골 마을까지 들어올 이유도 없으니 경계 없이 차에 탔다.

차 안에 들어가니 옆에 남자아이 하나가 로봇을 껴안고 자고 있었다. 서울 느낌 물씬 풍기는 도시적인 냄새가 후각을 자극하는 아이였다. 이 아이가 서울 아이라고 확신할 수 있던 것은, 서울 아이는 콧물을 주둥이에 묻히지 않기 때문이다.

덜컹거리는 차 안에서 눈을 흘기며 남자아이를 쳐다봤다. 지창이 오빠 이미지를 연상케 하는 곱상한 피부. 감은 눈 사이 가지런하게 드러난 속쌍꺼풀이 괜히 나보다 더 예뻐 보여 샘났다.

덜컹덜컹. 잊고 있던 게 떠올랐다. 버스 덕에 울렁거렸던 속이 이 검은 세단에서도 요동치고 있었다. 목구멍에서 묽은 침들이 저도 모르게 슬금슬금 올라왔다. 식도 밑으로 내리려 침을 거칠게 삼켜보지만, 이미 늦었다는 듯 다양한 이물질들이 용트림하듯 솟구쳐 올랐다. 어두운 안색으로 내가 아줌마를 부르자, 운전 도중 뒤로 돌아 나를 살폈다.

"얘, 괜찮니?"

"저, 나올 거 같아요."

"뭐가? 쉬 말이니?"

"아니요. 토, 토가."

어지러웠다. 앞에 있는 아줌마가 두 명으로 보였다. 멀미로 인한 내 위장 속 분비물은 역류 준비를 마쳤다. 안 된다. 이 비싼 차에 토하면 아버지에게 맞아 죽을 수 있었다. 아줌마 저 내려요, 말은 마치지도 못하고 끝내 나는 우웩 소리를 내던졌다.

그것도 반사적으로 앞이 아닌 옆을 향해 아가리를 쩍 벌렸다. 동시에 내 입속의 액체들이 허공을 향해 분수처럼 솟아오르더니 이내 수직 낙하했다. 그 소년의 바지에.

앗, 뜨거! 내 분비물에 따스한 기운을 느낀 남자아이는 눈을 번쩍 뜨곤 소리를 질렀다. 그 와중에 품속에 안고 있던 로봇은 머리 위로 올려 토사물 사태를 피할 수 있었다.

"얘, 너 지금 토했니?"

"죄송해요. 멀미가 좀 심해서요."

아줌마는 험한 돌밭 길을 덜컹덜컹 운전하면서 룸미러로 뒤쪽을 확인하느라 애썼다. 그녀는 대시보드 아래 서랍에서 휴지를 꺼내 우리에게 건네주었다. 나는 옆에 있는 남자아이의 바지를 닦아 주려고 손을 뻗었다. 남자아이가 내게서 휴지를 뺏었다.

"이 상태에서 닦으면 더 번져."

소년은 내 토사물이 튄 바지 위에 휴지를 얹어 조용히 눌렀다. 휴지가 빠르게 오물을 흡수하며 상황은 정리되어 갔다. 이런 난감한 순간에도 침착함을 잃지 않는 소년의 태도에 나는 조금 안심했다. 나는 정중히 사과했고, 소년은 살다 보면 그럴 수도 있지, 내 사과를 받아줬다. 또래로 보이는 아이가 삼십 년 이상 산

애늙은이 말투를 써서 이상하긴 했지만, 서울 아이들은 다 그런가 싶어 넘어갔다.

어느새 아줌마는 우리 집 앞마당에 차를 세웠다. 할아버지와 엄마까지 마당에 나와 아줌마를 반겼다. 나도 차에서 내렸다. 남자아이는 가방에서 바지를 갈아입고 나간다고 했다.

차에서 내리자 아줌마가 할아버지 앞에서 눈물을 보이셨다. 그때의 그 강렬했던 기억. 나는 아직 차 안에서 나오지 않는 그 남자아이를 흘끔 쳐다봤다. 일부러 자신의 엄마 체면을 지켜주려고 밖에 안 나오는 모습이 좀 대견하게 느껴졌다.

사실 그의 엄마는 서울에서 꽤 잘나가는 변호사라고 했다. 그런데 사업을 크게 했던 아빠가 빚만 남긴 채 돌아가셨고, 집과 사무실을 넘겨서 급한 빚만 탕감했다고 한다. 서은우 외가댁은 이미 모두 돌아가시고 과거의 집은 폐가로 남아있어 잠시 머무를 곳이 우리 집밖에 없었다. 재기하기 전까지 이곳에서 전열을 가다듬고자 신세를 지러 온 것이었다.

아줌마가 한참을 다 울고 나서야 남자아이는 차에서 내려와 할아버지에게 정중히 인사를 올렸다.

"안녕하십니까. 저는 사 학년 서은우입니다. 어머니께서 할아버지는 평생의 은인이라고 하셨습니다. 감사합니다."

그가 바로 서은우였다. 단어 하나하나에 영혼을 실어 넣은 이 소년은 똘망똘망 똘똘이 얼굴로 예의 바르게 할아버지에게 인사했다. 할아버지는 총명해 보이는 서은우가 마음에 들었는지 연신 허허 웃음을 자아냈다. 서은우의 엄마는 그의 곁에서 머리를 쓰다듬다가 한 번 더 할아버지에게 조아렸다.

"어르신. 그럼 한 달 정도만 신세를 지겠습니다."

"신세랄 게 뭐 있나. 운학이 딸과 손주 놈 숟가락 두 개만 더 꺼내면 되는 것인데. 얘, 아가야. 명자가 묵을 방 좀 안내해 주거라."

"네, 아버님. 명자야, 들어가서 짐 풀자."

"고마워, 애란아."

이 아줌마는 우리 엄마랑도 꽤 친해 보였다. 엄마는 아줌마의 커다란 짐을 대신 들어 주었고, 나에게도 거들라고 했다. 엄마가 들고 있는 짐을 들려고 할 때, 서은우가 곁에 오더니 자기 짐도 내게 떠넘겼다. 이것도 가져가란다. 왜 명령인가 하려다가 죄지은 게 있으니 군소리 없이 들었다. 건네받자마자 무거워서 바닥에 떨어뜨렸다. 안에 확인해 보니 갖가지 로봇들이 한가득이다. 서은우는 고개를 절레절레 흔들고 가방에 묻은 흙을 털어내더니 본인이 갖고 들어갔다.

사랑방에선 엄마와 아줌마가 갖가지 짐을 풀고 있었다. 나는 괜히 또 실수할까 봐 뭘 건드려야 할지 모르고 문지방에서 서 있기만 했다. 사랑방 한쪽에선 서은우가 자기 짐을 풀었다. 짐 안에는 로봇 말고도 위인전집과 동화책, 학습지, 그리고 '겜보이'가 줄줄이 나왔다. 저것들을 다 한 가방에 집어넣으니 무겁지.

엄마는 문지방에서 멀뚱히 서 있는 내게 가만히 있을 거면 나가라고 했다. 도움 안 될 거 나도 알고 있어 나는 내 방으로 들어가려고 했다. 무렵, 서은우가 나를 불렀다. 그는 내가 쏟아 낸 토사물 묻은 바지를 보여주고선 손빨래하겠다며 화장실로 안내하라고 했다.

"그냥 세탁기에 넣으면 되는데."

"신세 지는 입장에서 전기를 쓰지 않는 것이 인지상정이지. 그래도 네가 저지른 일도 있고 하니, 나를 화장실로 안내해서 세제를 준비해 줬으면 해. 다 빨고 나면 빨랫줄에 널어주는 것까진 너에게 맡겨도 되겠지?"

염치가 있으면서도 합리적인 아이였다. 난 그 나이에 '인지상정'이란 말 자체도 몰랐는데, 서은우는 이런 어려운 단어를 썼다. 지나고 생각하니 상황에 어울리는 말은 아니었다. 이 이후에도 서은우는 다양한 한자어를 구사했다. 그러나 대부분 어울리는 말이 아니었다는 것을 그때는 알지 못했다.

밤이 깊었고, 나는 다음날 쪽지 시험에 있을 세계 각국 수도를 외우기 바빴다. 호주 수도는 시드니, 캐나다 수도는 몬트리올, 브라질은 상파울루, 스리랑카는 콜롬보, 베트남은 하노이. 이들 모두 소리 내어 읊었다. 우리나라 도시도 제대로 모르는데, 왜 남의 나라 수도까지 외워야 하는지 모르겠지만, 손바닥 안 맞으려면 열심히 해야 했다. 그때 마침 뒤에서 속사포 랩이 펼쳐졌다.

"호주는 캔버라, 캐나다는 오타와, 브라질은 브라질리아, 스리랑카는 스리자야와르데네푸라코테. 베트남은 호찌민."

방문 열어 놓고 소리 내어 수도를 외우고 있는 게 서은우 귀에 들렸나 보다. 그는 내가 자꾸 틀리게 외우고 있자, 답답해서 수정해 주려고 친히 오지랖을 펼쳤다.

"내 머리엔 전 세계 수도가 다 있거든. 너 다 틀렸어."

열한 살밖에 안 됐는데 자기 자랑이 몸에 진득 있는 아이였다.

"남이사. 내가 알아서 해."

"다시 알려 줄게 똑바로 외워. 호주는 캔버라, 캐나다는 오타와, 브라질은 브라질리아, 스리랑카는 스리자야와르데네푸라코테. 베트남은 호찌민."

음까지 넣어가며 시 한 수 읊듯 알려주었다. 나도 모르게 그가 전하는 음률에 맞춰 호주는 캔버라, 캐나다는 오타와~ 등을 읊고 있었다. 입에 착착 달라붙는 게, 굳이 필기를 안 해도 외울 수 있을 것 같은 자신감이 생겼다. 특히 스리랑카의 수도는 죽었다 깨나도 못 외울 것 같았는데 오히려 가장 입에 잘 붙는 기적이 연출됐다.

다음 날 쪽지 시험에는 독일, 프랑스, 일본, 중국, 미국, 미얀마, 이란, 이집트, 덴마크, 베트남이 출제됐다. 이 중 내가 제대로 아는 수도는 독일, 프랑스, 일본, 중국, 미국, 베트남이다. 여섯 개만 맞추면 손바닥 체벌을 피할 수 있기에 나는 살았다고 생각했다. 자신 있게 순서대로 베를린, 파리, 도쿄, 베이징, 워싱턴, 호찌민을 썼다.

망할, 채점 결과 50점이 나왔다. 베트남 수도는 호찌민이 아니라 하노이란다. 집에 가면 당장 그 씹어 먹어도 시원찮을 호찌민 소년을 응징할 셈이었다.

딱! 그전에 부드러운 버드나무 가지가 내 살갗을 먼저 응징했다.

하교 시간이 되자 주현이와 재욱이가 내게 달라붙었다. 주현이는 읍내에 나가 떡볶이 먹자고 했으나, 버스 타기 싫어서 안 간다고 했다.

"힝, 읍내 가서 떡볶이 먹고 싶다."

주현이는 떡볶이가 인생 전부인 소녀다. 얘는 학교에서 시내 버스 타고 삼십 분이나 가면 나오는 읍내를 너무 사랑했다. 재욱이는 그저 우리 두 여자 꽁무니 따라다니기 바빴다. 재욱이가 누나들에게 얘기해 본다고 하니 우리 둘 다 기겁했다. 재욱이 누나들은 왠지 모르게 기에 압도되어 보고만 있어도 오금이 저렸다.

우리는 이런저런 이유로 떡볶이를 포기했다. 학교 밖으로 나온 우리는 동시에 1층 교실 창문을 열어 하얀 면실내화를 휙 던지고선 하교를 재촉했다. 운동장을 가로질러 가는데 주현이가 멈칫하더니 손가락으로 앞을 가리켰다. 쟤 누구야, 멀리 보이는 소년을 지목하자 나는 단번에 서은우임을 알아챘다. 우리 집에 빈대 붙는 망할 호찌민 소년.

아직 내 손바닥은 버드나무의 온기가 그대로 남아있었다. 이 고통을 간직하고 있어야 복수를 떠올릴 수 있기에 난 계속 기억하고 있었다. 복수를 하려고 생각한 자는, 고의로 자기의 상처를 그대로 두려고 한다. 그렇지 않으면 그 상처가 완전히 아물게 된다고 하느니. F. 베이컨의 명언에 따라 응징하고자 한다.

"야!"

"드디어 끝났구나. 너무 심심해서 집에서 여기까지 걸어왔어. 떡볶이 어디서 팔아? 여긴 아무것도 없네."

"떡볶이고 나발이고! 너 때문에 베트남 틀려서 손바닥 맞았잖아! 호찌민 아니고 하노이래!"

"미안. 내가 잘못 알았구나."

잘난 척 뭔가 떠들어야 윽박지를 수 있는데, 이 호찌민 소년은 자신의 잘못을 바로 인정하고 하노이 소년임을 자처했다. 데일 카네기의 〈인간관계론〉에나 나올 법한 빠른 사과다. 뜸 한 번 안 들이고 미안하다고 하니 더 이상 뭐라 말을 못 했다. 김샜다. 이 겼는데도 진 느낌이 이런 것일까.

주현이와 재욱이도 내 곁에 붙어 서은우를 물끄러미 바라봤다.

"얘 누구야? 잘생겼어."

주현아. 여자가 남자에게 대놓고 표현하면 매력이 떨어진단다.

"안녕, 난 서은우야. 너희들이 이 좁디좁은 부락의 순수 친구들이구나. 반갑다."

하루 만에 서은우의 말에 적응한 나는 별로 놀랍지 않았는데, 주현이와 재욱이는 독특한 화법을 구사하는 그에게 어떻게 반응해야 할지 몰라 고개를 갸우뚱했다. 주현이는 서은우가 마음에 들었는지 너는 어디서 왔어? 학교는 안 다녀? 우리랑 놀까? 적극적으로 서은우 호구조사에 들어갔다.

"난 사정이 있어서 잠시 여기 있는 거야. 한 달 뒤 다시 서울로 올라가. 그나저나 떡볶이는 어디서 팔아? 내가 사줄 테니 안내들 해봐."

서은우는 자신의 부를 자랑하듯 오천 원짜리 한 장을 쫙 펼쳐 우리를 유혹했다. 여기서 삼십 분 동안 시내버스를 타고 나가야 떡볶이를 먹을 수 있다고 하니 금세 얼굴색이 흐려졌다. 거의 울 지경이다.

그가 우리는 뭐 먹고 사냐고 물으니 "집에 쪄놓은 옥수수."라고 말했다. 그러자 서은우는 우리를 마치 전쟁 통에 놓인 보릿고개 피난민 보듯 쳐다봤다. 떡볶이 따위에 옥수수가 미천한 취급을 받아야 하다니. 하긴, 나도 옥수수보단 떡볶이가 좋다.

"그럼 우리 택시 타고 읍내 가서 떡볶이 먹자."

"읍내에 택시 타고 가려면 네가 들고 있는 돈 두 장 더 있어야 돼."

"배달은 안 돼?"

"배달은 짜장면만 되는 거 아냐?"

"너네 여기서 뭔 재미로 사냐?"

철저하게 무시당했다. 생각 같아선 호찌민 사건과 함께 쌍으로 후려치고 싶었다. 그때 뒤에서 클랙슨 경적이 울렸다. 서은우 어머니 차였다. 서은우는 곧장 어머니에게 달려갔다.

"어머니, 이 부락에는 떡볶이를 안 판다고 하네요. 이 아이들을 데리고 읍내에 가서 떡볶이를 먹도록 해요. 그러면 이번에는 반드시 수학 경시대회 전국 1등을 해 보겠습니다."

또박또박 전하는 서은우의 말. 요목조목 자기가 해야 할 것에 목표 의식을 부여하고, 이 각오를 떡볶이와 맞바꾸는 소년이었다.

"너희들 떡볶이 먹고 싶니?"

어머니가 물어보자 우린 일동 힘차게 네, 외쳤다. 이렇게 아줌마 차를 타고 읍내에 가서 떡볶이를 얻어먹었다. 서은우는 단숨에 주현이와 재욱의 스타가 됐다.

그날 이후 우리는 항상 함께 다녔다. 서울 이야기를 그렇게 재밌게 하니 우리 셋 다 눈 동그랗게 뜨고 경청했던 거로 기억한다. 특히 그가 있던 한 달 동안 가장 인상에 남던 때가 있었으니, 사슴벌레를 채집할 때다.

하루는 서은우가 우리 사 학년 전교생 열다섯 명 모두를 운동장에 부른 적이 있다.

"여기가 김유신 장군이 태어난 곳이라고 들었어. 이 태령산 정기를 이어받은 사슴벌레를 서울로 가져갈 생각이야. 너희들은 내게 장수풍뎅이와 맘모스, 세스랑을 잡아다 줘."

"서울에는 사슴벌레가 없어?"

"서울은 자동차 매연 때문에 사슴벌레가 못 살아. 맘모스 한

마리에 선가드, 다간, 그랑죠 중 하나를 택해서 사흘 대여해 줄
게. 세스랑은 한 마리에 내 겜보이 두 시간 이용권. 장수풍뎅이
를 가져오면 무슨 소원이든 하나 들어주고."

남자아이들은 서은우의 거래가 마음에 들었는지 환호성을 질
렀다. 벌써 태령산 사슴벌레를 다 갖다 바칠 셈이었다. 하지만
이건 너무 남자들을 위한 거래가 아닌가 싶었다. 사슴벌레는 나
도 잡을 수 있는데 말이다. 아니나 다를까 주현이가 먼저 반기
들었다.

"우린 로봇 따위 필요 없어."

"여자는 사슴벌레 아무거나 잡아 오면 오일장 때 어머니에게
얘기해서 장날 쇼핑할 기회를 줄게."

읍내 사랑 주현이는 떡볶이를 또 먹을 수 있다는 생각에 신이
나서 사슴벌레 포획에 앞장섰다. 서은우도 내게 한 마리 잡아 오
면 소원을 들어주겠다고 했다. 밖에 나가기 귀찮은 나는 이런 거
래가 별 흥미 없었다.

"얘들 사슴벌레 킬러야. 다음 날이면 몇 마리씩 가져올걸?"

"많으면 많을수록 좋아."

"그걸 다 키우게?"

"키워서 서울로 가져가야지. 내가 있던 학교에선 장수풍뎅이
가 삼만 원, 맘모스가 만 원, 세스랑이 칠천 원, 일반 사슴벌레가
삼천 원이야."

"사슴벌레를 돈 주고 사? 장수풍뎅이는 삼만 원이나 해?"

삼만 원이면 내 삼 개월 용돈이다. 우리 반 남자아이들은 가끔 사슴벌레를 돈으로 교환하곤 했다. 최소 이백 원부터 천 원까지 거래를 했었다. 서울은 단위가 전혀 달랐다.

가만 보면 결국 이득은 서은우 혼자만 챙기는 꼴이다. 어차피 자기는 원래 가지고 있던 물건의 대여만 해주면 된다. 그래놓고 서은우는 사슴벌레를 서울로 가져가서 다 팔고 나면 초등학생이 만질 수 없는 몇십만 원의 돈을 챙기게 되는 셈이다. 어린애가 돈맛을 제대로 봤다.

그는 내게 계속 소원을 얘기해 보라고 했지만 나는 원체 관심이 없었다. 다른 아이들과 달리 나는 물질적인 것에 욕심을 내 본 적 없이 살았다. 그 흔한 인형도 가지고 놀아본 적이 없다. 그저 여섯 살짜리 남동생을 장난감 삼아 괴롭히는 게 유일한 낙이었다.

그러던 어느 날 처음으로 갖고 싶은, 아니 하고 싶은 게 생겼다. 엄마가 고구마를 쪄준 날이었다. 나는 고구마 껍질을 벗겨 김치를 위에 얹혀 놓고 입맛을 다시며 맛있게 먹고 있었다. 서은우는 물끄러미 쳐다보기만 할 뿐, 먹지를 않았다.

"왜 안 먹어?"

"너는 항상 이것만 먹어?"

"그럼 뭘 먹어?"

"햄버거, 짜장면, 돈가스, 피자 안 먹어?"

"그건 특별한 날 먹는 건데?"

"맙소사."

서은우는 고구마를 들고선 이리저리 살펴봤다. 마치 고고학자가 신기한 유물 감별하듯 그는 고구마를 뱅뱅 돌렸다. 먹는 것 가지고 뭐 하느냐 묻는 찰나 그는 "나중에 내가 서울 데리고 갈까? 가면 진짜 맛있는 거 사줄게."라며 내 귀를 울렸다.

여기는 과자 차가 5일에 한 번씩 오는데, 서울은 집 앞에 밤새 불이 꺼지지 않는 슈퍼가 있다고 했다.

그때부터 난 서울에 대한 환상이 생겼다. 우리가 당연하게 시간을 갖고 기다려야 얻을 수 있는 것들을 그곳에선 마음만 먹으면 그날 얻을 수 있다고 했다. 버스도 10분에 한 대씩 지나간다는 것은 혁명에 가까웠다. 게다가 전교생이 삼백 명이라는 건 더 충격이다. 그것도 한 학년에 말이다. 특히 서울에선 지창이 오빠를 직접 볼 수 있다고 했다. 백화점에선 사인회도 한다고 했다.

며칠 뒤, 나는 운동화 끈을 동여매고 태령산을 올라갔다. 우리 집 바로 뒤에 떡하니 버티고 있는 이 태령산에는 김유신 장군의 태실이 있다. 서은우가 원하는 것은 김유신 장군의 정기가 깃든 장수풍뎅이다. 나는 비가 오더라도 굴하지 않고 참나무 밑을 쑤셔 장수풍뎅이를 찾아 헤맸다.

서울. 서울. 서울. 아버지가 즐겨 부르던 조용필의 〈서울 서울 서울〉을 흥얼거리며 날다람쥐처럼 산을 탔다.

서울 판타지가 눈앞에 아른거렸다. 서울엔 돌밭 길이 없다. 도로엔 까만 아스팔트가 평평하게 깔려 덜컹덜컹 멀미 날 일도 없다. 간식은 옥수수 대신 핫도그다. TV 속 지창 오빠가 아닌 현실 속 지창 오빠가 싱긋 미소를 짓고 있을 게다.

나는 쓰러진 참나무들을 중심으로 나뭇가지를 휘저으며 녀석들을 찾고 다녔다. 다른 사슴벌레는 애들이 다 잡을 것이니 큰 의미가 없다. 무슨 소원이든 다 들어주는 그 장수풍뎅이만이 내가 원하는 것을 내어 줄 수 있다. 나와라, 나와라.

딱따구리가 나무를 쪼듯 나뭇가지로 누워 있는 참나무를 마구마구 쑤셨다. 삼십 분 동안 쉬지 않고 나무에 구멍을 냈다.

마침내 뿔을 높이 추켜올린 한 마리의 야수가 세상을 향해 포효했다. 드디어 찾았다. 이 귀염둥이 장수풍뎅이를 품 안에 꼭 감싸고서 산을 휙휙 내려갔다. 돌부리에 걸려 넘어져 자빠지더라도 장수풍뎅이의 안위는 지켰다. 집 마당으로 뛰어들어가면서 서은우의 이름을 불러 외쳤다.

"서은우, 서은우. 나와 봐. 이거 장수풍뎅이 내가 구해 왔어."

서은우는 내게서 장수풍뎅이를 건네받고는 곧바로 채집통에 집어넣었다. 난 서은우가 장수풍뎅이를 신기하게 쳐다보면 서울 촌놈이라고 놀려줄 계획이었다. 장수풍뎅이는 일반 딱정벌레랑은 차원이 다른 희귀한 아이이기에 돈 주고도 구경 못 한다고 어깨를 으스대려 했다. 그런데 서은우는 장수풍뎅이를 채집통에 넣고는 크게 관심을 두지 않았다.

"잠깐 있어 봐. 무릎에 피나잖아."

"응?"

난 이제야 까진 내 무릎을 봤다. 살이 벗겨지고 이미 피가 굳었는데 고통을 전혀 못 느꼈다. 서은우는 집에서 연고를 갖고 나와 내 무릎에 살살 발라 줬다. 이거 잡는다고 다치면 어떡하냐고. 미안하다고 다정하게 말해주니 뭔가 부끄러웠다. 그리고 괜히 가슴이 두방망이질 쳤다. 짧은 반바지를 입어 상처투성이 맨다리를 보여주는 것이 부끄러웠다. 그에게서 자꾸 지창이 오빠가 겹쳐 보이니 그게 더 그랬다.

"다 됐어. 앞으론 조심히 다녀."

서은우는 밴드를 살며시 붙여주곤 손 털고 자리에서 일어났다. 그가 소원이 뭐냐고 묻는데 나는 머뭇거렸다. 약을 발라 주는 동안 설렘 때문에 내 머릿속은 백지장 하얘졌다. 쭈뼛쭈뼛 내가 몸을 꼬고 있는 사이 서은우가 내 손을 잡았다.

"맞다. 너 서울 가고 싶다고 했지? 알았어. 내가 반드시 널 서울에 데려다줄게. 넌 내가 올 때까지 기다리고 있어."

서은우가 내 손을 잡으며 했던 그 말이 여전히 내 기억에 남아 있다. 공장에서 작업하고 있을 때마다 간간이 떠올렸던 희망의 신호탄. 어쩌면 그는.

❀ ❀ ❀

에취. 옛일을 회상하다가 코가 간지러워 재채기가 나왔다. 나도 모르게 잠자고 있던 서은우 면상에 분사했다. 얼마나 시원하게 재채기를 했는지, 구강 안에 맺힌 침들이 멀리멀리 퍼졌다. 입가에 살짝 침이 묻어 잽싸게 소매로 침을 닦았다. 자다가 봉변 당한 서은우는 자리에서 벌떡 일어났다.

"사람 얼굴에 대고 재치기를 하면 어떡합니까?"

"미안해요. 닦아 드릴게요."

"됐어요. 휴지나 내놔요. 이걸로 닦으면 지영 씨 침만 더 번져서 냄새나요."

그는 휴지를 검지에 끼어 찍듯이 내 침을 닦았다. 이 장면, 어딘가 익숙하다. 얼굴을 다 닦은 서은우는 책상을 한번 흘끔 쳐다봤다.

"다 해 놨네요. 깨우지 그랬어요."

"코 골며 자는데 깨울 수가 있어야지요."

"저는 코골이라는 걸 해본 적이 없는 사람입니다."

"그걸 어떻게 알아요?"

"아무도 제게 그런 이야기를 한 적이 없거든요."

"본인 옆에 있던 여자들은 콩깍지가 씌어서 얘길 안 해줬나 보죠. 그 잘난 이윤경 기자가 말해줬나?"

"여기서 윤경이가 왜 나와요?"

나는 더 이상 그의 대답을 듣기 싫어 사무실 밖으로 먼저 빠져나왔다. 엉거주춤 서은우도 제대로 떠지지 않는 눈을 비비며 의자에 걸린 정장 재킷을 챙겼다.

엘리베이터 안에서 헝클어진 머리칼을 고치던 서은우가 내가 무슨 코 골았다고, 혼잣말로 중얼거렸다. 나는 핸드백 끈을 양손에 쥐고 모퉁이에 서서 그를 물끄러미 쳐다봤다. 그러자 거울 속 서은우의 눈과 마주쳤다. 이번엔 정면으로 마주쳐도 당황하지 않았다. 서은우가 먼저 코웃음 치며 말했다.

"왜 뚫어지게 쳐다봐요. 진짜 코 안 골았다니까요."

그게 뭐 대단한 거라고 여태 저 타령인지 모르겠지만, 무시하고 내가 하고 싶은 말로 넘어갔다.

"대표님. 베트남 수도가 어딘지 알아요?"

"갑자기요?"

"갑자기요."

"그야 당연히 하노이죠."

"호찌민이 아니고?"

"서지영 씨 베트남 수도도 몰라요?"

서은우는 말을 하다 말고 입을 반쯤 벌리고는 고개를 끄덕였다. 눈가에 주름이 살짝 질 정도로 눈웃음친 그는 실소를 흘렸다. 아무래도 예전 우리 일이 기억난 것 같다.

"저 그때 베트남만 헷갈렸지, 나머진 다 맞혔거든요."

이 남자가 내 손 잡으며 했던 서울에 데려다준다는 그 말. 시간은 오래 걸렸지만, 어쩌면 그가 말한 그 초능력 때문에 난 상산에서 그가 올 때까지 기다리고 있었나 보다.

어쩌면 그는 장례식 때 내게 명함을 건넨 것은 그때 그 약속을 지키기 위해서일지도 모르겠다.

7장

 지긋지긋한 주말을 간신히 버텨내고 월요일 출근길을 재촉했다. 출근하는 사람들의 얼굴에는 생기가 전혀 보이지 않았으나 나는 회사에서 기무영 차장이랑 수다를 떨지 않으면 우울증에 걸릴 것 같아 오히려 월요일을 즐겼다.

 회사를 가고 싶다니. 이런 미친 세뇌가 어디에 있겠나. 혹시 몰라 서은우는 보통 주말에 뭘 하나 물어봤더니 비즈니스 행사가 없는 날은 전국을 돌아다니며 어머니를 만난다고 했다. 이런 효자가 따로 있나 싶었다.

 그런데 이날은 회사에 도착하자 기 차장은 없고 최명숙 부장이 먼저 와 있었다. 그녀는 아침부터 열정적이다. 여전히 손이 안 보일 정도로 업무에만 몰두했다. 말 걸기가 여간 엄두가 나지 않는 존재지만, 아무도 없을 때 물어보고 싶은 게 꼭 있었다.

 "부장님. 이번에 월급날이 주말이던데요."

예전 공장에 있을 땐 빨간 날이 있으면 항상 전날에 줬지만 이런 영세한 회사는 또 늦게 주는 경향이 있다기에 노파심에 물어봤다.

"그 전에 줄 거예요."

"감사합니다."

난 월급날이 며칠 안 남았다는 생각에 콧노래를 흥얼거리며 자리로 돌아가려 했다. 그때 최명숙 부장이 코 밑으로 내려간 안경을 고쳐 쓰곤 나를 불렀다.

"서지영 씨. 우리 은우랑 잘 지내는 거 보기 좋아요. 이모 돌아가시고 항상 외로워했는데 서지영 씨 온 뒤로 은우가 밝은 모습을 많이 보여주네요. 지영 씨가 마치 은우 비타민 같아요."

바늘로 찔러도 바늘이 부러질 것 같은 강직한 분인 줄 알았는데 저런 남사스러운 비유도 할 줄 아니 뭔가 코끝이 찡했다. 아침에 인사할 때마다 눈 한 번 안 마주쳐주기에 밉보인 게 있었나 싶었다. 그저 그녀는 자기 일에 열정적이었을 뿐이었다. 또 사촌 동생을 생각하는 마음도 각별하다는 게 대화에서 느껴졌다. 근데 그녀의 말 속에서 이상한 점이 포착됐다. 그녀에게 이모면 서은우 어머니를 말하는 것인데.

"아까 누가 돌아가셨다고요?"

"은우 엄마요. 저한텐 이모."

"대표님 어머니가 두 분이세요? 그럼 지금 계신 분은 새엄마인가요?"

"새엄마요? 은우가 그렇게 말해요?"

"대놓고 새엄마라고 말한 건 아닌데요. 그냥 지금은 멀리 계시다고. 아, 상산 출신이고 저도 어릴 때 뵌 적 있는 분이에요. 그분이 새엄마시구나."

"저도 상산에서 태어났어요. 은우가 말한 엄마, 그 엄마 맞아요. 그냥 아까 한 제 얘긴 못 들은 거로 해요."

아까는 포근한 미소를 짓더니 금세 얼굴을 굳히고 최명숙 부장은 모니터로 시선을 돌렸다. 지금 난 이 사람과 무슨 대화를 한 건지 모르겠다. 멀쩡히 살아계신 서은우의 어머니를, 본인에겐 이모를 돌아가셨다고 말실수하는 게 가능한가 싶다.

"서지영 씨, 커피 한잔하죠. 오늘은 제가 직접 밖에서 사 왔습니다."

머릿속이 혼란해지기도 전에 서은우가 소리치며 들어왔다. 그는 회사에 사람이 몇 명이나 와있을 줄 알고 달랑 두 개 사 오나 했다. 아니나 다를까 그는 오른손에 들린 커피는 최명숙 부장 자리에 내려놨다. 그리고 왼손에 있는 커피는 내게 들이밀었다.

"요건 지영 씨 거."

"대표님은요?"

"그러게요. 그럼 제 커피는 머신에서 좀 타 주실래요?"

죽을래요? 턱밑까지 차오른 그 말, 오늘도 삼켰다. 또 저 꾸러기 표정 봐라. 요새 어째 훈훈한 행동만 한다 했다.

"그냥 그걸 대표님 드시고 제가 안 마실게요."

"농담이에요. 이거 드시고 잠깐 제 자리 좀 오세요."

오자마자 또 무슨 일을 떠넘기려고 하는 걸까. 길들여진 나는 기계적으로 그의 자리로 갔다. 그는 경제일보 부동산면을 펼치고는 '광풍건설, 반포지구 수주 성공 쾌거' 기사를 가리켰다.

"여기서 오늘 기자들에게 식사를 대접한대요. 메이저 일간지와 1군 경제지 제외하고 2군 경제지와 온라인 매체만 따로 초대했어요. 마침 우리도 초청을 받았는데 이참에 거기 기자들하고 인사나 좀 해요."

"또 술자리에요?"

"별로예요? 술자리는 기자에게 숙명인데."

"저 기자 시킬 마음은 있어요?"

"당연하죠. 우리 회사는 기자가 필요하지 사무보조가 필요한 게 아닙니다. 다만 우리처럼 매체력이 약한 곳은 처음에 혼자서 뭘 하기 힘들어요. 큰 언론사 기자들이야 회사 이름 팔면 인턴이라도 맞이해주는데 우리 같은 경우는 그게 안 되죠. 그러니 최대한 저를 팔면서 접근해야 돼요. 제가 서지영 씨를 계속 데리고 다니는 이유가 그겁니다."

"저는 고졸인데 기자가 가능은 한 거예요?"

"불가능한 것도 아니죠. 제가 지영 씨 글솜씨를 모르는 것도 아니고. 비판적 사고를 갖고 있는 것도 충분히 잘 알고 있고. 기자 못 할게 뭐가 있어요?"

"제가 글솜씨가 있어요?"

"확실히 책을 많이 읽어서 그런가. 야마-핵심 부분이라는 기자 은어-잡는 거나 분석하는 게 꽤 날카로워요. 이제 곧 수습기자로 들어서도 될 것 같던데요?"

"그 생각 언제부터 하고 있었어요?"

"두 달 전부터."

"그런 얘길 왜 이제 해요?"

"커피 안 타 줄까 봐 그랬죠."

"뭐라고요?"

"농담이에요. 어쨌든 가는 거로 알고 광풍건설 홍보팀에 두 명 간다고 말해놓을게요. 그리고 고졸이라고 절대 어디 가서 주눅 들지 말고요. 굳이 밝히기 싫으면 대충 넘겨요."

광풍건설은 최근 정부에서 사활을 걸고 추진하는 산업재해 예 방에 찬물을 제대로 끼얹는 기업이다. 현장마다 근로자 사망사 고가 가장 많으면서도 처벌은 오히려 약했고, 또 단체를 앞장세 워 중대재해처벌법 등을 저지하는 것에 앞장섰다. 그러면서도 안 좋은 기사만 터지면 곧바로 자신들 분양아파트 광고로 포털 사이트를 도배하면서 장점만 부각했다.

언제나 불리할 땐 자유시장 경제원칙과 경제살리기, 고용률 안정 등 친기업 연구소의 의견을 빌려 기업이 나라를 살리고 있 다는 것에 초점을 맞춰 알리는 회사가 광풍건설이었다. 이러한 이미지 메이킹은 모두 언론의 손에서 탄생하게 되는 것이다.

이번 모임은 이러한 미담을 중심으로 힘써 기사를 써준 기자들에게 감사를 전하기 위해 마련한 자리였다. 우리 사람저널이 낄 자리는 아니었지만, 그나마 서은우의 과거 명성 덕에 2군 경제지 기자들과 함께 할 수 있었다.

그건 그렇다 치고 서은우가 내 칭찬을 처음 해서 그런지 가슴이 진정되지 않고 연신 쿵쿵거렸다. 고졸인 내가 기자가 될 수 있다는 것도 그렇고, 내 실력이 부끄럽지 않다는 것도 설렜다.

이날 기자 모임에는 15개 언론사의 기자들이 참여했다. 참석자들의 나이를 가늠해 보니 대부분 20대 후반에서 30대 초반으로 보였다. 그중 한 기자는 내 얼굴만 보고 나를 차장급으로 착각하며 깍듯하게 인사했다. 창피해서 아직 수습기자도 아니라고는 말하지 못했다.

광풍건설 홍보팀에서는 무려 홍보팀 상무가 직접 자리를 했다. 그는 이전에 메이저 일간지와 1군 경제지 기자 모임에는 참석하지 않았다고 했다. 보통은 팀장 선에서 해결하는 자리였으나, 심익현 상무는 젊은 기자들의 기운을 얻고 싶다며 이 자리에 나왔다고 했다.

홍보팀 직원들은 기자들 사이사이에 자리하며 단 한 명의 기자도 소홀히 대접하지 않으려 애썼다. 한편 심 상무는 예쁘고 어린 기자를 옆에 앉히고, 그 옆에는 이윤경도 자리했으며 맞은편에는 나와 서은우가 앉았다. 이름만 들어도 아는 매체 기자들이 상당했지만, 서은우가 심 상무와 마주 보고 앉아 있는 것은 그의 개인적인 영향력이 컸던 덕분이었다.

이런 자리는 보통 홍보팀 직원들이 고생하는 자리다. 기자들을 골고루 챙기며 술자리를 이끄는 것은 기본이고, 기자들이 따라주는 술도 마다하지 않아야 했다. 기자들이 광고 좀 더 달라고 하는 요청에는 애매하게 웃어넘기는 것도 업무의 일부였다.

하지만 심 상무는 달랐다. 홍보팀에서만 26년을 보내고 중간에 메이저 일간지 경제부 기자로도 활약한 경험이 있는 그는 기자들을 오히려 손바닥 위에서 가지고 노는 듯했다. 물론 젊은 기자들 앞에서만 그랬다. 국장급 기자가 자리하면 그도 '깨갱' 한다고 전해졌다.

"나는 메이저 일간지보다 여러분이 더 좋아요. 우리 부탁 들어줘서 산재 사망 사고 기사를 안 써 주고, 분양 기사 열심히 써 주고. 얼마나 든든한지 몰라요."

심 상무는 큰 목소리로 기자들을 찬양했다. 하지만 기자들은 떨떠름한 표정과 어색한 웃음으로 반응할 뿐이었다. 술기운이 오른 심 상무는 계속 혼자 떠들었다. 목청이 워낙 커서 실내에 그의 목소리가 가득 찼다.

"근데, 사실 나도 기자를 해본 입장에서 우리 2군 경제지 기자들을 보면 안타까워. 본인들이 쓰고 싶은 기사는 못 쓰고, 우리가 주는 보도자료나 제목만 바꿔서 내야 하니. 자존심에 스크래치 생길 만하지. 그렇지, 이지혜 기자?"

심 상무는 슬그머니 이지혜 기자의 얼굴 가까이 다가갔다. 그녀는 흠칫 놀랐지만, 침착하게 고개를 끄덕였다. 마치 상사가 부하직원을 대하는 듯한 모습이었다. 그의 오른손이 슬며시 그녀에게 다가가는 것이 맞은편에서도 느껴졌다.

얼마 지나지 않아 술잔을 비우던 심 상무가 나와 눈을 마주쳤다. 그는 소매를 한껏 털어 넣더니 자기 잔을 건넸다.

"사람저널 서지영 기자라고 했죠? 전에는 어디서 근무했나요? 처음 뵙는 얼굴인데."

그의 질문에 나는 옆에 있는 서은우를 쳐다봤다. 서은우가 대신 대답했다.

"전에는 다른 일을 하다 왔습니다. 글솜씨도 뛰어나고 현안 분석 능력도 탁월해서 제가 데려왔죠."

"크윽, 그렇구만. 서 기자가 뽑은 인재라면 대단하겠어요. 서 기자만 보면 내 과거 기자 시절이 생각나. 기자 생활 10년도 안 채우고 메이저 차부장급 기자들이 혀를 내두를 정도로 명성을 날렸으니. 국무총리 단독 인터뷰하고, 중앙부처 실국장도 꽉 잡고, 국회 여야 간사도 휘둘러. 재계마저 벌벌 떨게 하던 사람이니까. 여기 기자들은 서 기자를 롤모델로 삼아야 해."

"과찬이십니다."

서은우가 맥주병을 들어 그의 잔에 따라주려는데, 심 상무는 잔을 뒤로 빼더니 다시 내게 건넸다. 자기 술을 받아달라는 뜻이었다.

왜 지가 마시던 잔을 주는 건지 의문스러웠지만, 나는 괜히 얼굴 붉힐 필요는 없다고 생각해 그가 따라주는 소맥을 받았다. 소주 비율이 높은 것 같아 마음에 들지 않았지만, 한 번에 털어 넣고 잔을 돌려주었다.

시간이 지나 분위기가 무르익고, 자리도 뒤엉켰다. 서은우는 후배 기자들과 대화를 나눴고, 이윤경은 후배 기자들에게 존경을 받으며 둘러싸였다. 나는 어디에도 끼지 못하고 혼자 술잔을 기울였다.

대각선 맞은편에서는 심 상무가 여전히 이지혜 기자에게 말을 걸며 손등을 슬며시 덮었다. 아무도 이를 지적하지 않았고, 이지혜 기자의 눈빛은 불쾌함으로 가득 차 보였다. 참다못한 나는 서은우의 소매를 꽉 붙잡았다.

"광풍건설이 광고를 안 주면 우리 회사 망하나요?"

"타격이 없진 않죠."

"그럼 심 상무가 저 기자 성추행하는 걸 못 본 척해야 해요?"

내 말에 서은우는 심 상무를 보더니 잠시 고민하는 듯했다. 그러나 곧 자리에서 일어나 심 상무 쪽으로 갔다. 서은우는 심 상무 근처에 있는 남자 후배 기자의 어깨를 감싸며 휴대폰을 보여 줬다.

"김 기자, 저번에 한도중공업 홍보팀 남자 상무가 여기자 성추행했던 사건 기억나요?"

"네? 그런 일이 있었나요?"

"그 사건이 기사화는 안 됐지만, 다들 알고 있어요. 장 상무가 기자 몸을 더듬다 영상에 찍혔다는 소문이 있었죠.”

그의 말은 곧 실내 전체에 퍼졌다. 심 상무는 헛기침하며 이지혜 기자 곁에서 물러났다. 서은우는 그를 향해 씨익 웃으며 말했다.

“장 상무랑 비교하면 우리 심 상무님은 기자로서도, 홍보팀 상무로서도 모범이 되시는 분입니다. 앞으로도 그런 멋진 모습 기대하겠습니다.”

“어, 그렇지. 서 기자가 있어 든든하구만.”

무안해진 심 상무는 혼자 술을 벌컥 마셨고, 사건을 해결한 서은우는 멀리 나와 눈을 마주쳤다. 그는 찡긋 윙크했고, 나는 표정을 숨기지 않고 웃어 보였다.

어쩌지. 나, 저 남자가 점점 좋아진다.

모임 막바지에 화장실에 들러 얼굴을 고쳤다. 동시에 이윤경이 화장실에 들어와 세면대 옆에 나란히 섰다. 그녀는 볼 일이 있어서 온 것이 아니라 나를 보러 왔다며 말을 꺼냈다.

“은우 오빠 너무 멋지죠? 아까 같은 행동, 은우 오빠 정도나 돼야 할 수 있어요.”

꼭 자기 남자 친구를 자랑하듯 했다. 이미 끝난 사이라지만, 팔불출처럼 구는 모습이 어색했다. 예전에도 느꼈지만, 이윤경이 우리 사무실을 뻔질나게 드나드는 걸 보면 아직도 미련이 남아 있는 것 같다.

"저 오빠하고 한때 연인 관계였다는 건 들으셨는지 모르겠네요."

"그래요? 몰랐네요. 남 이야기엔 관심이 없어서요."

"기자가 남 이야기에 관심이 없으면 안 되죠."

이윤경이 날 일부러 긁었다. 순간 울컥했지만 애써 평정을 찾고 돌아서려 했다. 그런데 그녀는 멈추지 않았다.

"오빠가 오늘 저랑 잘해보고 싶었나 봐요. 향수까지 준비했던데요. 하지만 아직은 이대로가 좋아서 거절했어요. 좀 더 시간을 갖고 지켜보려구요."

그녀의 말에 돌아서서 눈살을 찌푸렸다. 향수라니. 서은우, 아직도 저 여자를 못 잊은 거야? 사실 여부를 떠나 그녀 입에서 그 말을 듣는 것만으로도 기분이 퍽 상했다. 아니, 어쩌면 나한테 공갈치는 것일지도 모른다. 아까 모임에서 단 한 번도 둘이 말하는 것을 본 적이 없었으니까. 게다가 서은우는 이윤경에게 잘 보이려고 심 상무를 깐 것이 아니라, 내 말을 듣고 움직인 거다.

이내 평정을 찾은 나는 입을 앙다문 채 턱을 살짝 추켜올렸다.

"내가 관심 있는 건 정책이나 사회 분야지, 남 연애사가 아니에요. 그래서 알 필요 없다고 말한 거니, 궁금하지도 않은 건 그만 말해요."

일부러 날을 세워서 말할 이유는 없었지만, 그래도 하고 싶은 말을 하고 나니 속이 시원했다. 화장실에서 나온 나는 보란 듯이 서은우에게 다가가 대리운전을 불렀냐고 살갑게 물었다. 그는 내 살가운 태도에 당황한 듯했지만, 이윤경이 사라질 때까지 나는 꿋꿋하게 평소 안 하던 행동을 이어갔다.

어느덧 대리운전 기사가 도착했고, 우리는 자연스럽게 뒷좌석에 나란히 앉았다. 평소 같았으면 서은우가 앞자리 보조석에 앉았겠지만, 광풍건설에서 받은 선물꾸러미들이 보조석을 차지한 탓에 뒷좌석에 우리가 같이 앉게 된 것이다.

좁지 않은 뒷좌석이었지만 공간이 꽉 채워진 느낌이었다. 많이 마시지도 않았는데 더운 기운이 휘몰아쳐 절로 손부채질을 했다. 내 부자연스러운 행동에 서은우는 물끄러미 쳐다보더니 한마디 던졌다.

"왜 이렇게 안절부절못해요? 더우면 창문이라도 열어요."

"그러게요. 술을 마셔서 그런가, 좀 덥네요."

나는 그와 눈을 마주치지 않고 시선을 창밖에 둔 채 대답했다. 곧 창문을 열자 시원한 가을 밤공기가 스며들었다. 얼마 전까지만 해도 추위가 몰려올 것처럼 기승을 부리더니, 이날은 또 기온이 올라가 시원한 바람이 정신을 맑게 했다. 이대로 눈을 감고 밤공기의 청량감을 즐기며 시간을 보냈다.

자정이 다가오는 시간. 대리운전 기사는 한적한 올림픽대로를 거침없이 질주했다. 피곤해서 잠을 자겠다던 서은우는 창틀에 팔을 기대고 차창 너머를 멍하게 쳐다보고 있었다. 나라도 잠을 청해보려 창문을 닫고 머리를 창에 기대보았지만, 억지로 눈을 감아도 잠이 오지 않았다. 틈날 때마다 고개를 살며시 돌려 서은우를 흘겨보았다.

"서지영 씨."

흘겨보던 중 서은우가 갑작스럽게 부르자 순간 나는 눈을 꽉 감았다. 자는 척이라도 해야 덜 어색할 것 같았다. 그런데 하필 창 쪽이 아니라 서은우 쪽으로 얼굴을 돌린 채 눈을 감아버렸다. 오히려 그에게 얼굴을 내민 이상한 행동만 보여준 꼴이 됐다. 그는 고개를 갸우뚱했지만, 딱히 문제 삼지 않고 말을 이어갔다.

"나 피곤해서 그런데 거기 좀 누우면 안 돼요?"

"어딜 누워요? 설마 제 무릎이요?"

"좀 누워서 가고 싶은데 자리가 좁네요."

"미쳤어요? 싫어요."

"좀 해줘요. 아까 내가 심 상무도 까줬잖아요. 저 쫄아서 아직도 심장이 뛰고 있거든요. 그 회사가 1년에 광고를 이천만 원이나 주는 곳인데."

"그건 그거대로 멋지긴 했는데, 그렇다고 무릎까지 빌려주는 건 안 되죠."

말이 끝나기가 무섭게 서은우가 머리를 내밀어 내 무릎에 댔다. 뭐 하는 거냐고 묻기도 전에 그의 손이 내 손등에 살짝 닿았다. 내가 움찔 놀라자 그는 내 손등을 완전히 덮으며 더 과감하게 움직였다.

"손이 닿았으니 어쩔 수 없네요. 도착할 때까지만 이렇게 가요."

그가 초능력을 썼다. 마인드컨트롤에 조종당한 나는 어쩔 수 없이 그에게 무릎을 허락했다.

"오 분 뒤엔 무릎으로 머릴 걷어찰 거예요."

"왜요?"

"오 분만 초능력에 걸린 거니까요."

그의 손길이 부드럽게 날 감싸는 게 싫지는 않았지만, 티를 내고 싶지 않아 퉁명스럽게 말했다. 어차피 이 남자 마음속엔 이윤경 그 여자가 있을 텐데 무언가 기대하는 건 사치다.

"고마워요."

그럼에도 상관없이 따뜻하게 전하는 그의 목소리였다. 넘어가면 안 된다. 정신을 바짝 차려야 했다.

"당신이 맘대로 초능력 쓴 거니 고마울 거 없어요."

"회식 자리에서 고마웠다고요. 심 상무가 설칠 때 서지영 씨가 판 깨려다가 자중하고 저한테 신호 보낸 거잖아요."

"그게 제게 고마워해야 할 일이에요?"

"지영 씨 없었으면 나 그 자리 안 나섰습니다. 광풍건설을 상대로 그런 짓을 하는 건 자살행위나 다름없어요."

누구보다 돈을 좋아하고, 매달 월급날에는 직원들 월급 주려고 통장을 확인하며 한숨을 쉬는 게 본인 역할이라던 서은우. 이런 이야기를 굳이 내게 한다는 건 나를 직원이 아닌 친구 이상으로 생각한다는 뜻일까.

"근데 왜 제가 있다고 나서요?"

나는 그의 의도를 전혀 모르겠다는 듯 물었다. 혹시 내게 잘 보이고 싶어서 그랬을까 싶어 일부러 물었지만, 그가 눈치채지 않기를 바랐다.

"예전에 말했잖아요. 저한테 온 거 후회 안 하게 해주겠다고 요. 대표가 당당하게 보이지 않으면 직원이 뭘 믿고 대표를 따르 겠어요?"

내게 잘 보이려는 의도는 맞았지만, 그 방향이 이성이 아닌 신 뢰의 측면이었다. 그의 말에 진심이 느껴졌다. 항상 능청스럽고 뻔뻔하게 사람을 대하던 그가 내게 속마음을 처음 드러낸 것 같 았다. 내가 지켜보고 있어서 용기를 낼 수 있었다는 말이 나를 설레게 했다.

"어쨌든 딱 오 분이에요."

초능력 효력은 오 분간만 유지된다. 그때까지는 어쩔 수 없이 그가 편히 잘 수 있도록 해줘야 했다. 내 의도를 알아차린 그는 고맙다며 머리를 비비며 더 깊이 파고들었다. 흠칫 놀라긴 했지 만, 초능력에 걸린 나는 거부하지 않았다. 아니, 거부할 힘이 없 었다.

스르르 그가 눈을 감았다. 새근새근한 그의 숨소리가 내 손을 타고 전달됐다. 별것 아닌 들숨과 날숨에 온몸이 짜릿해졌다. 언 짢아야 할 기분이어야 하는데, 심장이 두근거리는 것은 오로지 초능력 탓일 거다.

정말 초능력 때문일까. 이런 오묘하고 복잡한 느낌은 오 분이 지나면 알 수 있다. 그러나 오 분이 지나면 내가 그에게 붙잡힌 내 손을 뿌리칠 수 있을지 단정할 수 없다. 혹시 오 분이 지나면 그가 명령을 재차 내릴지도 알 수 없다. 만약 그가 명령을 내리지 않는다면 내가 어떤 행동을 취할지도 예상할 수 없다.

무언가의 결말도 확인하고 싶지 않은 나는 일단 그의 손에서 벗어나기로 마음먹었다. 조심스레 손을 떼고 오 분이 지나길 기다렸다. 틈만 나면 손목에 채워진 시계 초침을 쳐다봤다. 금세 오 분이라는 시간이 임박했다. 들리지도 않는 초침이 내 귀에 똑딱똑딱 신호를 보냈다. 앞으로 십 초만 있으면 주어진 오 분이 끝난다.

십 초, 구 초, 팔 초, 칠 초, 육 초, 오, 사, 삼, 이, 일.

"이제 치워요!"

나는 왼쪽 무릎을 들어 올려 서은우를 벌떡 일으켜 세웠다. 그는 뭐야, 하며 자리에서 일어나 영문도 모른 채 두리번거리다가 나와 눈을 마주쳤다. 어두운 차 안이었지만 황당해하는 그의 얼굴이 뚜렷하게 보였다.

"지금 뭐 했어요?"

"오 분 지나서."

"허. 그렇다고 자고 있는 사람의 머리를 니킥으로 날려요?"

"처음부터 제 무릎을 줄 생각이 없었는데, 대표님이 초능력으로 절 잡아놨잖아요. 오 분이 지났으니 원래대로 돌려놓은 거죠."

하마터면 초능력에서 벗어나는 오 분의 시간이 지난 뒤에도 나는 그를 떨치지 못할 뻔했다. 초능력에 조종당한 사람처럼 행동하는 게 내 마음을 들키지 않는 길이었다. 만약 그에게 계속 무릎을 내줬다면, 그는 나를 쉽게 볼 수도 있었을 것이다.

마음을 단단히 먹어야 했다. 그의 행동이 아무리 익살스럽고 따뜻해 보였더라도, 지금은 내가 그의 손아귀에서 벗어나야 할 때였다.

어느덧 오피스텔에 도착했고, 자정이 넘었다. 서은우는 보조석에 있던 선물꾸러미를 들고 내렸다. 나에게도 좀 가져가라고 했지만, 종이박스 규격을 보니 딱히 필요할 것 같지 않아 정중히 사양했다.

"고생 많았어요. 지영 씨는 내일 열 시 출근하세요. 저는 들를 곳이 있어서 갔다가 사무실로 갈게요."

이날은 평소처럼 따로 걷지 않고 나란히 걸었다. 사실 층도 다른데 굳이 입주민들의 이목을 신경 쓸 필요가 있었나 싶었다. 둘만 탄 엘리베이터 안에서 그는 거울을 보며 머리를 매만졌다. 혹시 거울로 나를 보고 있는 것은 아닐까 의식이 돼, 나도 모르게 입술을 삐죽 내밀거나 볼을 부풀려보기도 했다.

10층 알림 벨이 울렸다. 그가 내려야 할 층이었다. 나는 가볍게 쉬라는 인사를 건네며 그를 보내려 했다. 그러나 그는 내리지 않고 나와 함께 한 층을 더 올라갔다.

"왜 안 내렸어요?"

"지영 씨 가는 거 보고 내려가려고요. 한 번도 제대로 데려다 준 적이 없어서요."

"고작 한 층 더 데려다주는 게 무슨 의미라고."

곧바로 11층 벨이 울렸다. 내가 내려야 할 층이었다. 가볍게 인사하고 엘리베이터에서 나가려던 찰나, 서은우가 나를 불러 세웠다. 등 뒤에서 들린 그의 부름에 나는 엘리베이터 문틈에서 '열림' 버튼을 누른 채 잽싸게 돌아섰다. 마치 기다렸던 사람처럼 티가 많이 났는데, 들키지 않았기를 바랐다.

"왜 불렀어요?"

"뭣 좀 주려고요."

그는 광풍건설 로고가 박힌 종이가방을 뒤적였다. 수건이라면 집에 많다며 거절하려 했지만, 수건 대신 예쁘게 포장된 상자를 내밀었다.

"제 뒤치다꺼리하느라 고생하신다는 의미로 향수 하나 샀어요. 진작 샀던 건데 드릴 타이밍을 놓쳤네요."

그는 어딘가 머뭇거리는 자세로 선물을 내밀었다. 거기에 나는 실망한 표정으로 손을 내밀지 못했다. 그 상자 속에 든 건 다름 아닌, 이윤경이 거절했다는 바로 그 향수였다.

"이걸 저 주려고 샀다고요?"

"전에 보니 비슷한 향수를 쓰는 것 같아서요. 그런데 표정이 별로네요? 마음에 안 드세요?"

내가 쓰는 향수와 같은 브랜드조차 아닌데 '비슷하다'는 핑계로 샀다니. 그냥 '누구 주려다 남은 거'라고 했으면 될 것을 굳이 저렇게 둘러댈 필요가 있나 싶었다. 꿩 대신 닭처럼 느껴진 나는 이 선물을 받아야 할지 망설였다. 그렇다고 안 받는 것도 어색할 것 같았다.

"고마워요. 잘 쓸게요."

"쓰시던 향수랑 비슷한가요? 사실 여자 향수는 잘 몰라서 드 럭스토어에서 추천받았는데."

"잘 추천받았네요."

정성스러운 거짓말이어서 그냥 넘어가 주려 했다. 그나저나 모임에서 전 연인에게 잘 보이려고 선물까지 준비하다니. 외모를 보면 푹 빠질 만도 하지만, 너무 호구처럼 보였다.

"멍하게 뭔 생각해요? 자, 받아요."

덥석, 그가 내 손을 잡아 손바닥을 펼치게 했다. 작은 상자를 손바닥 위에 살포시 얹는 순간, 심장이 불규칙하게 뛰었다. 정신 차려야 했다. 이 선물은 나를 위한 것이 아니라, 단지 이윤경이 거절한 것을 내게 돌린 것일 뿐이다.

"들어가서 쉬세요."

방금 손을 잡혔기 때문에 초능력에 걸린 나는 그의 '들어가서 쉬세요'라는 명령에 따르기 위해 발을 옮겼다. 엘리베이터 밖으로 완전히 나오고 나서야, 그는 손을 흔들며 작별을 고했다.

엘리베이터 문이 서서히 닫히는 동안, 나는 뒷걸음질치며 그의 모습을 끝까지 지켜봤다. 쿵, 문이 닫히자 나는 그 자리에 멍하니 서 있었다. 초능력의 명령대로 집으로 돌아가 쉬면 되는데, 발걸음이 떨어지지 않았다.

왜냐면 엘리베이터 문이 닫히기 직전, 그는 입 모양으로 내게 또 다른 명령을 내렸기 때문이다.

'가지 마.'

분명히 그는 내게 가지 말라고 했다. 초능력에 걸린 나는 엘리베이터 호출 버튼을 반복적으로 눌렀다. 엘리베이터는 이미 10층에서 멈췄고, 내려가는 중이었다. 다른 누군가가 잡아버린 탓에 엘리베이터는 내게 다시 오지 않았다.

나는 더 이상 기다릴 수 없었다. 비상계단으로 뛰어 내려갔다. 시간의 촉박함을 느껴 계단을 두 칸씩 건너뛰며, 십 층 복도를 달렸다. 하지만 그의 집이 몇 호인지 알지 못해 복도를 헤맸다. 두통이 밀려오고, 초능력을 이행하지 못하는 불안감이 나를 압박했다.

이제 시간이 얼마 남지 않았다. 명령 이행을 포기할 것인가. 아니, 후회할 것 같았다. 숨 가쁜 와중에 무작정 문들을 두드리며 그의 이름을 불렀다.

"서은우! 어딨어!"

삼십 초. 이십 초. 십 초.

문득, 내가 주저앉은 바로 그 문에서 서은우가 나왔다. 초능력에 이끌린 나는 주저 없이 그를 와락 끌어안았다. 일 초가 남았다. 나는 그의 입술에 내 입술을 포갰다.

그는 깜짝 놀라 내 볼을 잡고 입술을 떼어냈다. 큰 눈으로 나를 응시하며 물었다.

"지영 씨?"

초능력의 효력이 끝났다. 나는 그의 품에서 황급히 빠져나와, 입술을 벅벅 닦았다.

"대체 뭐 하는 건가요?"

"네가 초능력으로 가지 말라고 했잖아!"

순간 나는 목소리를 높여 그에게 화를 냈다. 그 여자와 정리도 안 한 상태로 초능력을 사용한 그의 행동에 기분이 나빠졌기 때문이다.

"방금 한 행동이 제 초능력 때문이었다고요? 지영 씨, 제 초능력을 믿긴 하는 거예요?"

"이제 와서 초능력이 아니라고? 널 원한 적 없던 내가 여기까지 내려왔는데?"

눈가에 눈물이 맺혔다. 왜 울고 있는 걸까. 그의 품에서 벗어나려는 순간, 그는 내 손을 다시 붙잡았다.

"내 초능력을 믿는다 했죠? 그럼 가지 말고, 내 곁에 있어요."

그의 부드러운 목소리에 나는 저항하지 못하고 그의 품에 다시 안겼다. 그가 내 머리칼을 쓰다듬었다. 그의 손길이 부드럽고 따뜻했다. 내 마음은 혼란스러웠지만, 초능력에 속박된 나는 그와 마주 서 있었다.

그는 내 머리칼을 부드럽게 쓸어내렸다. 나는 고개를 들어 그와 눈을 마주쳤다. 그의 입술과 내 입술이 가까워지자 부드러운 떨림이 감돌았다. 뜨거운 공기가 서로의 숨결을 휩감으며 회오리처럼 퍼져나갔다. 갑작스러운 열기에 휩싸인 나는 덥석 그의 입술을 덮쳤다. 마치 진공청소기에 빨려 들어가듯 그의 집 안으로 몸을 밀어 넣었다.

삐리릭, 문이 닫혔고 우리는 서로 누가 먼저 덤빈다고 할 것 없이 입술을 마구 뭉갰다.

곧 나는 그의 셔츠 단추를 풀어헤쳤다. 동시에 그가 내 검은 코트를 스르르 어깨 아래로 흘려 현관 바닥에 털썩 떨어뜨렸다. 그새 오 분의 시간이 다 지나갔다. 난 그의 곁에서 한 발짝 뒤로 물러났다. 그는 손목에 채워진 시계를 바라보곤 허탈한 웃음을 지었다.

"오 분 지나서 또 멀어진 거예요?"

"그러니 제가 떨어져 나갔겠죠."

"그럼, 이번에도 초능력 쓰면 다시 넘어올 건가요?"

"그렇겠죠. 제 본심은 당신을 원하지 않으니까요."

"그래요? 그럼."

그가 내 손을 잡았다. 기다렸다는 듯 나는 다시 그의 품에 안겼다. 아니다. 기다린 게 아니었다. 그저 끌려간 것뿐이었다. 아직 그가 아무 말도 하지 않았으니 내가 스스로 한 행동은 아니라고 스스로를 타이르며, 내 입에서 제멋대로 말이 흘러나왔다.

"이제 절 어쩌실 거죠?"

"당신이 안겨놓고 이젠 어쩔 거냐고요? 좋아요, 그럼. 난 당신을 가질 겁니다. 당신도 저를 원하세요."

그가 또다시 명령했다. 이번엔 훨씬 강렬했다. 나는 고개를 끄덕였고, 그가 내 양손을 번쩍 들어 올렸다. 손쓸 틈도 없이 포박당한 나는 그에게 온전히 맡겨졌다. 그러자 그는 내 팔을 붙잡고 벽으로 밀쳐 붙였다.

"이제부터 나만 따라와."

그가 속삭이며 내 폴로셔츠 단추를 하나하나 풀기 시작했다. 손이 셔츠 안쪽으로 파고들었다. 그의 입술은 내 입술을 격렬하게 탐하며 쉬지 않고 움직였다. 가슴 한편에서 뜨겁게 타오르는 무언가가 나를 짓눌렀다. 신음이 흘러나왔지만, 속으로는 그를 거부하고 싶은 마음이 여전히 있었다.

"우리 침대로 가요."

거부하고 싶었는데 나도 모르게 이런 말이 튀어나왔다. 초능력 때문이었다. 그는 나를 번쩍 들어 거실 발코니 쪽의 더블베드로 걸어갔다. 살포시 나를 내려놓고는 서둘러 자신의 옷을 벗었다. 나도 그의 행동을 따라 폴로셔츠 단추를 모두 해체하고 블랙진을 벗어 던졌다. 모든 것이 빠르게, 거침없이 흘러갔다.

그의 입술은 어디 한 군데 놓치지 않고 내 온몸에 구석구석 흔적을 남겼다. 나는 그의 머리칼을 쥐고, 그의 몸을 움켜잡았다. 기분이 좋아지고, 몸이 달아오르는 것은 모두 다 초능력 때문이라고 내 스스로를 설득하고 있었다.

갑자기 그가 멈췄다. 방금까지 그렇게 드세게 달라붙던 그가 움직임을 멈추더니 침묵을 깨고 말했다.

"오 분 지났어. 이제 난 당신한테 손도 안 대고, 명령도 안 할 거야. 거절하려면 지금 해."

두 남녀가 나체로 침대 위에 있는데, 이런 말을 한다고? 순간 당황스러웠다. 내 선택을 남기고 스스로 물러난다니, 꼭 책임을 나에게 떠넘기는 것 같았다.

"여기까지 와서 나보고 선택하라고?"

"가만 보니 당신 행동이 꼭 당하는 사람 같아서, 내가 몹쓸 짓 하는 것처럼 느껴져서 기분이 더러워졌어."

"뭐? 더러워? 당신이 초능력 써서 날 여기까지 끌고 왔잖아. 이제 와서 기분 탓한다고?"

"그러니까, 당신이 진짜 원하는지 선택할 기회를 주겠다는 거야."

"됐어, 꺼져!"

나는 양손으로 그를 밀쳐내고 일어섰다. 황급히 속옷과 바지를 챙겨 입으면서 현관으로 걸어갔다. 문 앞에서 코트를 들어 다시 한번 그를 흘끔 돌아봤다. 그는 침대 위에서 여전히 고개를 숙인 채 움직이지 않았다.

나는 문을 쾅 닫고 나왔다. 가슴이 이상하게 공허해졌다. 선물로 받은 향수는 그의 현관에 떨어뜨렸는지 어디에도 보이지 않았다. 선물을 거절한 모양새가 돼버렸지만, 그것도 어쩌면 괜찮을지도 몰랐다.

　다음 날 출근길이 막막하게 느껴졌다. 그를 어떻게 대해야 할까? 오늘 밤의 고조되었던 분위기에 찬물을 끼얹은 것도 내 탓인가 싶어 복잡한 감정이 뒤섞였다. 이 모든 일이 다 그 망할 초능력 때문이라는 생각만이 머릿속을 가득 채웠다.

8장

집에서 사무실까지 십 분 거리이지만 오늘은 유독 더 빨리 온 것 같았다. 분명 평소보다도 느린 걸음이었다. 늦게 들어가려고 건물 일 층 로비에서 바쁜 사람들 먼저 태워 보내기까지 했다. 그럼에도 체감하는 출근 시간은 오 분이 채 안 됐다.

선을 넘진 않았지만 어제 우리의 격렬한 질주는 예전으로 돌이킬 수 없을 만큼 뜨겁고 과감했다. 그렇게 생각하니, 사무실로 가는 내 발걸음이 쉽게 떼어지지 않았다.

사무실 유리문을 마치 성벽 철문 열 듯 끙끙 밀어젖히며 간신히 들어왔다. 눈알을 열심히 돌려 사무실 분위기를 엿보았다. 기무영 차장은 내가 오기 전 외근을 나갔고, 사무실에는 최명숙 부장만 있었다.

지각도 안 했는데 혼자 뭔가 찔린 나는 개미 목소리로 좋은 아침이라며 최명숙 부장에게 어정쩡 인사했다. 최 부장은 오늘도 눈 한 번 안 마주치고 턱만 살짝 내려 내 인사를 받아줬다. 최 부장 파티션을 지나 내 자리로 가려는데 그녀가 나를 불렀다.

"서지영 씨, 은우는요?"

"네? 제가 그걸 어떻게 알아요?"

"어제 기자 모임 같이 갔었으니 따로 뭔 얘기 있었나 했죠."

"아, 그렇죠. 그게, 저도, 잘 모르겠네요."

도둑이 제 발 저린 사람처럼 혼자 흥분해서 빠르고 톤 높게 말한 것이 민망해 내 머리를 콩 때렸다. 그나저나 그는 왜 아직 오지 않은 걸까. 혹시 어제 일 때문일까. 본인만 민망할 것도 아닌데 유난이다.

점심이 지났는데도 그의 소식은 들을 수 없었다. 오전에는 크게 할 일 없이 전화 받는 업무만 한 것 같다. 최 부장이 급여 지급 승인 문제로 그에게 전화해 봤는데 받지 않는다고 했다. 그녀는 월급 받고 싶으면 나보고도 한번 전화해 보라고 했다. 월급 핑계로 나는 그에게 시간마다 전화했다. 그러나 받지 않았다. 어제 초능력으로 날 가지려 한 것이 미안해서 죄책감이 들었나 보다.

옥상에 올라가 담배 태우며 복잡한 마음을 달래봤다. 담배만으론 마음이 진정되지 않아 주현이에게 전화를 걸었다. 전화받는 주현이의 놀란 듯 그럼에도 심히 반기는 목소리를 듣자마자 내 마음은 금세 한결 가벼워졌다. 이 친구에겐 뜸 들일 거 없이 본론부터 들어가면 된다.

"나 어제 술 마시고 서은우랑 자기 전까지 갔었어."

말과 동시에 꺅, 어떡해, 대박 등 일차원적 감탄사가 쉴 새 없이 터졌다. 비명과 환호의 교차 속 주현이의 팡파르는 삼십 초간 이어졌다. 안 끊고 얌전히 기다리면 스스로 멈춘다. 그 틈에 말을 자르면 됐다.

"그게 중요한 게 아니야. 서은우가 오늘 회사를 안 나왔어. 이건 무슨 의미일까?"

"너랑 자려고 한 걸 후회하나?"

"그런 걸까?"

"농담이야! 얘. 너 너무 오랜만에 썸타는 거라 감이 떨어져서 그래. 바빠서 안 왔겠지. 그 사람 엄청 바쁘게 산다며."

"그래도 꺼림칙해. 사실 난 당한 거야. 내가 하고 싶어서 한 게 아니라고."

"당해? 막 입에 뭐 물리고 밧줄 묶고 채찍 쓰고 그래?"

주현이는 남편이랑 그렇게 노나 보다. 말 같지도 않은 말을 아무렇지도 않게 내뱉어서 대꾸도 안 했다.

"됐어, 끊자. 나 이제 들어가 봐야 돼."

"벌써? 할 말 더 있는 거 아냐?"

나는 초능력에 당했다, 그런데 그가 미안하다는 말 한마디 없이 회사도 안 왔다, 이를 어떻게 해석해야 하나, 물어보는 것도 웃겼다. 주현이와 나는 심장까지 꺼내 보여줄 정도로 친한 사이지만 아직 초능력 이야기는 밝힐 수 없었다.

"여기서 뭐 해요?"

서은우 목소리가 뒤에서 들려 황급히 통화 종료 버튼을 누르고 휙 돌아섰다. 다섯 보 앞에서 그가 주머니에 양손 찔러 넣고 우두커니 날 바라보고 있다. 생각보다 태연해 보이는 얼굴이다. 뒷담화 아닌 뒷담화를 했더니 모골이 잠시 송연해졌다. 뒷담화 죄를 추궁하기 전에 먼저 선수 쳐야 했다.

"대표님 왜 전화 안 받아요?"

"내가 어제 아침에 어디 들렀다 온다고 하지 않았나요? 인터뷰 중에 왜 자꾸 전화해요?"

나는 입 모양을 아, 벌리며 고개를 끄덕였다. 어제 엘리베이터에서 그렇게 말했던 게 기억났다. 최 부장이 왜 서은우 안 오냐고 해서 순간 착각했던 것이다. 그만큼 지금 온정신이 아니다. 낮 동안 망상을 펼친 내가 창피해서 괜히 낯뜨거워졌다.

그가 난간 앞에 서 있는 내게 천천히 다가왔다. 이어서 그는 가슴팍까지 오는 난간에 두 팔을 얹히고 시선을 멀리 남산타워가 보이는 곳에 뒀다. 나는 오히려 그와는 반대로 옥상 안쪽에 시선을 두고 그와 나란히 했다.

"어제 일 곰곰이 생각해 봤어요. 원래 저는 손 접촉 없이 초능력을 쓸 수 있는 단계까지 올라간 적이 있거든요? 근데 예전에 큰 사고 한번 친 적 있어서 그 트라우마로 능력이 다시 하향됐더라고요. 그때부턴 다시 손 접촉 후에만 초능력을 쓸 수 있게 됐어요."

초능력 역사를 읊는 것으로 보아 그가 내게 사과를 하려고 서론을 늘리는 것 같았다. 미안해하면 용서해 줄 의향은 있다. 오랫동안 남자와 잠을 못 자 마음 한구석 외로움을 채워줬던 만큼, 나도 이상 그 일에 대해 왈가왈부하고 싶지 않았다. 그가 말을 이었다.

"이 말은 즉, 저는 제가 초능력을 쓸 때 그 느낌을 안다는 겁니다. 어젯밤 저는 당신에게 초능력을 쓰겠다고 마음먹은 적이 한 번도 없었어요. 심지어 차에서 무릎 빌려달라고 했을 때도 장난으로 말한 거지, 진짜 초능력은 쓰지 않았어요."

황당한 그의 말에 눈살이 찌푸려졌다. 인상 쓰고 반쯤 입 벌려 어처구니없음을 표현하며 반박에 나서려는데 그가 끼어들 기회를 주지 않고 말을 이어 나갔다.

"나, 서지영 씨 괜찮게 생각해서 다가가던 중이에요. 그래서 당신이 내 능력을 믿지 않는 걸 알면서도 어제 무릎을 빌려봤어요. 당연히 능력을 걸지 않았으니 왜 아무 일도 일어나지 않느냐고 따질 줄 알았죠. 근데 그러지 않으셨죠. 당신이 거절 안 하기에 당신도 날 특별하게 여기거나 했습니다."

초능력 써놓고 안 썼다니 기가 막혀 말허리 자르기를 시도했으나 말이 또 먹혔다.

"내 집 앞에서 먼저 내게 키스했을 때도, 또 그 이후에도 일부러 튕기려고 능력 탓하며 내게 다가온 것도 전부 이해하려 했어요. 근데 그 이후에도 초능력 핑계 대는 정도가 너무 심해서 순간 울컥했던 겁니다. 그 때문에 어제 격하게 말한 건 사과할게요."

어안이 벙벙 연속이다. 초능력 써서 날 집으로 불렀음에도 이 부분은 생략하고 이상한 부분에서만 사과하고 넘어가려 했다. 그의 회피성 태도에 눈살이 구겨졌다. 그동안 읽었던 처세술 저서에서는 논쟁을 피하고 상대의 말에 경청하는 것이 상수라고 했지만 이론은 이론이다. 난 이 억울함을 풀지 않으면 안 됐다.

"초능력에 걸리지도 않았는데 괜히 자존심 세우려고 내가 핑계 대고 있다는 거예요? 아뇨, 말도 안 돼요! 전 분명 어제 당신에게 손 붙잡고 가지 말라고 한 명령을 들었어요. 바로 실행이 안되니 머리까지 아팠단 말이에요."

나는 그가 끼어들 수 없도록 이어서 빠르게 반박했다.

"백번 양보해서 대표님이 초능력에 의지를 담지 않았다고 쳐요. 하지만 초능력을 썼는지 안 썼는지 판단하는 기준이 스스로 명확하다고 확신할 수 있나요?"

"말로 설명하긴 어렵지만 분명 명령을 내릴 때의 그 느낌은 알고 있어요. 정말입니다."

"그거 봐요. 그 느낌 같은 느낌, 본인도 설명 제대로 못 하겠죠? 이런데도 제 탓만 할 건가요?"

그가 뭘 또 반박하려다가 멈칫했다. 아무래도 내 설득이 먹혀들었는지 변명하기를 포기한 표정이었다.

"알겠어요. 그럼 그것도 사과할게요. 지영 씨 말대로 무의식중에 썼을 수도 있어요. 하지만 맹세하는데 난 지영 씨를 초능력으로 가져보겠다는 생각은 한 번도 해 본 적이 없어요. 그러니 절 파렴치한으로 오해하지 않으셨으면 좋겠어요."

나는 그가 일부러 초능력을 쓰지 않았지만, 자기도 모르게 썼을 수도 있다는 점까지는 이해할 수 있다. 이 정도면 나쁘지 않은 합의 같은데 그는 이마저도 탐탁지 않은 표정이었다.

"이제 지영 씨 속마음 말해 봐요. 지영 씨는 제 능력과 상관없이 어제 단 한 번도 제게 마음을 연 적이 없었나요?"

왜 열지 않았겠나. 오히려 먼저 다가와 주면 얼마나 좋을까 물 떠 놓고 기도하듯 기다렸다. 하지만 아직 정리 안 된 여자 문제도 그렇고, 닭이 된 향수 선물도 그러하니 선뜻 마음을 열기가 망설여졌다.

"정말 제게 어떤 마음도 없어요? 단 하나도?"

채근하는 그의 보챔에 잠시 합죽이가 됐다. 일단 입을 다물고 있지 않으면 마음 있다고 바로 말할 거 같아서 다물고 있었다. 템포를 늦추고 심호흡 한 번 한 뒤 그의 말에 답했다.

"나 일전에 대표님 초능력 무섭다고 했죠? 본인이 능력자이건 아니건 상관없이 그 능력의 존재 여부를 들은 이상 대표님이 제 손잡고 말을 던지면 그게 무서워요."

이번 말은 상당히 타격이 컸는지 그가 완전히 입을 다물었다. 무언가 변명을 하겠다는 의지를 단번에 꺾게 만들 말이었나보다. 하지만 사실이다. 이를 명확하게 하지 않으면 난 그와 있는 동안 마인드컨트롤에서 자유로울 수가 없다.

"그랬군요."

"그리고 저한테 제 마음을 묻기 전에 대표님도 본인에게 한 번
물어보세요. 정말 제게 마음이 있기는 한 건지."

"무슨 뜻이에요?"

"아직 그 여자 정리 안 했잖아요. 어제도 그 여자랑 다시 잘해
보려고 선물 샀는데 거절당한 거, 저 준 거잖아요. 근데도 온전
하게 제게 마음이 있다고 생각해요? 오죽하면 제가 향수를 그냥
집에 놓고 왔겠어요?"

내 말이 또 정곡이 됐는지 그가 바로 답하지 않고 뜸 들였다.
이내 그는 시선을 내리깔고 골똘히 생각에 잠겼다. 어떤 말을 전
해야 내가 수긍할까 고민하는 얼굴이 역력했다.

"전적으로 제 잘못입니다. 무의식중 초능력을 썼을지도 모른
다는 거, 어제 갑자기 화낸 거, 오늘 따지려 한 거 모두 사과할게
요. 그리고 제가 지영 씨에게 초능력을 밝힌 건 분명한 이유가
있어서예요. 아직은 밝힐 수 없지만 이렇게 겁주려고 말씀드린
건 아니란 걸 알아줬으면 해요."

진지한 얼굴에 사과까지 하는데 이상 안 받아주면 투정이 될
수도 있어 나도 마음을 가라앉혔다.

"저도 제 언행에 문제가 될 법한 거 다 사과할게요."

내 말에 그는 고개를 끄덕이곤, 논쟁을 끝마치려는지 몸을 돌
려 옥상 문 쪽으로 발걸음을 돌렸다. 자칫 격해질 수 있었던 분

위기가 급하게 마무리된 것 같다. 그렇다고 계속 시시비비를 가릴 순 없다. 여기서 얼마 동안 실랑이를 벌였는지 모르겠지만 짧은 시간은 아니었다.

"근데 아까 향수 놓고 가셨다고요? 못 봤는데."

"몰라요. 현관문 근처 어디엔가 있겠죠."

복도에는 없었으니 당연히 집에 있겠지, 설마 그 짧은 시간에 누가 가져갔을까. 아무래도 다시 돌려줄 마음은 없는지 그는 찾아보겠다는 말은 하지 않았다. 뭐, 내가 딱히 그 향수를 갖고 싶은 건 아니니까 이제 그만 잊으련다.

❀ ❀ ❀

몇 주가 지났다. 나는 이제 수습기자 타이틀을 달고 국회의사당 기자실로 출근 당했다. 어색해져 서은우 얼굴을 어찌 볼까 싶었는데 좌천인지 영전인진 모르겠으나 자연스럽게 그와 멀어졌다. 불행인지 다행인지, 최근에는 서은우와 만날 시간이 거의 없었다. 그와는 월요일 주간회의 때 제외하고 일주일에 한두 번 정도 마주치는 정도였다. 단순 해프닝으로 마무리된 그날 이후, 그와 서먹해지면 어쩌나 했더니, 오히려 실무를 접할 기회가 더 빨리 온 것 같아 어쩌면 다행이었다.

이왕 여기로 출근한 김에 나는 각종 국회 토론회를 돌아다니며 정책 공부에 열을 올렸다. 또 입사 이래 단 두 번밖에 본 적 없던 이상준 선배에게 기사 작성법도 배웠다. 친하지 않을 때는 몰랐는데, 이 선배도 생각보다 친절하고 알려주려는 의욕 또한 강해 좋았다. 특히 직접 국회 산업통상자원중소벤처기업위원회 위원 소속 의원실을 데리고 다니며 보좌진들과 인사할 수 있는 기회도 마련해줬다.

아직은 딱히 제대로 된 일은 아니나 하루하루 달라지고 있다는 것에 나는 늘 설렜다. 서은우는 할 만한지, 궁금한 건 없는지 등 기본적인 것만 내게 물었다. 우리 사이가 고용주와 노동자 포지션으로 명확히 갈린 것을 실감케 했다.

그에 대한 설렘이 멈췄다고 하긴 어려우나 못 본다고 딱히 홍역을 앓거나 그런 청승은 없었다. 남들보다 적게는 오 년, 길게는 십 년 늦은 나이에 수습기자를 하고 있으니, 이를 따라가는 것에 정신 쏟기 바빴다.

"중국에서 바이러스 하나 터진 거 같던데. 예전 사스 수준인가 봐."

국회 미디어관 뒤편에 있는 흡연 부스에서 이 선배와 담배를 태우며 최근 중국 중소도시에 퍼졌다는 '씨-바이러스'에 대해 대화를 나눴다. 아직은 미약한 수준이나 이 선배는 몇 년 전 국내에 퍼졌던 메르스 수준의 전염병이 우리나라에도 퍼질 것을 염려했다.

"전염병 터지면 대면 업무하는 기자들만 더 죽어나는 거야. 우리 먹고 사는 길이 사람들 입에서 나오는 제보인데, 만나질 못하면 살아있는 제보가 안 나오거든."

벌써부터 유난을 떠는 건 아닐까 싶지만, 매스컴에선 이미 해외거주자들의 입국 금지 여부를 두고 여야가 설전을 벌이고 있었다. 이 선배는 여당을, 나는 야당을 맡아 각자의 입장을 취재하기 바빴다.

그중에서도 나는 '대한민국은 쇄국만이 살길'이라고 강력한 메시지를 전달한 야당 강창걸 의원에게서 자극적 멘트 좀 뽑고자 그의 의원실을 찾아갔다.

아니나 다를까 벌써 여러 기자들이 의원실 앞에서 진을 쳤다. 보통은 국회의원들이 기자회견을 하고 싶으면 따로 공지를 하고 정론관에서 발언하는 게 일반적이다. 그러나 강 의원은 다른 의원들과 달리 기자회견을 따로 하지 않기에 의원실 앞에 기자들이 문전성시를 이뤘다. 그가 정론관에 가지 않는 이유는 최근 인지도가 현저히 떨어져 일부러 비공식 자리에서 가십으로 승부보려고 하는 것에 있다.

강 의원은 대여섯 모인 기자들의 산발적 질문에 성실히 답했다. 답변 대부분이 원색적 비난이긴 했지만, 기자들은 오히려 뽑아낼 야마가 많아 히죽 웃으며 받아쓰기 바빴다.

"강 의원님. 여기서 이러지 마시고 정론관에서 한 번 지르시죠."

다양한 목소리가 오가는 와중에 단 하나의 목소리가 시원하게 뚫고 나와 강창걸 의원 귀에 쏙 들어갔다. 여성의 목소리는 청량

하면서도 반듯하고 강직했다. 나를 포함한 기자들은 녹음 중인 휴대폰은 강 의원을 향해 두고, 고개만 뒤로 돌려 목소리의 주인공을 확인했다.

"일부러 노이즈만 키워서 인지도 회복하려는 건 너무 옛날 방식 아니에요?"

"오호, 이게 누구야. 이 기자 아닌가."

"오랜만이네요."

보브컷 앞머리를 우아하게 귀 뒤로 쓸어내린 여자는 싱긋 웃으며 강 의원에게 악수를 청했다. 나는 그녀가 누군지 확인하자마자 동공이 크게 확대됐다. 목소리가 낯익다 했더니 서은우 전 여자 친구 이윤경이었다. 정치부 기자라더니 이윤경도 국회 출입 기자였다.

난 이미 멘트는 뽑을 만큼 뽑은 것 같아서 슥 그 자리를 빠져나왔다. 그녀와 별로 마주치고 싶지 않았다. 나이는 나보다 서너 살 밑인데 경력은 비교할 수가 없을 정도로 선배니 만났다가 괜히 자격지심만 느낄 것 같았다.

짜고 치는 것도 아니고, 때마침 서은우에게 연락이 왔다. 내가 당황하듯 전화를 받자 왜 놀라느냐며, 일 안 하고 놀고 있었냐며 그가 오랜만에 장난쳤다. 이윤경 봤다는 이야긴 굳이 하지 않았다.

서은우가 오늘 공덕에서 한잔 어떠냐고 수화기 너머 내게 전달했다. 술이 싫으면 고기나 많이 먹으란다. 한우 사주겠다고 했다.

"갑자기 한우를 왜 사줘요?"

"이 선배가 서 기자 칭찬 많이 하니까 이뻐서 사는 거지. 끝나고 공덕역 앞으로 와요."

내가 수습이 된 이후부터 그는 본격적으로 '지영 씨' 대신 '서 기자'라고 했다. 동시에 말이 짧아지는 경우가 잦았다. 반대로 가끔 말을 놨던 나는 이제 그에게 더 존칭을 쓰게 됐고, 이로써 우린 친구로서의 관계도 거의 끝난 셈이 됐다. 어쩌면 차라리 이게 나을 수도 있다. 어차피 안 될 사이면 장벽이라도 많은 게 포기하기 더 빠를 테니까.

내가 쉽게 단념할 수 있을까. 그때는 자존심만 내세우느라 그에게 초능력 탓을 했지만, 어쩌면 난 그날 내가 먼저 달려들고 싶었던 게 맞을지도 모르겠다. 그가 정말 황당해했던 얼굴을 곱씹어 보면, 그는 초능력을 쓰지 않았을 수도 있을 거란 생각이 굳게 들었다.

그때 그가 마음이 한 번도 없었느냐 질문에 답을 하지 못한 게 후회가 되기도 했다. 아니다. 그에겐 이윤경이 있다. 대답 안 한 게 일백 번 고쳐 죽어도 잘한 짓이다.

나는 기자실로 가기 전 미디어관실 뒤편 흡연 부스로 또 갔다. 이젠 제법 낯익은 기자들도 보여 우리는 서로 인사를 한 듯 안 한 듯 애매하게 인사했다.

뿌옇게 채워진 부스 안은 적막했다. 후, 연기 뱉는 소리만 들릴 뿐 다들 대화 하나 없이 각자 휴대폰만 쳐다볼 뿐이다. 나는 휴대폰을 보지 않았다. 기자실 가서도 모니터만 쳐다볼 텐데 여기서도 휴대폰을 보면 눈만 더 아플 뿐이다. 그냥 멍하니 연기만 뿜어냈다.

후, 연기 한 모금 길게 뱉어내니 잡생각에 잠겼다. 공장에서는 정해진 시간에만 담배를 태울 수 있었다. 거기선 휴식이 소중했지만 이곳은 그렇지 않다. 언제가 휴식이고 언제가 근무인지 명확한 선이 없어 일과 여가의 경계선이 모호했다.

또 공장에서는 시간이 빨리 가기만을 재촉했지만, 이곳에선 쫓겨서인지 금세 시간 지나가는 게 아쉬웠다. 아직은 그때가 좋은지 지금이 좋은지 알 수 없다. 다만 알 수 있는 건, 그때는 지겨웠고, 지금은 긴장 중이다.

이 선배에게 배우고도 내가 잘 해내지 못하면 어쩌나 그 생각. 대졸, 그것도 서울 4년제생만 있는 이 세계에서 고졸이 살아남을 수 있을까 막연한 두려움.

가장 두려운 건, 이 업계에 발은 담근 이상 서은우 손을 거치지 않으면 동종업계 이직은 불가하다는 것에 있다. 한 사람 손에 내 운명이 좌우하게 되는 셈이다.

담배 연기를 후, 불던 나는 갑자기 실소가 나왔다. 그간 서울에 오면서 생각에 잠겨본 적이 제대로 있었나 싶을 정도로 바빴거나, 아님 생각 자체가 없었던 나다. 이제야 안정기에 접어들 기회가 오니 나는 생각이 많아지고 오히려 불안해졌다. 하지만 불안해졌다는 것이 예전보다 나빠졌다고는 생각하지 않는다.

알랭 드 보통의 〈불안〉을 보면, 우리의 삶은 하나의 욕망을 또 다른 욕망으로, 하나의 불안을 또 다른 불안으로 바꿔 가는 과정이라 했다. 불안이 안전을 도모하기도 하고 능력을 계발하기도 한다는 점에서 그 가치를 인정하면 '불안'이란 감정을 꼭 염려할 필요가 없다는 것이다.

담배를 다 태우고 부스 밖으로 나왔다. 이런, 이윤경이 부스 밖에서 팔짱 끼고 나를 기다리고 있었다. 불안하다. 이 불안은 내적 성장과는 하등 상관없다. 이윤경이 내게 무슨 말을 걸까 알 수 없는 이 '불안'은 아마 알랭 드 보통도 알지 못할 것이다.

"아까 강창걸 의원실에서 서 기자 봤었는데 금방 사라졌더라고요. 그래서 급히 따라왔어요."

"담배나 태우자는 건 아닐 테고, 저를 왜 따라왔어요?"

"오늘 오빠에게 보자고 했더니 약속 있다고 하네요? 혹시 그 약속이 서 기자와 약속인가 해서요. 설마 아니죠?"

겉모습은 감히 함부로 대할 수 없을 정도로 기품 있어 보이는 여자가 더러 남자에 매달리는 경우가 있다더니, 이윤경이 딱 그 처지다. 그때 기자 모임 화장실에서 일부러 향수 언급하며 본인의 위치를 알리고 서열 정리하려 할 때부터 알아봤어야 했다. 한 방 먹이고 싶었다.

"저 맞아요. 제가 예쁘다고 고기를 꼭 사주고 싶다고 하네요. 뭐, 사실 자주 사줬는데도 매번 또 사주더라고요. 회사 사람 중 딱! 나만."

순간이었지만 나는 마그네슘 부족한 사람처럼 안면근육 떨린 그녀의 얼굴을 포착했다. 금세 평정심을 찾긴 했지만 잠깐 흔든 것만으로도 이긴 기분이 들었다.

"서 기자, 우리 오빠하고 이어질 수 있을 것 같아요?"

서은우를 소유물처럼 얘기한들 내 귀엔 크게 와닿지 않았다. 더 이상 이윤경과 대화하고 싶지 않은 나는 뒤돌아 서서 내 갈 길을 갔다. 그런데도 이윤경은 내 뒤통수에 대고 말을 이어갔다.

"오빠에 대해서 어디까지 안다고 생각하죠?"

적어도 그가 초능력을 쓴다고 말하는 사람인 줄 알면 그에 대해 꽤 많이 아는 것 아닌가. 그녀의 질문은 내 고개를 돌릴 만큼 흥미를 당기지 않았다.

"오빠 아픈 사람이에요. 서 기자가 오빠 상처 감당할 수 있을 것 같아요?"

상처 없는 사람이 어디 있겠는가. 꼭 자기만이 보듬어줄 수밖에 없다는 그런 착각, 어렸을 때 나도 해봐서 안다. 나는 이번에도 전혀 동요하지 않았다.

하지만 다음 그녀가 꺼낸 말은 워낙 충격적이라 뒤를 돌아보지 않을 수 없었다.

다시 들어도 충격적인 말이었다.

❀ ❀ ❀

두툼한 두께와 분홍빛깔의 반짝반짝 마블링이 망사 철판 위에서 열을 내며 노릿한 색을 입는다. 싹둑 잘라낸 속내는 금세 홍조를 띠더니 반지르르 즙을 자아낸다. 적당히 갈색빛을 낸 한 점의 눈꽃살이 반짝이는 명란에 덮여 내 입으로 쏙 들어와 이내 모습을 감춘다. 입에서 살살 녹는다는 것이 바로 이러한 느낌인 듯 나는 한우의 절정을 온몸으로 만끽 중이었다.

"혼자 뭘 그렇게 중얼거리며 먹어요? 그냥 먹으면 고기가 안 들어갑니까?"

"오랜만에 먹으니 그렇죠. 대표님도 그만 굽고 좀 드세요."

"익기도 전에 서 기자가 다 주워 먹었잖아요."

"내 탓은."

나는 눈을 흘기면서도 한 손엔 쌈을, 한 손엔 고기를 집어 곱게 접고 입에 쏙 넣었다. 오물오물 씹는 동안에도 그는 고기 뒤집기 바빴다. 또 뭐에 홀렸는지 나는 하나의 쌈을 싸서 부리나케 그의 입속에 집어넣었다.

"나 때문에 못 먹었다고 할까 봐 한 쌈 서비스한 거예요."

먹여줄 때 순간 그의 동공이 확대됐지만 이내 대수롭지 않다는 듯 한쪽 어금니로 쌈을 씹으며 나를 바라봤다. 곧 기가 찼는지 그가 실소했다.

"참 알다가도 모르겠네요. 사실 오면서 어색하면 어쩌나 좀 걱정했어요. 그런 걱정한 게 억울할 정도로 서 기자는 아무렇지 않네요?"

"맛있는 한우 앞에 두고 그걸 꼭 언급해야 해요? 그냥 의식하더라도 모른 척 넘어가는 거죠, 뭐. 그렇게 하루하루 보내고 나면 전처럼 다시."

"보고 싶었어요. 이렇게 같이 밥 먹고 싶었고. 이렇게 같이 대화하고 싶었고. 또 이렇게 마주 보고 싶었고."

말이 끝나기 전 훅 들어온 그의 말. 입에 아직 덜 삼킨 쌈을 물고 있던 나는 그 상태로 정지화면이 됐다. 그는 내게 콜라를 손에 쥐어 주고 자신의 소주잔을 들어 올렸다.

"그때 말 못 한 게 있는데. 나 서 기자가 초능력 쓰지 말라고 했던 거 정말 진지하게 고민했었어요. 그리고 과연 난 초능력 없이 살 수 있을까 상상도 해봤고요. 기업들 분위기가 심상치 않아서 홍보비용을 대폭 줄이고 있는데, 영세매체는 얼마나 삭감할지도 모르니 더 초능력이 간절하더라고요."

난 숙연하게 전하는 그의 말에 고개를 끄덕이며 경청의 뜻을 표현했고, 그는 계속 말을 이어 나갔다.

"나 윤경이와 진작 끝났어요. 다시 잘해볼 생각 전혀 없고요. 인간적으로 아직 정리 안 된 게 있어서 연락하는 거니 오해 안 하셨으면 좋겠어요."

실랑이를 벌였을 때 바로 해명하지 않은 건 곧 변명처럼 들릴까 봐 그랬다는 것이다. 시간이 지나 격한 감정이 희석되고 나면 그때 이윤경과의 관계를 분명하게 말하고 싶었단다.

맛있는 한우 앞이라 그런지 그의 해명을 관대하게 받아들였다. 하지만 대체 내 어느 부분에서 마음에 들은 건지 모르겠다.

이윤경과 외모로는 비교도 할 수 없고, 지적인 면이나 우아한 자태만 봐도 그녀는 뭇 남성들이 모두 좋아할 만한 스타일이다. 그런 여자랑 만났으면 다음 여자도 그 정도 수준은 돼야 하지 않을까.

"근데 왜 제가 좋아요? 전 이윤경처럼 세련되지도 않았는데."

"처음에는 내 처지와 비슷한 거 같아서 관심 있었고, 그다음엔 어려운 환경에서도 쿨하게 넘기는 시크함에 매력 느꼈고. 그러다 보니 이젠 이 여자가 뭘 해도 예뻐 보이고."

다 예뻐 보인다는 말에 나는 입을 실룩거렸지만, 표정 관리는 필요해 보여 이내 꾹 미소를 감추고 정색했다.

"술을 좀 드셨군요? 천하의 서은우가 이렇게 속을 쉽게 보여 준다고요?"

"초능력 있는 것도 쉽게 알려 줬는데 뭘."

"대표님 초능력, 혹시 이윤경 그 여자도 알아요?"

"알죠."

"영화 보면 다들 숨기기 바쁜데, 무슨 초능력을 그렇게 쉽게 밝혀요? 어디 붙잡혀서 실험당하면 어쩌려고."

"어머니 빼고 제 능력 아는 사람 윤경이와 서 기자뿐이에요. 둘 다 꼭 알아야 할 필요가 있었거든요."

"저는 왜요? 설마 그때 그 마라톤 시키려고?"

"나와 똑같은 마음, 나와 똑같은 행동, 나와 똑같은 결과. 그러나 그쪽은 우연, 나는 필연. 그 부분을 짚고 넘어가려면 제 존재를 알릴 필요가 있었어요."

"뭔 소린지 당최 알 수가 없네."

애매하게 하는 그의 불성실한 태도에 혀를 끌끌 차며 콜라 한 잔 들이켰다.

"저도 하나 질문할게요. 제 초능력 정말 믿어요? 정확히 언제부터."

마시던 콜라가 목에 걸렸다. 내가 보고 싶었다고 한 말보다 이번 말이 더 당혹스러웠다. 본인이 초능력 쓴다고 믿어달라고 할 땐 언제고, 인제 와서 그런 질문을 하면 난 무슨 답을 해야 할까.

그래도 가만 생각해 봤다. 분명 카페에서의 테스트는 그 남자와 짜고 친 것이라 생각했다. 그러나 그 이후로 난 그의 손만 바라봤고, 그때부터 그가 누군가의 손을 잡고 말하면 모두가 '예'라고 답한 기적을 봤다. 물론 그의 화술이나 상황 대처 능력이 뛰어났기 때문에 가능할 수도 있었겠다.

다시 떠오르는 그때 그 엘리베이터에서의 일. 초능력에 끌려간 건지 내가 그렇게 믿고 싶었는지 이제는 나조차 확실하게 말할 수 없다. 그래도 분명한 건 있다.

"초능력이 있다고 말하는 당신을 믿어요."

그의 눈이 아까 쌈 먹여줄 때보다 훨씬 동그랗게 커졌다. 들고 있는 술잔을 마실지 안 마실지 고민하던 그가 잔을 살며시 테이블에 내려놨다. 한쪽 입가를 올려 나를 쳐다봤다. 혼자만의 착각인지 모르겠지만 그 모습이 아련하게 보였다.

"초능력이 있다고 말하는 나를 믿는다니, 그 말 좋네요. 내 능력을 믿는다는 말보다 더 좋아요."

얼굴에 묻어난 진심 어린 표정으로 내게 전하는 그 따뜻한 말에서 설렘을 느꼈다. 남자와 여자는 술과 밤이 있는 이상 절대 친구가 될 수 없다더니, 술은 안 마셨어도 밤은 깊어가고 있어 감성을 그윽하게 자극하기 안성맞춤이다.

적요롭게 감도는 분위기 속 그와 일말의 눈빛 교환이 이뤄졌다. 동시에 우린 같은 미소를 지었고, 같은 웃음을 지었다. 고기도 맛나게 잘 익고 우리 분위기도 무르익었다. 이런 와중에 문득 아까 전 이윤경이 했던 말을 떠올렸다.

우리 오빠 조현병이에요.

그 소리에 고개 안 돌리고 배길 수 있었겠나. 울컥한 나는 성큼성큼 다가가 성을 내는 눈초리로 그녀를 쏘아붙였다. 다시 말해보라 했더니 그녀는 망설임 없이 또 조현병이라 했다. 조현병이라니.

선 넘지 말라 했더니 이윤경이 먼저 마인드컨트롤 초능력 얘기 꺼냈었다. 그녀도 알고 있었다. 그녀는 내게 '서은우가 경제신문사를 그만둔 것이 나 때문이라고 말하지 않았느냐' 물었다. 난 대답하지 않았고, 그녀는 그게 다 서은우가 스스로 저지른 행동이라 했다.

이윤경이 더 말하려 했지만 나는 거기서 그녀의 말을 멈추게 했다. 서은우에게 직접 들을 것이라 했다. 난 충격받은 내 얼굴을 그녀에게 보여주고 싶지 않아 빠르게 그 자릴 벗어났다.

머릿속을 정리하고 나는 기자실로 돌아가는 길에 최명숙 부장에게 전화했다. 혹시 그때 그 이모 돌아가셨다는 게 무슨 말인지 말해 달라고 했다. 최 부장은 내 물음의 의도를 짐작했는지, 근무시간에 일만 하던 사람이 밖에 나가 다시 전화하겠다고 했다.

최 부장은 '제겐 막내 이모인 은우 엄마는 사실 돌아가신지 꽤 됐어요. 근데 은우가 아직 보내주지 못하고 있죠. 은우는 여전히 이모가 살아있다고 믿어요. 병원에선 조현병 증상이라고 했죠. 그저 그렇게 믿고 살면 큰 문제 없을 거라곤 했는데, 혹여나 나중에 실체를 알게 됐을 때, 은우에게 어떤 일이 벌어질지 그게 가장 큰 걱정이지요'라고 전했다.

최 부장까지 이렇게 말하니 이윤경의 말이 거짓이 아닐 수도 있었다. 그렇다 보니 나는 서은우가 초능력을 믿느냐 질문에 초능력을 믿는 당신을 믿어요, 답할 수밖에 없었다. 물론 진심이다. 난 초능력을 갖고 있다는 이 남자의 말을 믿는다. 그저 이렇게 마주 앉아 이야기를 나누면 이게 곧 기쁨이고 설렘이다. 다행이다. 그가 조현병이라도 이질감 없이 난 이 남자를 믿을 수 있어서. 그게 곧 내가 이 남자를 좋아한다는 의미니까.

"나 한 잔만 줘요. 딱 한 잔만 마시게."

"술 싫어하잖아요. 괜찮아요?"

괜찮아, 당신이 주는 술이니까.

❀ ❀ ❀

대륙에서 시작된 '씨-바이러스' 전염병이 어느새 한국 남부지역에서 크게 번졌다. 신속한 지역 통제로 간신히 전국 확산은 막았지만, 한 번도 경험해 본 적 없던 통제는 사람의 마음을 옥죄었고, 이는 금세 널리 증폭이 됐다.

시간이 얼마 더 지나지 않아 산발적 집회나 종교 활동, 또는 유흥 활동 등에서 집단감염이 번졌고, 정부는 단계별 '사회적 거리두기'라는 대대적 통제에 돌입하게 됐다.

백신이 나오기 전까지 현재로선 사람을 만나지 않는 것이 씨-바이러스를 예방하는 최선의 길이었다. 특히 신체 접촉을 피하는 게 가장 상수였다. 상황이 그렇다 보니 가장 먼저 무너지는 건 영세업자들과 예술인들이었고, 항공이나 관광 종사자들 역시 초상집 분위기를 내긴 마찬가지였다.

언론계 분위기도 심상치 않았다. 우리처럼 작은 매체들은 인원 감축에 들어갔거나, 심하게는 폐간까지 한 곳도 있었다. 사람과의 스킨십이 중요한데 만날 수가 없으니 광고조차 받지 못했다는 것이다. 위기를 감지한 우리 회사 기자 두 명이 다른 곳으로 이직했다. 서은우는 그들을 잡지 않았다.

내색은 하지 않았지만 서은우의 낯빛은 종종 어두웠다. 비대면 분위기에서도 곧잘 사람을 잘 만났지만, 결과가 신통치 않았다. 악수할 수 없는 분위기가 형성되니 마인드컨트롤 능력도 무용지물이었다.

초능력 진실 여부를 떠나 오랜 세월을 그것에만 의존했기에 일종의 징크스처럼 습관을 쉽게 내려놓지 못하는 것 같았다. 그 기간이 길어지니 언제나 당당했던 그도 무기력해졌다. 사무실에 오면 소파에 누워 휴대폰으로 아무 영상을 시청한다거나 게임이나 하며 시간을 무기력하게 보냈다. 그런 그에게 난 어떤 말도 해줄 수 없었다.

기자 한 명이 또 나갔다. 곧 서은우는 종이 신문과 잡지발행을 중단하기로 결심했다. 편집부도 좋은 곳으로 이직시켰고, 기 차장도 대기업 홍보팀으로 보냈다. 이제 '사람저널'에 남아있는 건 나를 비롯해 이상준 선배와 최명숙 부장뿐이었다.

서은우는 날 붙잡지도 놔주지도 않았다. 그는 내게 선택할 수 있는 기회를 줬다. 그러나 내 경력과 나이로는 동종업계 이직은 불가였다. 된다고 해도 실력이 없어 금세 도태될 것이고, 돌아가면 결국 또 공장이다. 어떻게든 나 책임지라고 압박 아닌 압박을 줬다. 부담을 느끼는 것 같았지만 오히려 이렇게 해서라도 그를 자극하고 싶었다.

"제가 그때 말했죠. 난 대표님의 능력을 믿는 게 아니에요. 난 대표님 그 자체를 믿어요. 마인드컨트롤 능력을 쓸 수 없다고 모든 걸 잃었다고 생각하지 않았으면 해요."

에리히 프롬의 〈소유냐 존재냐〉에선 내가 가지고 있는 것을 마치 '나' 그 자체로 인식한다고 했다. 내가 가지고 있는 집, 차

등의 소유물, 그리고 물려받을 재산 등이 '나의 것'이 곧 '나'라는 존재라고 본다는 것이다. 그렇다면 집이나 차 등 재산이 없는 '나'는 '나'가 아니란 말인가. 책은 '나'는 '나' 자체가 존재가 돼야 한다는 의미에서 소유할 것인가, 존재가 될 것인가 구분하고 있다.

서은우는 사람을 말로 조종하는 능력을 갖고 있다. 그는 초능력자라는 것이 곧 본인의 존재라고 착각하는 것 같다. 초능력이 없다고 '서은우'는 '서은우'가 아닌 걸까.

"초능력 없다고 대표님이, 대표님이 아닌 건 아니잖아요."

나는 시골에 있을 때부터 지금도 늘 읽고 있는 〈그대는 뜨거웠다〉 그 책을 휙 그에게 던졌다. 그는 그 책을 보곤 적잖이 놀란 표정을 지었다.

"이 책 어디서 났어요?"

"제 책이에요. 그 책에도 마인드컨트롤이 나와요. 모스키토라는 모기가 피를 마시지 않고 연명하는 이야기인데, 역할을 수행하지 않는 그녀에게 협회에서 모기 자격을 박탈하죠. 하지만 피를 빨지 않는다고 해서 모스키토가 모기가 아닐까요?"

"이걸 그렇게 해석했다고요?"

"난 익숙한 것에서 벗어나지 않는 삶, 새로운 것에 도전하지 않는 삶을 살던 상산 남자들이 싫었어요. 대표님들은 그들과 다르다고 생각해요. 대표님에게 온 거 후회하지 않게 해주겠다는 그 말, 약속 지키라고요."

메기가 그의 주변에 없다면 내가 메기가 되려 한다. 미꾸라지
가 어항에서 헤엄을 멈추지 않도록 '나'라는 인질로 부담을 주어
그의 무기력함을 유기력으로 바꿔야겠다고 마음먹었다. 내 말이
먹힌 건지는 모르겠지만 그의 눈빛이 조금은 살아난 듯 보였다.
그는 해질 대로 해진 내 책을 이리저리 보며 흐뭇한 미소를 짓고
는 내게 고맙다고 전했다. 집무실 밖 최 부장의 시선이 우리에게
머무는 것을 보았다. 내가 그녀를 향해 찡긋 웃으니 그녀도 미소
로 답해줬다.

얼마 전 최 부장에게서 놀라운 사실 하나를 알아낸 게 있다.
급여 정산 문제로 최 부장 자리를 찾았을 때다. 우연히 그녀의
책장에서 〈그대는 뜨거웠다〉 책을 발견했다. 나만 아는 숨어 읽
는 명작인 줄 알았는데, 그녀도 갖고 있으니 심히 반갑지 않을
수 없었다.

그런데 이게 서은우 습작이었단다. 스스로 흑역사라 생각해서
서은우가 전량 반품했었다. 상산서점 사장이 최 부장 친구라서
아쉬운 마음에 거기다가 책 한 권 진열했던 건데, 그걸 내가 산
셈이다.

그 얘기를 전해 듣는 데 온몸에 소름이 쫙 끼쳤다. 우연도 이
런 우연이 있을 수 있나. 우연이 겹치고 겹치면 운명이라더니.
모스키토의 마인드컨트롤은 곧 그의 초능력에 빗댄 능력이었다.
난 짜릿했던 소름을 겉으로 티 내지 않고 모르는 척 그에게 내

책을 던져봤다. 효과가 컸던 모양인지, 그는 반복의 굴레인 '위잉위잉 착착 쿵쿵'을 단호히 거부했다.

"이제는 인쇄 말고 영상으로 승부 볼까 해요."

9장

    콘텐츠는 무한하지만, 뭐든 한다고 해서 다 콘텐츠가 되는 것은 아니었다. 초창기는 모르겠으나 요즘 개인 방송은 예전처럼 쉽게 소비되는 존재도 아닐뿐더러 가벼운 마음으로 덤벼들었다간 금세 포기하기 일쑤였다. 그렇다고 처음부터 지레 겁을 먹으면 시작조차 할 수 없다. 가장 좋은 건, 본인이 가장 잘하고 잘 아는 것. 그리고 좋아하는 것 삼박자를 갖춘 상태에서 꾸준히 방송을 생산하는 것이었다.

    '사람저널TV'는 그간 온라인과 지면에 게재된 기사를 단순 시각화하거나 음성지원 없이 자막만 활용해서 업로드하는 수준밖에 안 됐다. 이 역시 기 차장 몫이었는데 여기에 쓸 시간이 부족하다 보니 그저 형식에 불과한 영상만 생산했다. 구독자 오백삼십 명은 어떻게 구했는지 모를 정도로 초라한 채널이었다.

    콘텐츠 패러다임 전환이 요구됐다. 첫째는 대중성이고, 둘째는 부가가치였다. 이 두 가지만 결정된다면 인력은 후에 어떻게든 맞춰가겠다는 계산이었다. 목표는 육 개월 일만 구독자다.

보통 다른 신문사들 영상 콘셉트는 대동소이하게 보도 중심으로 이뤄진 콘텐츠였다. 사람저널은 그들을 벤치마킹하면서도 차별성을 두지 않으면 신규 유입은 불가란 것을 명심해야 했다.

'사람'을 주제로 재미가 있고, 돈이 되는 것엔 무엇이 있을까 검색해 봤다. 몇 개 채널을 보니 추억의 인물을 찾고 인터뷰하는 방송은 구독자 오십만 명을 보유하고 있었다. 각자의 방식으로 부자가 된 사람들이 부자 콘텐츠 채널에서 인터뷰하는 방송은 이미 백만 명이 넘은 지 오래다. 특히 전직 아나운서가 직접 해당 직업을 체험하는 방송은 사백만 명에 육박했다. 그렇다고 우리가 이런 트렌드에 맞춘 콘텐츠를 생산하기엔 매체 특성에 맞지 않아 참고만 했다.

우리는 결국 뉴스 기능을 유지하면서도 사람저널 기본 취지인 '사람 냄새 풍기는 휴머니즘'을 목적으로 콘텐츠를 만들어내야 했다. 기업의 후원을 받으면서도 재미가 보장된 방송, 이를 찾아내기 위해 우리는 매일 아이디어 회의에 목을 맸다.

와중에 반가운 소식이 들렸다. 채널을 본격적으로 운영한다고 하니 기 차장이 대기업 홍보팀을 마다하고 다시 돌아왔다. 영상 편집도 못 하는 사람들이 무슨 재주로 시작을 하겠느냐 거들먹거리는 게 아니겠는가. 그의 넉살과 함께 우리는 새로운 희망을 품고 앞으로 나아가는 것에만 몰두했다.

다들 한 번 제대로 해보겠다고 집에 가지도 않았다. 열 시 넘어 퇴근하는 것이 일상이 됐다. 서은우는 여가를 반납하고 하루를 회사에서만 보내는 우리에게 미안했는지, 얼마 안 되지만 돈 몇 푼을 쥐여 주며 위로하려 했다. 난 받으려고 손을 뻗었는데 이 선배와 기 차장이 한사코 거부하는 바람에 괜히 나까지 못 받았다. 나는 입을 삐죽이며 참들 고상하다 속으로 흉봤다. 그 모습이 서은우에게 포착되자 난 멋쩍은 웃음을 지었고, 그도 따라 웃었다.

오늘 퇴근길은 그와 동행이다. 차를 공업사에 맡겼다고 한다. 같은 오피스텔에 살았음에도 나란히 가로등 켜진 대로변을 걷고 또 횡단보도를 건너고 보도 육교를 넘나드는 행위가 처음인 것은 새삼스럽지 않다. 애초에 같이 다닌다는 생각을 해본 적이 없으니 말이다.

처음 퇴근을 같이하는 것이라도 딱히 대화가 새로울 것은 없었다. 회의 때 나왔던 이야기를 피드백하거나 내일 해야 할 일들을 되새기는 게 전부였다. 대부분 그가 말했고, 나는 고개 끄덕이며 호응해 주는 정도로 우리의 사무적 이야기는 반쯤 걸어갈 때까지 이어졌다.

보도 육교를 건널 때다. 육교 아래 자동차들이 모처럼 막히지 않는 도로를 획획 지나갔다. 밤공기가 더 시린 이유다. 겨울을 알리는 차가운 기운이 주변을 두르자 나는 코트를 여미고 몸을 움츠렸다. 일교차가 심하다는 것을 매번 인지하면서도 꼭 속을 얇게 입어 고생이다. 그나마 전염병 때문에 마스크를 썼으니 얼굴은 차갑지 않았다. 나를 흘겨보던 그가 주섬주섬 옷을 벗는 게 느껴졌다. 벗어주려나 보다.

"됐어요. 대표님도 춥잖아요."

"뜬금 무슨?"

뜬금 무슨 말인지 모르겠다는 표정으로 날 쳐다봤다. 그는 코트를 벗어줄 의향이 전혀 없었던 사람처럼 제 몸을 꽁꽁 감쌌다. 아까의 그 '주섬주섬'은 환청 내지 환각이었나 보다. 됐다고 못 들은 걸로 하라니까 또 그걸 안 놓치고 파고들었다.

"왜요? 제가 벗어줄 줄 알았어요? 뭐, 추우면 벗어……."

"추워요. 벗어……."

"……줄 수 없어요. 저도 추워……."

"……죽겠지요? 알아요, 알아. 행여나 절대로 벗어준다는 말 따위 하지 마요. 오글거리니까."

나름 시비조로 말한 건데 그에겐 새침하게 들렸는지 대답 없이 실실 웃기만 했다. 마스크 썼는데도 웃는 그의 눈매에서 개구쟁이 얼굴이 상상됐다. 거기서 끝나지 않고 육교를 내려오는 길 내내 그는 내 팔꿈치를 쿡쿡 찌르며 벗어드릴게요, 했다. 꼭 그렇게 꾸러기 목소리로 사람 약 올려야 하나 싶다.

벗어준다니까요, 마스크 써서 목소리가 잘 안 들리는데도 특유의 익살스러움이 들렸다. 나는 신경질적인 말투로 건들지 말라 했고, 그는 곧 합죽이가 됐다. 그렇게 그냥 내려오나 싶었는데, 육교에서 완전히 내려오자마자 그가 내 팔을 잡아당겨 제 오른팔에 끼곤 비비적거렸다.

"이 행위는 뭐죠?"

"코튼 소재 마찰을 통한 열에너지 단위 구하기?"

"갑자기?"

"구할 때까지 비비기."

"씨-바이러스 시국에 뭐 하기?"

"살끼리 닿은 것도 아닌데 오버하기?"

주변을 둘러봤다. 이제는 일상이 된 마스크. 손을 접촉하지 않으려고 장갑을 끼거나 주머니에 찔러 넣고 걷는 사람들이 크게 어색하지 않은 풍경이었다. 특히 사람들이 서로 부딪치지 않으려고 본능적으로 몸을 피하려는 모습의 당연함도 이제는 거북하지 않았다. 아니었던 게 아니어진 세상.

하지만 그럼에도 달라지지 않는 풍경이 있으니, 연인들이 팔짱 끼고 나란히 걷는 모습이다. 바이러스로 인해 손을 잡기 꺼려진다지만 오히려 팔짱을 끼는 행위가 더 그들을 밀착시키게 하는 계기가 됐다.

그와 나도 팔짱 낀 채 오피스텔까지 자연스럽게 걸었다. 나는 관계 모호한 우리가 팔짱을 껴야 하나 싶다가도, 굳이 거부반응을 일으킬 필요는 없다고 생각해 놔뒀다.

어쩌면 그는 내게 여전히 호감이 있음을 신호 보낸 거고, 나 역시 어느 정도 그런 마음이 있다는 것을 밀어내지 않는 것으로 답변한 셈이다. 물론 달라붙어서 걷다 보니 대화는 전혀 이뤄지지 않았다. 그도 많은 생각을 하고 있는 것 같았다.

오피스텔에 도착했고 로비에서 엘리베이터를 기다렸다. 내가 자연스럽게 먼저 그의 팔에서 벗어났다. 틈에 서은우가 흠, 이상한 소리를 뱉은 것 같다. 아까는 추위라는 명분이 있었으나 바람이 들어오지 않는 로비에서의 팔짱은 다른 해석이 요구되는 행위였기에 벗어났다.

"〈그대는 뜨거웠다〉에서 모스키토가 죽을 때까지 그 남자의 피를 흡입하지 않은 행위, 기억하시죠?"

17층에서 열심히 내려오던 엘리베이터가 9층에 머물 때다. 그는 우리가 떨어져야 할 시간이 얼마 남지 않은 상태에서 새로운 화두를 꺼냈다.

"그 행위는 내 사랑이 이 정도라는 것을 보여주기 위한 상징적 의미였을까요, 아님 상대방을 아프게 하지 않겠다는 희생의 의미였을까요?"

"희생. 전 당연히 희생으로밖에 생각 안 했는데. 대표님은 그걸 상징성이라 생각하고 쓴 건가요?"

"아뇨. 그때는 어떤 의미 부여도 하지 않았어요. 단지 의식의 흐름대로 이끌려 쓴 거죠."

"뜬금 이걸 물어보는 건 무엇 때문에?"

엘리베이터가 1층에 도착했다. 여섯 명이 우르르 한 번에 몰려나왔고, 나란히 있던 우리는 자연스럽게 모세의 기적처럼 홍해를 자처했다. 곧 사람들이 가로질러 빠져나가자 우린 다시 나란히 서서 엘리베이터 안으로 들어갔다.

멀리 사람 발걸음 소리가 들렸다. 같이 타자는 말은 안 했으나, 저벅저벅 발걸음이 나 좀 데려가소, 하듯 다급했다. 난 '열림' 버튼을 누르려 했는데 서은우가 재빨리 '닫힘' 버튼을 눌렀다. 방금 바로 옆에 엘리베이터 하나 더 내려오고 있었으니 괜찮단다.

우린 이렇게 또 둘이서만 엘리베이터를 탔다. 몇 번 같이 올라간 적도 없는데 항상 우리 둘만 탔다. 한 번은 초능력 쓰지 않으면 안 되냐고 할 때고, 한 번은 베트남 수도 알려줄 때다. 또 한 번은, 그때 큰일을 치를 뻔한 그날이었다. 우린 엘리베이터만 타면 야시시한 여운 남기고 헤어졌던 것 같다. 그가 아까 하던 질문을 이어갔다.

"책이 출간되고 내 책을 내가 다시 읽을 때 나 역시 모스키토가 '희생'했다고 생각했어요. 근데 일전에 내 행동과 모스키토를 대변하니 다른 해석이 나왔어요."

띵, 엘리베이터가 그가 사는 10층에 멈췄다. 보수보강을 했는지 오늘따라 유난히 엘리베이터가 빠르게 올라갔다. 문이 열렸고, 그가 '열림' 버튼을 누른 채 자리를 고정했다.

"당신에게 능력 안 쓴 건 당신에 대한 당연한 배려이기도 하지만, 당신에게 그만큼 진심이었다는 내 마음을 상징적으로 표현하고 싶은 의미였기도 해요."

엘리베이터가 꽥 비명을 지른다. '열림' 버튼 그만 누르고 나갈 사람 나가고, 올라갈 사람 올라가란다.

"난 모스키토가 내 사랑의 정량이 이 정도였다는 것을 독자들에게 보여주고 싶었던 게 아닐까 생각했어요."

"그게 무슨."

"마라톤에서 당신 일으켜 줄 때고 그렇고, 그 이후에도 나는 당신에게 한 번도 능력을 쓰지 않았다는 걸 말하고 있는 거예요. 내 능동적 사랑을 표현하려고."

이 시점에서 그의 능력이 진짜 '초능력'인지 알 수 없다. 사실 초능력을 현실에서 믿는 게 말이나 되겠는가. 사촌마저도 그를 조현병 환자로 분류했을 정도다. 그럼에도 그의 '초능력'은 그만큼 자신이 보유한 능력의 '특별함'을 말하는 것이고, 난 그의 초능력 같은 '매력'에 지배당한 것으로 해석하면 되는 것이다.

"대표님 초능력 믿어요."

그의 무수한 말이 쏟아지는 가운데, 나는 짧게 저 말만 전했고 우리는 눈빛을 교환했다. 일렁거림을 보았고 서로가 서로의 얼굴을 눈동자로 비춰냈다. 그의 손이 '열림' 버튼에서 떨어졌다. 동시에 엘리베이터가 성질이라도 난 듯 급히 닫히려 했다. 나는 그 틈에 몸을 앞으로 기울여 나가려 했고, 동시에 그가 내 소매를 붙잡고 잡아끌었다.

나는 곧 그의 품에 안겼고, 그는 내 턱을 보듬어 주다가 검지만으로 턱을 살며시 올려 눈을 마주치게 했다. 그의 검지가 내 마스크에 걸렸다. 동시에 나도 그의 마스크에 검지를 갖다 댔다.

누구라고 할 것 없이 우리는 마스크를 턱 밑으로 내리고 입술을 포개어 사랑을 속삭였다. 혀끝은 서로를 향해 엉켜 갔고, 전해지는 기운은 나를 전율케 했다.

황홀함에 정신이 아찔해졌고, 우리는 어느새 그의 침대 위에서 몸을 포개어 서로를 바라봤다. 달달한 미소가 서로에게 전해졌고, 곧 쓸어내리고 묻히고 찍고 껴안으며 순서에 맞춰 정갈하게 실오라기를 거둬내는 것에 열중했다. 마저 이루지 못한 저번의 아쉬움을 뒤로하고 우리는 오늘에서야 합을 이뤄냈고, 알맞은 박자부터 불규칙한 엇박자까지 다양하게 서로를 겨냥했다. 절정의 끝에 올라섰고, 내 지루한 서른 중반의 인생은 단번에 해소됐다. 그의 몸짓에 금세 중독된 나는 이어서, 또 이어서, 또 이어서 스며들었고, 갈망했고, 애원했고, 그 밤은 그렇게 깊게 짙어 갔고, 난 이 남자를 사랑했다.

❀ ❀ ❀

서은우는 본인이 초능력자라는 것을 어릴 적부터 알고 있었다. 아니, 알고 있었단다. 무언가 갖고 싶을 땐 어머니 손을 잡고 사 달라고 조르면 항상 이뤄졌다고 하니, 그래서 초능력이라고 생각했다. 그러나 능력에 오류가 있다는 것을 곧 알게 됐다. 그의 아버지가 꽤 큰 빚을 남긴 채 돌아가시고 나선, 형편이 어려워지니 떼쓰는 게 먹히지 않았다.

하지만 또 두통이 올 정도로 열심히 떼쓰니 곧 어머니가 장난감을 사줬다고 한다. 어머니 반응이 거기서 마무리됐으면 했는데, 항상 사주고 나면 이걸 내가 왜 사줬지, 뭐에 홀린 듯 후회했었다고 한다.

사주기 싫었던 것을 사줬다는 것. 그는 자신이 초능력을 써서 어머니를 설득했다고 생각했다. 한때 우리 집에 잠시 머물고 떠난 뒤 서울에 와서는 본격적으로 자신의 능력이 어떻게 발현되는지를 초등학교 오 학년 때부터 연구했다고 한다.

반 친구에게 대뜸 천 원만 내놓으라고 해보면서 그 반응을 실험했다. 누구는 바로 준 적이 있고, 누구는 거절했고, 누구는 미쳤냐며 때렸다고 한다. 바로 준 적이 있는 아이들을 대상으로만 다시 실험했다. 누구는 또 줬고, 누구는 왜 또 달라고 하냐며 거절했고, 누구는 또 미쳤냐며 때렸다고 한다. 이번엔 두 번 준 친구들에게 실험해 봤다. 세 번이나 손을 내밀었는데 천 원을 또 준 친구가 꽤 있었다. 일부러 본인 얼굴이 잘생겨 인기가 많았으니 여자 학생으론 실험 안 하고 동성 친구들로만 했다는 얘기를 도중 뜬금 덧붙였다.

어쨌든 세 번 준 친구들을 대상으로 한 번 더 시도해 봤다. 이제야 그 느낌을 찾아냈다. 백퍼센트 성공할 때까지 남아있던 친구는 열 명. 그 열 명 모두에게 지시를 내릴 때는 머리에서 종소리라도 울리듯 댕, 소리가 나며 두통이 왔다고 한다. 그는 열두 살 나이에 자신이 초능력자라는 것을 깨우친 것이다.

그렇다고 막무가내 본인이 초능력자라고 생각지는 않았다. 냉정하게 판단할 줄 아는 아이였기에 어떤 조건에서 두통이 오는지 새로운 테스트가 필요하다고 여겼다. 혹시 간절함이 계기는 아닐까 해서 일부러 위기 상황을 연출해 보려 했다.

마침 골목에서 고등학교 형들이 중학생들 돈을 뺏는 장면을 목격한 적 있다. 정의감에 불타오른 그는 나잇값 하라며 형들을 도발했다.

고등학생들은 초등학생이 뒷짐 지고서 훈계하는 모습에 혀라도 깨문 듯 입이 벌어졌고, 잘 못 들은 줄 알고 몇 명은 귀도 후벼 팠다. 확인 사살이라도 하려는 듯 서은우는 삥 뜯지 말고 갈길 가라며 한 번 더 으름장을 놨다.

그렇게 말하고도 서은우는 본인의 목숨이 위협받는다고 생각해 식은땀을 흘렸다. 이런 극한의 테스트가 본인의 초능력을 끌어 올려줄 거라 굳게 믿었다.

고등학생 형들은 눈앞에 뒷짐 진 '초딩'이 본인들에게 한 말인 것을 확실히 깨닫고 그의 복부를 발로 걷어찼다. 밟고, 밀고, 치고 개박살이 났다고 한다. 그날 빈 폴 지갑까지 뺏겼다. '간절함' 은 초능력을 부르는 수단이 아니었던 것이다.

온몸에 멍이 들고 집으로 돌아온 그는 어머니에게 들키지 않으려고 일찍 자는 척 이불 속에서 절치부심 연구에 들어갔다. 두통이 언제 왔었는지를 자신의 실험일지를 보며 다시금 분석했다.

끝내 내린 잠정 결론은 '손'이었다. 상대의 손을 잡으면 상대는 순간 손에 집중하기 마련이다. 최면술도 상대가 협력을 해주지 않으면 걸리지 않듯, 그의 초능력도 자신의 말에 집중할 수 있도록 계기를 마련해줘야 한다는 것을 알게 됐다. 반 친구들에게 여러 번 테스트해 보니 확률은 백퍼센트였다. 그러나 서은우는 원래 본인이 인기가 많아서 친구들이 호응해 줄 수 있을 거란 오차범위까지 예상에 뒀었다. 위기 상황에서의 테스트가 꼭 요구되는 시점이었다.

그는 일전에 자신에게 집단린치를 걸었던 고등학생 형들을 다시 찾기로 결심했다. 청색 교복 고등학교는 쉽게 찾을 수 있었다. 초등학생이라 일찍 끝난 서은우는 그 고등학교 정문에 가서 떡하니 복수의 대상들을 기다렸다.

하교하는 형들이 서은우의 와신상담 표정에 귀엽다는 듯 머리를 쓰다듬으며 지나갔지만, 그는 대꾸도 하지 않고 그때 그 형들만 생각했다. 마침 얼마 지나지 않아 굴욕을 줬던 불량 패거리들이 떼로 몰려나오는 것을 봤다. 그가 표현했던 그 고등학생 이미지는 폭력서클 일진 같은데 나름 수업은 정상적으로 다 했나 보다.

어? 저 존만이, 저번에 센터 깠던 그 초딩 아냐? 엄마 데리고 왔나?

슬리퍼 질질 끌고 서은우 곁으로 온 고등학생들은 볼을 꼬집으며 조롱하고 수치를 줬다. 그럼에도 그는 눈빛에 힘을 주어 살기를 내뿜었다. 약해 보일까 봐 침도 삼키지 않았다.

HOT 문희준처럼 가르마를 탄 학생이 서은우 볼을 툭툭 건드렸다. 주변 학생들은 신기하게 구경만 하면서 지나갈 뿐 간섭은 하지 않았다.

서은우는 굴욕임을 알고도 참았다. 그는 가장 최악의 상태까지 굴복한 상태가 돼야 초능력이 성립된다고 생각했다. 냉정하게 확인하지 않으면, 서은우는 앞으로 망상 소년일 수밖에 없다고 봤다.

형들 미안해요. 저번에 버릇없게 군 거 사과하러 왔어요.

살기를 방출했던 서은우는 돌연 미소를 지으며 사과했다. 공손하게 두 손을 배꼽에 모아 사과하자 이들은 어깨를 으쓱하며 의아한 표정을 지었다.

동시에 그는 주머니에서 지폐 여러 장을 꺼내 그들의 손에 한 장씩 주었다. 그 돈은 모두 엄마 지갑에서 몰래 빼낸 것이었다. 저 돈을 회수하지 못하면 평생을 죄인처럼 살려고 했다.

형들, 사과의 의미로 한 장씩 받으세요.

돈을 받은 형들은 만 원을 쫙 펼치며 휘파람을 불었다. 횡재했다는 듯 춤까지 추는 형도 있고, 서은우의 볼에 뽀뽀까지 하는 형도 있었다. 써클에 가입시켜 주겠다며 앞으로 매주 만 원씩 가져오라고도 했다. 서은우는 주먹을 꽉 쥐었다. 그리고 말을 던졌다.

저번에 가져간 내 지갑이랑 만 원들 다시 나한테 주고, 내 신발 핥으며 사과해.

눈알을 굴려 형들 반응을 살폈다. 곧 그는 희열을 느꼈다. 제대로 두통이 온 것을 실감했다. 머리를 콕콕 찌르는 고통이었지만, 오히려 기분은 짜릿했다. 그들이 정말 그때 빼앗은 지갑과 만 원을 다시 돌려주며 신발을 핥고 있었기 때문이다.

미안해! 용서해 줘!

태어난 것부터 잘못했어!

신발 끈까지 쪽쪽 빨아서 깨끗하게 만들어줄게!

주변에 있던 학생들은 폭력서클 일진들이 초등학생 앞에서 추태를 벌이는 것에 입이 벌어졌다. 여기에서 서은우는 한 마디 더 던졌다.

용서해 줄게. 대신 내가 멈추라고 할 때까지 서로의 뼈를 하나씩 부러뜨려.

마지막 테스트. 과연 이 명령은 임무를 완수할 때까지 이어질 것인가, 아니면 제한된 시간까지 그 행위를 할 것인가.

명령이 떨어짐과 동시에 눈을 부릅뜬 형들은 각자 쳐다보다가 약속이라도 한 듯 서로에게 달려들었다. 모두 어디 하나를 부러뜨리려고 미친놈들처럼 엉켰다. 서은우는 그때 터져 나올 것 같은 웃음을 꾹 참고 멀리 도망갔다고 한다.

대로변 횡단보도를 건너 멀리서 지켜봤다. 그는 시계와 그들의 퍼포먼스를 번갈아 지켜봤다. 여전히 형들은 쌍욕을 퍼부으며 서로의 뼈를 부러뜨리려 혈안이 됐다.

다리 내놔! 부러뜨리지 않으면 미쳐버릴 것 같다고!

씨발! 난 니 목을 꺾지 않으면 숨이 터질 것 같아!

이들이 난동을 부리자 순찰 돌던 경찰들까지 차에서 내려 그들을 말렸다. 소용없었다. 패거리 하나가 서은우 볼을 툭툭 치던 오대오 가르마 형의 다리를 난간에 대고 공중에 떠올라 무릎으로 찍어 내렸다. 정강이가 아작이 났다. 행위를 마친 그 형은 동작을 멈췄다. 명령을 완수한 셈이다. 아직 부러뜨리지 못한 형들은 여전히 척추 꺾기에 혈안이었다.

어느새 오 분이 지났다. 동시에 모두가 동작을 멈췄다. 서은우는 초능력 제한 시간이 오 분이란 것까지 덤으로 알아냈다. 유유히 그곳을 빠져나온 열두 살 서은우는 머리를 옥죄는 고통 속에서도 실실 웃었다. 고통을 쾌락으로 받아들였다. 곧 그는 본인이 진정으로 마블코믹스 〈엑스맨〉에 나왔던 찰스 자비에처럼 정신 지배 능력을 보유한 초능력자란 것을 증명해 냈다. 도파민 중독이 무엇인지 그는 초등학생 때부터 알게 된 것이다.

그러나 나이가 차고 능력의 한계성이 보일 때였다. 오 분 동안은 명령대로 움직인다지만 오 분이 지나고 난 뒤엔 그들은 본인이 한 행동을 후회하고 서은우에게 따졌다고 한다. 예를 들어, 숙제를 대신 해주던 학생이 오 분이 지났다는 이유로 숙제를 그만하고 서은우에게 다시 돌려준 경우가 있다. 그렇기에 능력을 쓰기 전 기초 작업이 요구됐다. 하지만 기초 작업은 너무 귀찮았다.

고등학교 시절이다. 어머니가 로펌에 들어가고 일정 수입이 나오기 시작하자 대치동 오래된 아파트 월세로 이사 갔을 때다.

그 어려운 강남 8학군 중 한 곳에서 고등학교 생활을 했다. 그렇다 하더라도 생활비를 넉넉하게 감당할 수준은 안 됐다.

바이올린 살 돈이 부족했다. 어머니에게 말하자니 죄송스러워 자급자족하기로 했다. 마침 제 잘난 맛에 학교폭력을 조장하던 몇 명의 학우들이 있었는데 그들을 상대로 돈을 갈취하기로 결정했다.

학교폭력을 일삼던 학생들에게 영상이 유출됐다고 폭로한 뒤 본인이 막아주겠다고 했다. 대신 십만 원씩들만 내놓으라고 했다.

그렇게 오십만 원을 얻어내고 그중 이십만 원을 피해 학생에게 합의금 주는 식으로 합리성을 부여했다. 몇 번 써먹을 때는 뒤탈이 없었는데 나중엔 그의 말에 설득력이 떨어졌는지, 오 분이 지난 후엔 그들이 돈을 다시 돌려받으려고 했다. 능력이 너무 하찮았다.

자책한 그는 본인의 능력을 어떻게 더 십분 써먹을 수 있는지를 재차 연구했다. 던진 말이 부메랑이 되지 않으면서도 안전하게 돈을 얻어낼 수 있는 법을 말이다. 고등학생이 할 수 있는 불법적인 일 중 가장 빠른 수단은 역시 호객행위였다. 유흥가에서 취객을 대상으로 룸 안내 역할을 했다. 이보다 쉬운 일이 있었을까. 이들은 이미 마음 자체가 콩밭에 가 있어서 초능력을 쓰고 오 분이 지나더라도 물리지 않았다. 가게 주인에게 먹이만 물어다 주면 수수료를 얻으니 그는 그것만으로도 꽤 많은 돈을 벌 수 있었다. 무탈하게 어머니 손을 빌리지 않고도 학교를 잘 마칠 수 있었다.

진로가 고민이었다. 성적은 나쁘지 않아서 웬만한 곳에 다 갈 수 있었지만 능력을 제대로 발휘할 수 있는 곳을 택하려니 가고 싶은 곳이 한정적이었다. 어머니처럼 법조계를 가면 어떨까. 검사가 된다면 어떤 이든 취조실에서 다 자백을 받아낼 수 있을 것 같았다. 하지만 사법고시를 붙을 만큼 본인이 뛰어나다고는 생각 안 했다. 경찰도 고민해 봤지만 크게 관심이 생기진 않았다.

고민이 지속될 무렵 다큐멘터리 하나가 눈에 들어왔다. 고위 공무원들의 비리를 캐는 기자의 모습이 그렇게 멋져 보일 수 없었다. 저거였다. 어떤 인간이든 바른말을 하게 할 수 있고, 그걸 그대로 전달할 수 있는 직업. 그것이 바로 기자였다. 서은우는 언론정보학과에 진학했다.

대학에 입학하니 학비가 또 문제였다. 컨디션이 좋지 못한 어머니가 승소하는 일이 거의 없어 수입만으로 버티기 힘들었다. 게다가 몸도 안 좋으셔서 일 년 중 절반은 집에서 쉬셨다. 공부를 해서 장학금을 벌어야 하는데 그것보단 또 초능력으로 돈 벌 궁리를 했다.

성인이 되고 나니 양지에서도 일할 수 있는 폭이 넓어졌다. 바로 영업이었다. 보험은 약관도 많고 후에 취소하는 경우가 많아서 별로였다. 악수하고 계약 명령 내리고 사인받고 본사에 올리는 일사천리 영업. 그것은 중고차 딜러와 3금융권 채권추심이었다. 하지만 이 역시 오 분 안에 해결하기는 쉽지 않았다.

걸림돌인 오 분. 더럽게 짧은 이 제한 시간을 늘리거나 영속성으로 만들지 못하면 평생 아무짝에도 쓸모없는 능력이 될 것이 분명했다. 그는 동창 중에 학교폭력을 버젓이 저지르고도 멀쩡히 사는 친구 하나를 불러 모텔에 감금했다. 그리고 그를 상대로 능력을 연습했다. 조금씩 나아지고 있었다. 일 분씩 시간이 늘어나는 느낌이었다. 하지만 부족했다. 이 정도 수준만 연습하고 친구를 돌려보내면 이 친구가 복수를 할 수도 있어 완전히 설득시킬 때까지 연습을 해야 했다.

몇 달을 더 연습해서야 마침내 능력을 강화했다. 그에게 한 달전 명령을 내렸던 '석 달 뒤 지금까지 네가 괴롭힌 모두에게 보상금을 전하고 진심으로 사과해, 그리고 나와 있었던 일은 잊어' 명령을 내렸다. 진짜로 석 달 뒤 그 친구는 서은우의 명령을 이행했다. 그는 이제 손을 대지 않고도 마인드컨트롤 초능력을 쓰는 것과 영속성까지 일궈냈다.

이 능력이면 뭐든 할 수 있었다. 본인의 이 위대한 능력을 자랑하고 싶어 근질근질했지만 그건 위험했다. 어머니에게만 이 사실을 고백했다. 믿으시는 건지는 모르겠지만 절대 악용하지 말라고 했다. 기자가 꿈이라고 했으니 사람들의 '진실한 답변' 요구 외엔 아무것도 하지 말라 했다. 당연히 어른의 잔소리가 귀에 들어오지 않는 20대였다. 그는 어머니 몰래 보험 설계사 자격증을 따서 엄청난 실적을 이뤄냈다. 그냥 눈만 마주치면 보험

가입해라, 명령이었다.

과하면 독이 된다고 했는가. 망치로 정수리를 찍어 누르는 통증이 매일 왔다. 어떤 때는 종일 비명을 지르고 고통을 호소했다. 병원에선 원인을 밝히지 못했다. 어머니는 혹시 능력이란 것을 남용해서 그런 것 아니냐 했다.

사실이 그랬다. 능력이 강력해질수록 한 번 쓸 때마다 고통이 배가 됐다. 진통제를 하루에 스무 알씩 집어삼켰다. 참고 조금만 더 벌자, 견뎌내면 평생 대대손손 먹고 살 자산을 얻을 수 있다, 일념으로 버텼다.

능력에 따른 고통은 천차만별이었다. 호의가 있었던 사람들은 그나마 괜찮았다. 적개심을 품었던 이들이 잘 안 따라주니 능력을 더 강하게 써서 몸이 견디지 못했다. 몰골은 초췌했고, 밥숟가락 들 힘마저 없었다. 어머니가 제발 멈추라고 눈물로 호소했다. 그런데 서은우가 던진 말이,

저도 미치겠으니, 제발 눈앞에서 좀 사라져요!

그 말 즉시 어머니는 말리는 것을 멈췄다. 그리고 사라졌다. 분명 그는 어머니에게 제 방에서 사라지라고 한 말이었다. 하지만 장소가 빠졌으니, 어디로 사라졌는지 모른다. 정신을 차리고 그는 어머니를 찾았지만, 도저히 찾을 수 없었다. 로펌에도 안 계시고, 친구 집에도 안 계셨다. 이모와 최명숙 부장에게 물었지만 모른다고 했다. 아버지 돌아가시고 연락이 끊겼었던 친가 친척 모두에게도 전화했지만 다들 몰랐다. 실종신고를 했고 전국적

으로 대대적 수사에 들어갔다.

서은우는 본인의 말 한마디 때문에 어머니를 잃어 자책했다. 허탕 친 곳에 갈 때마다 오열했다. 그러던 어느 날 전라도 해안가에서 유서가 발견됐다고 한다. 어머니가 자살했다. 잠수부가 시신을 찾으려 했지만, 도저히 찾을 수 없었다고 했다. 하지만 그는 어머니가 자살한 게 아니라고 믿었다. 그런 명령은 내리지 않았으니까.

그럼에도 유서를 썼다는 건, 혹시 나중에 찾을 수도 있으니 평생 눈앞에서 사라지려고 극단적 강수를 뒀나 생각했다.

찾아야 하는데, 찾아야 하는데.

그는 해안가에 몸을 축 늘어뜨리고 목이 찢어져라 어머니에게 죄송하다, 다시 돌아와 달라, 보고 싶다, 외쳤다. 어딘가에서 듣고 있다면 이 목소리가 전해질 거라 여겼다. 목소리만 닿는다면 명령은 바뀔 수 있을 거라 굳게 믿었다.

친척들이 사망신고를 하라고 했지만 서은우는 완강히 거부했다. 찾을 때까지 실종신고 상태로 놔둔다고 했다. 그가 어머니의 사망을 강하게 부인하자 신경정신과에선 그를 조현병 환자로 전락시켰다.

시간이 얼마 더 지나 그의 초능력은 본래 손 접촉 후 오 분 지속으로 재차 하향 설정됐다. 능력이 언제 상향될지는 모르겠으나 이제는 몸이 견뎌내지 못하여 무리하게 연습하지 않았다.

새 출발이 요구됐다. 언젠가 어머니를 만나도 떳떳해질 수 있도록 제한된 능력으로 그녀를 찾을 거라 다짐했다. 그동안 벌었던 부당한 돈을 모두 사회에 환원하는 것을 시작으로, 정신 차린 그는 곧 졸업 후 기자가 됐다.

방송사나 메이저 종합지를 노렸지만 1군 경제지에서 먼저 합격 소식을 주는 바람에 가릴 처지 없이 경제신문에 입사했다. 수습기자 때 사회부에서 그는 각종 비리를 저지르고 다니는 고위 공무원, 기업 총수, 정치인까지 진실을 이끌어 내는 것에 힘썼다. 그 과정은 절차대로 정직하고 정당하고 정의로웠다. 기자 전설의 시작이었다.

그러나 곧 그는 직업 기자의 한계를 실감했다. 기자의 역할이 본인의 소신이기도 했지만 회사의 입장이기도 한 만큼, 개인의 역량을 펼치기엔 울타리가 너무 보수적이었다.

스폰서가 필요했다. 사회부 3년을 마친 그는 매출부서인 경제부로 이동하려고 윗사람들을 설득했다. 금융·산업부로 옮긴 그는 그때부터 기업인들과 관계를 맺어가며 그때부터 본인의 스폰서를 물색했다.

사람 찾는 신문사를 차리고 싶었단다. 마침 노국구 펀드 환매 조작 사건으로 본의 아니게 퇴사 기회가 왔고, 이참에 '사람저널' 신문사를 차리게 됐다. 펜을 굴리고 살다 보면 언젠간 어머니를 만날 거라 믿고, 지금까지 미친 듯이 달려온 것이다.

여기까지가 서은우 과거 이야기다. 초능력이 망상으로 만들어 낸 허구라고 보기엔 너무나 생생했다. 그가 말하는 동안 감정이 깊게 이입이 된 나는, 그가 얼마나 후회했고 아파했을지만 떠올렸다. 누군가에겐 홧김의 한 마디가 이 남자에게는 결과가 될 수 있다는 것. 억겁의 세월을 감내한 그의 눈동자에 눈망울이 맺혔고, 나는 어루만지려 이불 속에 있던 손을 꺼내 그의 볼에 갖다 댔다. 그가 내 손등을 손으로 덮고 나를 사랑스럽게 쳐다봤다.

"어머니는 지금도 찾고 있어요?"

"주말마다 전국을 돌아다니고 있지요."

"그래서 주말에 볼 수 없었군요."

주말마다 어머니를 만난다는 건 어머니를 찾고 있었다는 뜻이었다. 나는 아련한 눈빛으로 서은우를 바라봤다. 그는 오른팔로 나의 덜미를 감싸 품에 넣었다. 내 앞머리를 들추고 부드러운 입술로 이마를 살며시 눌렀다. 설렌 나는 눈을 꼭 감았다 떴다.

"그때 나는 돌이킬 수 없는 말을 던지고 후회했어요. 누구라도 홧김에 속에도 없는 말은 할 수 있어요. 나는 능력자이기에 그러면 안 됐지만, 일반인들은 그런 말 충분히 할 수 있어요. 그러니서 기자도 어쩌다가 던져진 말에 후회하고 상처받지 않았으면 해요. 그게 내가 당신에게 초능력 비밀을 알려준 이유예요."

"그게 이유라고요?"

"혹시나 앞으로 홧김에 한 말로 일어날 결과에 자책하지 말라는 거예요. 그건 당신의 의도와 상관없이 단순 우연히 일어난 일이니까."

"무슨 말인지를 모르겠네?"

"그냥 후회하지 말라고. 나도 이젠 후회 안 하니까요. 어머니는 내 폭주를 멈추게 하려고 '잠적'으로 날 벌주고 있다고 생각해요. 어디서 열심히 잘 사시겠죠. 난 훗날 성장한 모습으로 찾아뵈면 되고."

"그래, 후회해봤자 남는 건 고통밖에 없죠. 장하네, 서은우."

"초능력 있는 나를 믿는다고 했죠? 그 말 너무 좋긴 했는데, 아직도 그 마음 변치 않아요? 내 능력 자체를 확신할 순 없어?"

"꼭 확신해야 해요?"

"믿어주는 게 여러모로 좋을 거 같아서. 그냥 믿는다는 것이 아닌 '진심'으로 믿기. 당신에겐 능력을 쓰지 않을 거니 그냥 스스로 믿어줬으면 해요."

오늘 전한 생생한 과거 이야기. 이미 진짜라고 믿었을 정도로 나는 같이 아파했다. 그러나 그는 더 큰 확신을 원하고 있다. 단순 대답만이 아닌 마음에서 우러나는 인정.

서은우가 어머니에게 사라지라고 말했을 때 부분을 다시 떠올렸다. 후회하고 자책하고 괴로워하고, 심지어 극단적 결심마저 서게 할 법한 말. 나는 매일 시달렸을 그를 위로하려 머리칼을 쓰다듬었다.

"앞으로는 누구에게라도 초능력 자제해요. 지금은 바이러스 때문에 손도 못 잡으니 차라리 이때부터 습관 들여서 아예 쓰지 마요. 너무 아프잖아."

이렇게 전하고 나니 그가 내 입술에 입술로 긍정의 답을 대신했다. 우린 또 해가 뜨기 전까지 깊은 밤을 지새우며 서로에게 엉켰다.

하지만 불행은 행복에 다다랐을 때 찾아온다고 했던가. 왜 우리는 좋아졌다고 할 때마다 새로운 벽이 세워지는가. 사랑만 하고 살기엔 우리의 인연이 그리 박복한가 싶어 눈물이 주르륵 흘렀다.

얼마 후 서은우가 사라졌다.

10장

"조금만 기다려요. 아직 끝나지 않아서."

매트 위에서 플랭크 자세를 취한 이윤경이 호흡을 길게 내뱉었다. 후, 길게 뻗은 두 다리로 몸을 평평하게 만든다. 이어 팔을 쭉 뻗어 상체를 반쯤 일으켜 세운 그녀가 고개를 젖히면서 나와 눈을 마주쳤다. 아랑곳하지 않고 동작을 해내는 그녀. 난 이걸 왜 보고 앉아있어야 하는지.

"서 기자는 요가 안 해요? 자세 교정에도 좋고 근육 강화나 몸 유연하게 만들어주는 것에도 탁월한데."

"관심 없어요."

"우울증이나 피로도 확 날려줘요. 특히 서 기자처럼 심술궂은 표정 자주 짓는 분들에겐 정신 수양으로 딱이고."

"지금 저 놀려요?"

내 말은 무시하고 끝끝내 마지막 동작까지 해냈다. 그리고 이

완 동작이 남았다며 '사바사나'를 하는데 눈 감고 '마치 나는 중력없이 우주에 떠있다'는 표정을 전하고 있다. 그녀가 약을 올리는 것에 울컥하는 거 보니 나도 요가를 배우며 마음 다스리는 법 좀 배워야겠다.

이윤경이 동작을 마치고 목덜미와 쇄골에 맺힌 땀을 수건으로 콕콕 찍으며 내게 다가왔다. 기다리게 해서 미안하다는 말은 했지만, 꼭 자랑하려고 요가 동작을 끝까지 보여준 느낌은 합리적 의심이다.

샤워하고 나온다고 하자 나는 그녀의 팔목을 붙잡고 장난하느냐, 태평하게 당신 샤워나 기다릴 생각 없다고 날을 세웠다. 이야기가 길어질 수 있다고 하는데도 나는 잔말 말고 서은우 어디로 갔는지 말하라고 했다.

"내가 말했죠? 서 기자님은 우리 오빠 감당 못 해요. 오빠가 뜬금없이 왜 사라졌을 것 같아? 다 당신 떼어내려고 그러는 거야. 우리 오빠가 좀 그래. 사람 금방 질려 하고 도망가지. 나도 그렇게 버려졌으니까."

"버려졌다면서 왜 그렇게 서은우한테 질척거려?"

"나에겐 수습할 책임이 있으니까. 오빠를 그렇게 만든 것이 나니까. 그래서 나는 오빠의 폭주를 막아야 하니까."

그녀는 기자가 갖춰야 할 모든 덕목을 사수인 은우에게 배웠다고 한다. 사람에게 무엇을 질문해야 할지, 또 속마음을 어떻게 꺼내게 해야 할지 등을 집중적으로 전수해 줬다고 한다.

기자는 본래 취재를 명분으로 타인의 사생활을 침범할 수 없다. 특종 대부분이 내부고발자에 의해 이뤄지기에, 내부고발자를 어떻게 포섭하고 어떻게 속마음을 꺼내게 할 것인지가 중요했다.

이를 두고 은우는 내게 마인드컨트롤로 상대가 정직한 이야기만 해주길 권했다고 하는데, 이윤경의 말은 달랐다. 사람의 약점을 교묘하게 파고들어 사실을 폭로하게 만들었고, 이 사건이 기사로 나가지 않길 바란다면 돈(광고)을 내놓으라고 요구했다는 것이다. 이윤경은 그의 이러한 능력은 마인드컨트롤이라는 초능력과 하등 상관없다는 것을 강조했다.

그리고 운명을 바꿔놓은 노국구 펀드 환매조작 사건. 이윤경의 말대로라면 당시 은우는 사모펀드 환매조작을 캐내기 위해 그녀를 일선에 내세워 취재를 시켰다고 한다. 미인계 비슷하게 접근해서 정보를 취득하고 불법녹음을 해서 그에게 갖다 바치는 식으로 자료를 취합했다. 이후 은우는 환매조작에 엮인 중앙부처 고위공무원과 국회의원들을 한자리에 모아놓고 녹취록으로 협박하며 새로운 제안을 했다고 한다.

하지만 일이 틀어지자 이윤경의 이름으로 기사를 써놓고는 본인이 대신 퇴사하는 것으로 마무리했다고 말했다. 그걸 서은우는 이윤경에게 자신이 초능력을 써서 문제를 수습했다고 내게 말한 적 있다. 물론 이윤경은 그게 다 서은우의 망상이라고 했다.

"은우가 말한 것과는 너무 다른데?"

"서 기자는 진짜 오빠가 초능력자라고 믿고 있어요?"

"그럼 당신은 서은우의 초능력을 안 믿어요?"

"믿는 게 정상인가요, 안 믿는 게 정상인가요?"

"그가 믿어달라고 했다면요."

"믿어주는 것과 믿는 것은 다르죠. 저도 오빠 자체는 믿어요. 그렇다고 실체도 없는 초능력을 진짜로 믿는다고 어디 가서 말할 수도 없는 노릇이잖아요? 오빠는 조현병 환자인데."

환자라고 정의 내리는 그녀의 입을 봉해버리고 싶은 걸 꾹 참았다. 일단 서은우의 거취를 알아내는 게 우선이었다. 이 여자라면 뭔가는 분명 알고 있을 것이다.

사실 얼마 전 그와 데이트하려고 했는데 데이트 당일 큰 사건이 터져 보지 못했다. 그때 이후 그를 찾을 수 없어 난감한 상태다. 분명 해답은 이윤경에게 있을 것이라 생각하고 그녀를 찾아나선 곳이 이 요가학원이었다. 그녀의 말을 믿을 수 있을지 모르겠지만, 어쨌든 은우에 대해 가장 많은 단서를 가지고 있는 건 이 여자뿐이었다.

"서은우, 어디에 있는지 알면 말하고, 모르면 앞으로 내 앞에 알짱거리지 마요."

"어디에 있는지 짐작은 해요. 그러나 당신이 그를 초능력자라고 믿는다면 알려줄 수 없어요."

"그게 그렇게 중요해?"

"본인이 더 잘 알지 않아요? 사실, 오빠가 서 기자를 피할 게 아니라, 서 기자가 오빠를 피해야 하는 거 아니에요?"

전하는 그녀의 목소리는 확고하다 못해 완강했다. 정신 바짝 차리지 않으면 이 여자에게 말려들 수 있다. 안 된다. 그를 찾아야 한다. 그가 꼭 보고 싶다. 내 흔들림, 그가 잡아줘야 한다.

❀ ❀ ❀

몇 주 전. 큰 반응은 아니었지만 '사람저널TV' 영상 콘텐츠가 어느덧 제법 자리를 잡았다. 서은우는 영상을 시작하면서 다시 기자 신분으로 돌아갔다. 과거처럼 촌철살인 질문을 던지며 기자로서의 진가를 보여줬다. 그는 국무총리와 여야 대표, 기업 총수 단독 인터뷰를 진행했던 이야기들도 풀어내며 기자로서의 위엄을 보였고, 이는 구독자들의 신뢰를 잡는 것에도 크게 한몫했다.

사람을 만나는 방식도 달라졌다. 광고를 따내는 영업이 아닌, 취재를 위한 미팅이 많았다. 구독자들이 궁금해하거나 가려운 부분을 해소하는 양질의 콘텐츠에만 주력했다. 이 외에도 교양 콘텐츠 역시 나쁘지 않은 반응을 보였다. 문화 콘텐츠 담당이었던 막내 기자가 퇴사하고 내가 이를 이어 담당했다. 나는 그동안 읽었던 책들을 토대로 '讀(독)서지영'이란 코너를 신설해 작가들과의 좌담을 진행했다. 섭외와 질문 모두 내 역할이었지만 막힐

때는 은우가 서포트해 주기도 했다. 정치·경제·사회 등 전반적 시사 브리핑은 이 선배가 했다. 또 거기에 맞는 시사평론가 섭외는 은우가 맡았다.

손 접촉이 '씨-바이러스' 감염에 직접적 영향을 주지 않는다고 판단해 정부가 어느 정도 해소한 상태였다. 그렇다 해도 은우는 초능력에 기대지 않았다. 대부분 전화만으로도 섭외에 성공하는 모습을 보여줬다. 모스키토가 피를 흡입하지 않듯 본인도 초능력 없이 할 수 있다는 것을 내게 보여주고 싶었다고 한다.

'사람저널'은 당장 수익은 나오지 않았지만, 그동안 받은 투자 금액 중 일부를 인건비로 충당하면서 순조롭게 업무를 진행해 나갔다.

나와 은우 관계 역시 한 발짝 더 진일보했다. 몇 명 없는 회사라서 이미 우리 관계를 모두 눈치채기도 했다. 드러내지 않았지만 몰아가는 뉘앙스가 꽤 적나라했다.

나는 대표님, 은우 씨, 서은우, 야. 그는 서 기자, 지영 씨, 지영, 당신. 호칭 정리가 안 되고 존대와 반말도 맥락 없이 엉켰지만, 딱히 통일하겠다고 합의 보진 않았다. 기분 따라 부르고 싶은 대로 우리는 그렇게 서로를 찾았다. 회사도 잘 풀리고 우리 관계도 좋고, 거리낄 것 없이 순조롭게 흘러가는 나날이었다.

하지만 불행은 행복에 다다랐을 때 찾아온다고 했던가. 모처럼 주말에 은우가 내게 데이트 신청을 했다. 이번엔 통영 쪽에서 어머니 비슷한 사람을 봤다고 한 목격자가 나타나 그곳으로 갈

참이었다. 혼자 다니기 심심했는데 함께 움직이자고 했다. 이게 데이트냐 합동 수색이냐 따지려고 하는데 그가 먼저 데이트라고 강조했다. 낮에 볼일만 보고 우리만의 시간을 갖자고 했다.

토요일이 왔고, 그는 오전에 사무실에서 업무 좀 잠깐 본다고 해서 거기로 오라고 했다. 이때까지는 참 좋았다. 여느 평범한 커플처럼 보통의 일상을 채워가는 단순한 엑스트라인 줄 알았다. 그런데 조물주는 우리에게 평범한 시나리오를 던지지 않았다.

회사 건물에 도착하니 일층 로비에서 생각지도 못했던 사람을 만나게 됐다. 그게 우리 커플 불행의 시작이었다.

"재욱이?"

서울에 재욱이가 있다. 그가 왜 여기에 있는지는 깊게 생각할 것도 없었다. 그는 날 보러 온 것이다. 문제는 주말에 내 집도 아니고, 회사 건물 앞에서 내가 올 것을 정확히 알고 기다리고 있었다는 것에 있다.

"네가 여기서 왜 나와?"

등장이 반갑지 않은 시점이다. 재욱이는 모든 걸 공유할 수 있는 오랜 친구이지만 조우한 장소가 달갑지 않아 불안했다. 재욱이는 궁금증 가득한 내 얼굴을 읽고 옆에 카페에서 자세하게 얘기하자고 했다. 난 위에서 은우가 기다릴 거라 했는데 그도 자기가 온다고 한 걸 알고 있단다. 나와 할 말이 있다고 따로 시간을 허락받았다고 했다.

일단 카페로 자리를 옮겼다. 재욱은 수심이 가득 차 보였다. 예전 할아버지 돌아가실 때 부고를 알려 주던 그때처럼 사색이 된 얼굴로 그가 나를 바라보고 있었다.

묻고 싶은 게 너무 많은데, 재욱이가 분위기를 어둡게 만들어 선뜻 먼저 말을 못 꺼냈다. 나보다도 재욱이가 내게 하고 싶은 말이 많았는지 머뭇거리는 표정이 그대로 내게 전달됐다.

"할 말 있으면 빨리해."

보채는 내 물음에 재욱이는 애꿎은 커피잔만 빙빙 돌렸다. 마스크 사이로 한숨을 푹 쉬는데 새어 나오는 한숨이 나를 짓눌렀다. 곧 지잉, 그의 휴대폰에서 톡이 울렸고 재욱인 다다닥 폰을 열심히 두드렸다. 곧 톡 대화를 끝냈는지 휴대폰을 테이블 위에 엎어놨다.

"너 서은우랑 사귄다며."

"그거 확인하려고 여기까지 온 거야?"

서울에 오기 전 재욱이는 내게 고백한 적이 있다. 진심 여부와 상관없이 받아줄 마음 없는 나는 가볍게 무시하고 서울로 올라왔다. 나는 여기 와서도 재욱이하고 톡만 몇 번 주고받았을 뿐 전화를 따로 한 적은 없었다. 그의 톡 분위기를 보더라도 친구의 안부를 전하고 있었지, 짝사랑 대하는 뉘앙스는 안 풍겼기 때문이다.

"서은우, 조현병 환자래. 난 그것도 모르고 그놈에게 널 서울로 데려가라 했어. 그게 후회가 돼."

조현병 환자라는 것은 어디서 들었고, 나를 그에게 맡겼다는 건 또 새로운 이야기라 머리가 복잡해졌다. 무슨 소리인지 따지기도 전에 재욱이가 당장 상산으로 내려가자고 했다. 일단 더 그의 말을 들어봤다.

"난 너밖에 없었어. 지금도 그렇고. 네가 상산을 떠나고 싶다고 했을 때도 붙잡고 싶었지만, 네가 너무 가고 싶어 해서 미친 짓까지 벌였어. 거기까진 좋았어. 다 끝났다고 생각했는데 하필 서은우 그놈도 조현병 환자일 줄은 몰랐어."

"야! 말조심 안 해? 네가 뭔데 서은우를 환자로 만들어!"

은우를 정신이상 질환자로 몰고 가는 바람에 그 부분에서 화를 냈지만, 사실 재욱이가 한 여러 말은 전부 의문투성이라 되물을 게 많아 질문을 정리할 필요가 있었다. 나밖에 없었다는 거야 입바른 말일 수 있어 넘어간다 치고, 미친 짓을 벌였다는 것과 이제 다 끝났다는 말이 이해되지 않았다. 특히 '서은우 그놈도' 가 상당히 거슬렸다. 누가 또 조현병을 앓고 있다는 건가.

"너한테 평생 씻을 수 없는 죄를 지었어. 하지만 장례식 때 잠깐 고통을 호소한 것 빼곤 자연스럽게 넘어가서 이제는 모두 끝났다고 생각했어. 그런데 최근에 어떤 여자가 울면서 날 찾아왔어. 서은우가 조현병이 심한데 네가 거기에 물들어 네 증상도 심각해질 거라고 하더라고. 그래서 난 이제 내 가짜 퍼포먼스를 멈추고 널 구하려고 이곳에 온 거야."

알아듣지 못할 말을 쏟아내는 재욱이에게 짜증이 밀려왔다.

답답하다 못해 화도 치밀어 올라 테이블을 쾅 내리쳤다.

"너 말 똑바로 안 해? 알아듣게 좀 얘기해!"

재욱이가 왼쪽 눈가에서 눈물을 주르륵 흘렸다. 고개를 떨친 채 어깨를 들썩이며 흐르는 눈물을 참으려고 애썼다. 화를 계속 내야 하는데 재욱이가 이렇게 나오니, 내던 성질을 죽이고 일단 지켜봤다. 곧 진정한 재욱이는 얼굴에 묻은 눈물을 닦고 애석하게 날 바라봤다.

그리고 한다는 말이,

"지영아, 너희 할아버지, 오래 전에 돌아가셨어."

귀신 씻나락 까먹는 소리를 했다. 몇 달 전에 할아버지 49재 끝내고 서울에 올라온 것을 누구보다 잘 알고 있는 재욱이가 이상한 헛소리를 했다. 마음을 안 받아주니 정신이 오락가락하나 보다. 재욱이가 말을 이었다.

"이제 진실을 전할 때가 됐어. 너희 부모님과도 얘기 다 끝냈어. 몇 달 전에 했던 할아버지 장례식 모두 가짜야. 너는 이미 오래 전에 돌아가신 할아버지가 여태 살아있다고 믿고 살았어. 네가 아직 떠나보내지 못했던 할아버지를 완전히 보내드리려고 내가 가짜 장례식을 계획했던 거야."

"뭐?"

숨이 턱 막혔다. 이 개소리를 그냥 듣고 있자니 울분이 터지는데 나는 그 자리에서 아무것도 못하고 흡, 호흡만 가다듬었다. 심장은 마라톤 완주한 듯 요동치고, 내 시선은 어디도 바로잡지 못하고 온 데 간 데 정신없었다.

"예전에 너 집에 데려다줄 때, 내가 널 어찌해야 할지 모르겠다고 고백했던 날. 그게 이 가짜 장례식을 말한 거였어."

혈관이 터질 것 같다. 피가 정수리 끝까지 솟아오른 나는 끝내 그 자리에서 머리를 쥐어짜고 아악, 고통을 호소했다. 그러더니 곧 드릴이 내 머리를 뚫는 듯 쪼개질 것 같은 통증을 느꼈다.

기억에 없던 세포 조각들이 맞춰지고 재생하는 느낌이 이런 것일까? 두통은 극에 달했고, 나는 카페 실내에서 성대가 찢어져라 비명을 질렀다. 주변 사람들은 혹시 씨-바이러스 발작인가 해서 황급히 마스크 쓰고 밖으로 나갔다.

기억이 나기 시작했다.

나는 해리성 기억상실증을 앓고 있었다. 흩어진 조각처럼 남아 있던 기억들이 하나둘 떠오르기 시작했다. 그리고 그 기억들이 퍼즐처럼 재빠르게 맞춰질수록, 고통은 점점 더 깊어져 갔다.

재욱이가 내게 다가와 내 어깨를 감쌌다. 난 그가 손을 대자마자 경기를 일으키며 뿌리쳤다.

"손대지 마!"

할아버지가 몇 달 전에 돌아가신 게 아니고 오래 전에 돌아가셨다니. 이건 몰래카메라다. 이 몰래카메라를 계획한 개새끼를 잡아서 족쳐 버릴 거다. 민재욱, 그게 너라고 해도 죽일 거다. 나는 재욱이에게 일갈했다.

"민재욱! 너 어떻게 우리 할아버지 가지고 이딴 거짓말을 해!

네가 사람 새끼야?"

"미안해. 이게 다 널 위한 일이라 생각했어."

"당장 할아버지 무덤에 가서 사과해!"

"알아. 나 평생 할아버지께 사죄하고 살 거야. 그러니까 일단 진정 좀 해."

그는 흘러나오는 눈물을 억지로 꾹 참고서 나를 껴안았다. 내 등을 토닥이며 진정시키려 했지만, 난 그의 망발을 용서할 수 없다. 그의 가슴팍을 밀치고, 있는 힘껏 뺨을 후려쳤다. 저항 없이 그는 눈만 감았다.

"서은우 어디 있어? 서은우도 이걸 알아?"

그가 보고 싶다. 그의 품에 안겨 쉬고 싶다. 충격이 커서 다리가 후들거렸다. 쓰러지고 싶은 걸 간신히 참고 있는 것은 오로지 그를 보기 위해서다. 그런데 민재욱이 여기에다가도 찬물을 부어버린다.

"서은우 여기 없어. 본인 스스로가 널 더 힘들게 만들 거라 생각하고 뒤도 안 돌아보고 떠났어."

"그만! 개자식! 앞으로 너 내 얼굴 볼 생각하지도 마!"

내가 멱살 잡고 재욱이를 흔들 무렵 카페 밖에서 사람들이 우르르 몰려 들어와 지영아 진정해, 엄마가 미안해, 누나 정신 좀 차려, 목소리가 다양하게 들렸다. 아버지, 엄마, 동생이 연락도 없이 서울에 왔다.

대체 이 사람들 언제부터 근처에 있었던 거야. 그사이 또 누구

하나가 내게 빠르게 다가와 덥석 안겼다. 내 소울메이트 엄주현이다. 나를 안고 엉엉 울며 미안하다고 한다. 망할, 계집애. 결혼도 먼저 하더니 이렇게 한 번 더 뒤통수를 치는구나.

나는 주현이에게 안긴 채 그녀의 어깨에 턱을 괴고 아버지와 엄마, 동생을 번갈아 쳐다봤다. 그들의 눈망울은 금방이라도 터질 듯 글썽였고, 입술은 울음을 참으려고 팔자 모양을 고수했다. 나는 엄마를 바라보며 한탄 섞인 목소리로 물었다.

"엄마, 아니지? 지금 장난치는 거지? 말이 돼? 할아버지가 예전에 돌아가셨는데 내가 왜 몰라?"

"지영아, 엄마가 잘못했어. 미안해."

"엄마가 왜 미안해. 왜 미안해하냐고."

난 옆에 있는 아버지에게 눈을 돌렸다. 아버지는 고개를 떨궜다. 동생 놈도 봤다. 입술 꾹 닫고 눈을 내리깔고 있다.

젠장. 망할. 지랄.

그러고 보니 할아버지 통원 치료는 내 몫이었는데 언제부터인가 몸도 안 좋은 엄마가 간다고 했었다. 피 한 방울 안 섞인 시아버지 거들려고 내 살 깎아야 하느냐 할 땐 언제고. 어쨌든 이미 많이 지쳐버린 나는 할아버지가 거부반응만 없다면 엄마가 수발드는 것을 말리고 싶진 않았다.

그때부터 나는 할아버지와 보내는 시간이 확 줄었다. 아니 없었다. 퇴근하고 오면 언제나 할아버지는 주무신다고 했다. 주말에도 함께 밥 먹은 적이 전혀 없었다. 그걸 당시에는 인지하지 못했다.

나는 지금에서야 최근 할아버지를 본 적이 없었다는 것을 깨닫는 중이다. 그저 살아계신다는 의식만 갖고 있을 뿐 실체 없는 할아버지를 살아계신다고 믿고 있었다는 말이다. 이게 가능해?

문득 은우가 겹쳤다. 은우의 친척들은 그가 어머니를 못 보내준 것이 어머니를 너무 사랑하고 그리워해서라고 했다. 나도 할아버지를 너무 사랑하고 그리워해서 보내주고 싶지 않았던 거라고 한다.

천만에, 절대 아니다. 이제 또렷하게 기억이 났다. 돌아가신 할아버지를 나만 아직 구천을 떠돌게 한 이유. 그랬다. 나는. 할아버지가 누구보다 돌아가시길 바랐다. 내가 이전에 던졌던 말이 떠올랐다.

제발 좀 그냥 죽어! 질척 좀 그만 대고 제발 좀 가라고! 할아버지 때문에 내 인생 그만 조지고 싶다고!

가족 모두 할아버지를 수발하려 했다. 그런데 할아버지는 나 말고는 아무도 알아보지 못했다. 돈도 내가 다 보태는데 수발마저 나만 떠안아야 하는 현실이 괴로웠다. 심신이 너무 지쳐있던 찰나 컨디션도 안 좋을 때, 나는 그만 홧김에 쏘아붙였다.

이제 제발 좀 죽어버리라고.

당시 할아버지 눈빛을 보니 잠깐 멀쩡하게 돌아오신 것 같았다. 뒤에서 듣고 있던 아버지는 그날 처음으로 내게 손찌검을 했고, 할아버지는 아버지에게 우리 지영이 건들지 말라고 하셨다.

그리고 그다음 날. 할아버지는 뇌출혈로 급사했다. 내가 죽으라고 한 말 때문에 급격히 스트레스를 받았는지, 아니면 손녀딸을 위해 일부러 희생한 건지 알 따위 없었다. 어쨌든 죽은 건 사실이다. 내가 할아버지를 죽인 것이었다.

확신이 섰다는 생각이 들자, 견딜 수 없던 나는 그대로 혼절했고, 동시에 거실 협탁 모서리에 머리를 부딪쳤다. 그 충격으로 해리성 기억상실이 왔다. 넘어져서 머리통에 수 십 바늘 꿰맨 기억만 있었는데, 왜 넘어졌는지, 또 넘어지고 어떤 일이 벌어졌는지는 전혀 기억하지 못했다.

대단하다, 서지영. 할아버지에게 했던 그 막말을 잊으려고 기억을 통째로 지워버린 것도 모자라 망상 속에서 할아버지를 살려뒀다니. 내가 안 죽인 척, 핑계 대는 방법도 빌어먹게 많았구나.

여기까지가 내가 기억하고 있는 전부다. 나는 미친년처럼 크게 깔깔 웃었다가 곧 뚝 그쳤다. 이내 주현이 품에 안긴 채 기절했다. 눈이 완전히 감기기 전, 아버지와 엄마가 비명 지르듯 내이름을 부르는 게 들린 것 같았다.

적막한 어둠. 누워 있는 것 같은데 어디에 누워 있는지 모르는 느낌. 실내에 불이 안 켜져 있어 어두운 것인지, 내가 눈을 감고 있어서 어두운 것인지 알 길 없다. 그래도 귀는 잘 들렸다. 내가 누운 자리에 커튼처럼 보이는 형상 밖에서 사람들이 몰려 있는 게 느껴졌다. 누군가 주도적으로 말을 하는데 의사 목소리 같다. 여긴 병원이었다.

"오히려 기절한 것이 서지영 환자에게 도움이 됐습니다."

기억하고 싶지 않았던 기억을 떠올렸는데 그걸 또 고통에 못 이겨 기절한 거다.

정리해 본다. 어쩐지 이상했다. 할아버지가 돌아가시고 나서 공장이나 주변 지인들이 할아버지 때문에 힘들어하냐고 묻는 게 이제야 이해됐다. 그들은 내가 할아버지가 돌아가신 것을 제대로 인지하고 있나 확인차 물어봤던 것이다. 장례식에 왔던 사람들 모두가 이 사실을 알고 있었다는 거다.

공장 사람들도 그렇고, 전직 국회의원과 상산 군수도 그렇고. 대체 이 많은 인력을 무슨 수로 움직였다는 말인가. 쓸데없는 고퀄리티는 이를 두고 하는 말이 분명하다.

그나저나 은우는 어디에 있을까? 정말 그는 본인처럼 나도 조현병 증상을 앓고 있다고 생각해서 사라진 걸까? 그럴 리 없다. 난 그가 본인 어머니가 살아있다는 말을 믿고 있고, 초능력도 의심하지 않았다. 지금은 가족들이 몰려왔으니 한 발 뒤로 물러서서 지켜보고 있다고 생각하면 됐다. 그래도 어서 내게 와서 나를 안아 줬으면 좋겠다.

불빛이 내 시선에 들어왔다. 나는 번쩍 눈을 떴다. 재욱이가 눈 떴구나, 했다. 누운 채 주변 둘러보니 재욱이만 있었다. 나는 열여섯 시간을 누워 있었고, 다들 한 끼도 못 먹다가 이제야 밥 먹으러 나갔단다.

"민재욱 넌 뭣 좀 먹었어?"

"난 좀 있다가 먹으려고."

이 빌어먹을 민재욱에게 욕을 한 바가지 퍼부어 줘야 성에 차겠는데, 막상 밥도 안 먹고 나를 지켜주고 있어 화를 내기는 뭐했다. 얼마나 내가 병신같았으면 가짜 장례식까지 생각했을까.

"너 장례식 치르는데 돈 얼마 썼어?"

"이천만 원 정도?"

내 물음이 화를 내거나, 욕하는 것이 아닌 엉뚱한 질문임을 자각한 재욱이가 어두운 표정을 잠시 풀고 편하게 답했다.

"미친놈."

사람 하나 바보 만드는 거 쉽다고 사람들이 말하는데, 재욱이 보니 결코 쉽지는 않은 거 같다. 상산읍 이만 명이 사람 하나 바보 만드는 데는 이천만 원의 돈이 필요했으니 말이다. 지역 유지인 재욱이 아버지와 동네에서 꽤 영향력이 있는 누나와 매형들 덕에 가능했을 거다. 어쨌든 이렇게 많은 사람을 섭외했다면 온마을 사람들이 재욱이가 나를 좋아한다고 생각했을 것 같다.

"사실 가짜 장례식은 평생 묻어가려고 했어. 너희 부모님도 그렇게 생각했고. 근데 어떤 여자가 찾아와서 진실을 밝혀야 한다고 울면서 애걸복걸하더라. 그래야 네가 살 수 있대."

"아까도 그 말한 거 같은데. 대체 어떤 여자를 말하는 거야?"

딱 한 명이 떠오르긴 했다. 이윤경.

근데 그 여자는 재욱이를 어떻게 알고 찾아간 걸까. 그리고 그 여자가 울었다는 건 믿을 수 없다. 나한테 하는 버릇없는 행동과 전혀 매치가 되지 않는데 울었다고 하니 고개가 갸우뚱했다.

"그 여자가 그러는데 위기가 한 번 더 올 거래. 아직 끝나지 않았어. 혼란이 또 올 거고. 그래도 네가 할아버지를 인지했으니 잘 끝낼 수 있다고 봐. 이겨 내자."

상황이 끝나지 않았다는 재욱이의 말에 신경이 곤두세워졌다. 이윤경이 찾아왔다는 것도 그렇고, 재욱이에게 물어볼 게 투성이다. 그러나 두통이 밀려오자 생각 안 하기로 했다. 아플 땐 무념이 최고다.

얼마 안 지나 부모님과 주현이가 병실에 들어왔다. 주현이는 깨어난 나를 보자마자 와락 안았다. 또 나를 붙잡고 엉엉 울었다. 우리끼린 비밀 없기 맹세하고 비밀 만들어서 미안하단다. 재욱이도 용서했는데 너한테 뭐라 할 수 있을까. 나는 등이나 쓸어 주며 괜찮으니 그만 울라고 했다.

"너 민준이 봐야지 서울까지 뭐 하러 왔어. 빨리 내려가."

"네가 아픈데 애가 문제야? 남편이 알아서 하겠지."

"아이고, 됐어. 오버 안 해도 돼."

"나, 너한테 비밀 만들고 그동안 잠도 제대로 잔 적 없었단 말이야."

그랬던 애가 서은우랑 입에 재갈 물리고 밧줄 묶고 그것 했냐고 물어봤다니. 기가 차서 웃음이 다 나왔다. 나는 주현이 뒤통수를 쓸어내리면서도 시선을 아버지에게 두었다. 묵묵히 자리를 지키고 계신 아버지는 옅은 한숨을 뱉고는 내 시선을 피했다. 나를 낳은 이 부모들은 어떤 이유로 재욱이에게 설득된 걸까. 혹시 재욱이도 마인드컨트롤 초능력자 아닐까 생각이 들었다. 보수적인 아버지가 맨정신으로 허락했을 거란 상상은 도저히 할 수 없었기 때문이다.

어떤 심정이었을지 심히 궁금했다. 시간 지나 나중에 물어봤더니, 세상에 안 계신 부모보다 자기 옆에 있는 자식이 더 소중하기 때문이었단다. 그걸 지금 들었으면 나는 펑펑 울었을 것 같다.

곧 의사가 도착했다. 그는 내 눈알을 키우고 딸깍 펜라이트를 켜서 살펴보곤 금세 가운 포켓에 꽂았다. 그의 가운 포켓에는 미래정신병원 이승복 전문의라고 박혀 있었다. 여긴 일반 종합병원이 아니고 정신병원이었던 것이다.

나를 둘러본 의사가 부모님에게 괜찮은 것 같다고 말하니 모두 안도의 한숨을 쉬었다. 그는 한 시간 뒤 진료실에서 상담할 것이라고 말하고 나갔다.

내가 진료를 받는 동안 가족들은 '씨-바이러스' 때문에 병원에 오래 머무를 수 없다고 모두 돌려보냈다. 난 여기서 하루 더 있다가 퇴원하면 됐다.

좀 지나 진료실을 찾은 나는 근엄한 표정을 짓고 있는 의사 앞에 앉아 둥근 의자를 좌우로 돌리며 기다렸다. 키보드를 열심히 두드리던 그가 내게 CT 화면을 보여주며 설명했다.

"다 정상입니다. 전혀 문제없어요. 두통을 호소하면서 많은 부분을 찾아낸 것 같네요. 의도했던 건 아닌 것 같은데 충격요법이 유효했습니다. 금방 더 좋아질 겁니다."

의사는 손으로 볼펜을 굴려 시선을 분산시켰다. 그는 이어 턱을 매만지고선 다음 차트를 꺼냈다.

"서지영 씨가 2차 조현병을 겪는지에 대한 간단한 테스트를 좀 할 거예요. 대답을 잘해 줘야 더 빨리 치료가 끝날 수 있어요."

나는 무던하게 고개를 끄덕였다. 이젠 거짓으로 알고 있는 가짜 세상이 없길 바랄 뿐이다. 나만 바보가 되는 이런 분위기 수치스럽다. 그런데 물어보는 의사의 질문이 너무 황당해 미간 주름이 절로 구겨졌다.

"서지영 씨는 초능력을 믿나요?"

"뭐라고요?"

초능력 이야기가 나오자 불안감이 엄습했다. 할아버지가 작년에 돌아가셨다고 한 사실도 이제야 받아들였는데, 이건 또 무슨 소리인가.

"다시 질문할게요. 초능력을 믿으세요?"

"왜 그런 질문을 하죠?"

"그냥 편하게 대답만 하시면 됩니다. 세상에 초능력이 있다고 믿으시나요?"

이걸 믿어야 한다고 말해야 정상일까, 안 믿는다고 말해야 정상일까. 당연히 안 믿는다고 해야 정상이다. 여기서 빨리 퇴원하려면 안 믿는다고 말해야 했다.

"믿을 리가 있나요."

"그렇군요. 그럼 서은우 환자가 초능력자라는 것도 안 믿는다는 거네요?"

"서은우요? 제가 아는 그 서은우요?"

"그분 우리 병원 환자였습니다. 지금도 조현병 치료를 못 마쳤고요. 서지영 씨가 할아버지를 못 보냈듯, 그 역시 어머니를 못 보내고 있지요. 거기서 지나지 않고 그는 자신이 초능력자라고 믿고 있습니다. 그게 지영 씨에게도 피해를 주고 있어요."

"말도 안 돼!"

울컥해 자리에서 일어섰다. 순간 내 반응이 초능력을 믿고 있는 사람처럼 보여 아차 싶었다. 그 모습을 의사가 놓치지 않고 안경을 고쳐 썼다. 그리고 차트를 줄줄이 읽어 내려갔다. 난 의사가 차트를 읽을 때마다 등골에 서늘한 기운이 스며드는 것을 경험했다. 털이 곤두서는 소름, 몸이 떨려 몸을 가눌 수 없는 그런 느낌. 의사 손에 들린 차트가 마치 은우의 일기장 같다.

"상대의 손을 잡으면 오 분간 사람을 조종할 수 있는 마인드컨트롤 초능력이 있다. 어릴 적 초능력으로 고등학생들의 관절을 부러뜨린 적도 있다. 손을 잡지 않고서도 초능력을 쓸 수 있지만 후유증이 크다. 어머니는 죽은 것이 아니고 초능력 때문에 사라졌다. 다 들어보신 이야기이지요?"

왜 우리 둘만 아는 이야기를 이 의사가 알고 있는지 모르겠다. 그는 마치 영화 〈트루먼쇼〉처럼 우릴 무대에 세워놓고 어딘가에서 직접 모니터링이라도 했다는 듯 너무 자세하게 떠들었다. 이윤경이 노국구 펀드 환매조작 사건을 은우가 이야기한 것과 달리 말했듯, 의사도 고등학생들 관절 부러뜨린 사건을 전혀 다르게 말하고 있었다.

의사는 그때 당시의 지역신문 기사를 모니터에 띄워 내게 보여줬다. 고교생이 초등학생 돈을 빼앗고, 서로들 더 가지려고 치고받고 싸우다가 관절이 부러졌다는 내용이 담겨 있었다. 은우가 명령한 초능력과는 전혀 무관한 사건이었다. 아니지, 말려들면 안 된다. 외부인들은 은우의 초능력을 모르니까 당연히 저렇게 쓰지. 난 이 기사 하나로 은우를 망상 환자로 만드는 것은 무리가 있다고 했다. 그랬더니 의사가 내 대처를 예상했다는 듯 말을 풀어나갔다.

"진짜 문제는 지금부터입니다. 이 사건은 서은우 씨하고는 전혀 상관이 없는 기사입니다. 학교명, 장소, 고등학생 숫자와 초등학생 한 명까지 모두 일치합니다. 그런데 연도가 다릅니다. 서은우 환자는 국민학교를 다녔고, 이 기사는 몇 해 지나 초등학교로 바뀐 후를 다루고 있습니다. 그러니 그 에피소드 역시 서은우 환자가 이 기사를 참조해서 조작했거나 망상을 하고 있었단 거죠."

"그만!"

내가 소리치는 것과 상관없이 의사는 계속 말을 이어갔다. 의사는 이후에도 은우가 사람들의 손을 잡고 명령을 내리면 모두 자기 뜻대로 움직인다고 착각했다고 한다. 과거 연인들에게 자신이 초능력이 있다며 믿어달라고 호소했고, 여성들은 하나같이 서은우를 좋아해서 믿어주는 척했다는 거다. 특히 어머니가 실종된 소설 같은 일화를 풀면서 모성 본능을 강하게 자극했다고 한다. 본인의 초능력을 꼭 믿어달라는 말은 지속 강조했다.

이건 나와 은우 둘만의 이야기였다. 그런데 이 의사가 그 상황을 너무 자세하게 설명하고 있으니 털이 곤두설 수밖에 없었다.

"전부 같은 패턴입니다. 서지영 씨가 겪은 일들, 모두 서은우 환자 연인들도 똑같이 경험했었던 사례죠. 그래도 서지영 씨는 아직 괜찮습니다. 그냥 서은우 환자에게 사기를 당했다고 생각하면 마음이 편할 거예요. 이제부터 현실을 모두 인정하고 털어내면 서지영 씨는 예전과 같은 삶을 살 수 있습니다."

"그냥 인정만 해도 난 정상인이 되는 건가요?"

"꼭 그렇다고 볼 순 없지만, 과거 연인들도 그렇게 치료했죠. 더 늦기 전에 발견해서 다행입니다. 안 그래도 어떤 여성분이 울면서 신속히 제보해 주는 바람에 서지영 씨가 깊게 말려들지 않았어요."

"여자요? 어떤 여자요? 설마 또 이윤경이에요?"

의사가 내 말을 무시하고 몸을 앞으로 기울여 나를 집중시켰다. 그는 언제든 내가 정상으로 돌아올 수 있으니 걱정하지 말고 함께 치료하자고 격려했다. 프로그램 치료와 약물치료를 병행하면 금방 낫는단다.

말 돌리지 말고 그 여자가 누군지, 이윤경이 맞는지 신경질적으로 물어봤으나 그는 신상을 알려줄 수 없다며 나를 병실로 돌려보냈다.

병실로 돌아온 나는 침대에 등을 기대고 앉았다. 곧 대리석 난간에 창밖 시야를 가리고 있는 화분을 바닥에 내려놓고 턱을 괴었다. 창밖이라도 바라봐야 답답한 마음을 조금이라도 털어낼 수 있겠다.

창밖을 보며 머릿속을 정리해 봤다. 내 치료는 아직 안 끝났다. 할아버지가 돌아가신 걸 인지했음에도 병원에 다녀야 하는 건 마인드컨트롤 초능력 실체 때문이다. 내가 정신병자에서 벗어나려면 그의 능력을 부정해야 한다는 것이다.

부모님을 위해서라도 차라리 믿지 않는다고 하면 되려나? 그저 내가 다자이 오사무의 〈인간실격〉에 나오는 요조처럼 그들이 원하는 대로 광대 짓을 하면 모두에게 평화가 찾아오는 것일까?

은우는 어찌해야 하나? 은우는 본인의 초능력을 믿어달라고 했었다. 하지만 내가 그의 초능력을 믿으면 가족들이 날 망상 환자로 프레임 씌우고 슬퍼할 게 분명하다. 난 무엇을 택해야 하는가.

이윤경! 이 여자를 만나야 했다. 이 여자가 이 모든 상황의 핵심이다. 재욱이가 가짜 장례식을 밝힌 것도 그렇고, 여기 의사가 그녀를 아는 것도 그렇고.

나는 평생 그녀에게 전화할 일 없을 줄 알고 저장도 안 했던 이윤경의 번호를 찾으려고 휴대폰 앱에서 명함을 뒤적였다. 전화하자마자 분위기 파악 못 하고 그녀가 반갑게 나를 맞이했다. 여보세요, 전하는 그 목소리부터 그녀에게 살인 충동이 느껴졌다.

"이봐요, 이윤경 기자! 나한테 할 말 많을 거 같지 않아요?"

물론이죠, 오세요, 전하는 그녀의 당찬 말이 참으로 재수 없게 들렸다. 명분만 생기길 간절히 바라며 머리채 잡아 흔들 날을 나는 고대하고 병원에서의 하루를 재촉하듯 급히 보내버렸다.

11장

이윤경과 나는 요가 레슨룸 가장자리 간이 벤치에 나란히 앉았다. 열한 시 방향에 햇살이 알맞게 우리 쪽을 비추고 있었고, 눈에 보이는 자잘한 먼지는 허공에서 우리와 공존했다.

이윤경은 은우 이야기를 꺼내기 전, 흐르는 한쪽 눈물을 부러 훔치지 않고 온전히 뚝 떨어뜨렸다. 곧 감정을 추슬렀다.

빌어먹을, 옆에서 보니 우는 것도 예쁘다. 머리부터 발끝까지 행동 하나하나 얄밉지만, 눈물을 또 보아하니 동정심이 생겼다. 그녀는 시선을 내게 두고 또 한 방울 흐르려는 눈물을 중지로 콕 찍었다.

"은우 오빠 멋있지 않아요?"

"네, 그렇지요."

답하고도 아차 싶었다. 울다 말고 뜬금 무슨 소리냐고 따져야 했는데, 그녀의 질문에 나는 그게 또 뭐라고 고분고분 답했다.

멋있는 거야 알지. 그렇지만 상황에 어울리지 않는 질문은 무엇이며, 나는 왜 거기에 말려들었는가. 정신을 차리고 은우가 어디에 있는지 말하라고 했다가 내 말을 끊었다.

"예전부터 은우 오빠는 자존심이 세고 지기 싫어하는 성격이었어요. 게다가 마음먹으면 바로 실행하는 성격이라 사람을 조마조마하게 했죠. 그래도 뭐든 불가능을 가능으로 만든 남자였어요."

딴소리 말고 은우 어디에 있느냐고 재차 물었지만, 말이 또 먹혔다. 그녀는 멀리 알로에처럼 생긴 화분 쪽에 멍하니 시선을 던지고 말을 이었다.

"난 그런 오빠에게 반해서 먼저 사귀자고 쫓아다녔어요. 계속 밀어붙이니 오빠가 마음을 받아줬죠. 우리는 유명한 사내 커플이 됐어요."

은우는 산업부고 이윤경은 정치부였다. 정경유착이 유기적이니 둘은 취잿거리로 엮이는 게 많았다고 했다. 업계 카르텔 형성의 배후, 윗선의 투기 등을 교묘하게 엮어서 비리를 터뜨린 기사들을 자주 뽑아내니 신문 1면에 그들 이름이 자주 게재되는 것은 이상할 것도 없었다고 한다.

이윤경은 사건을 설계하고 기사로 만들어내는 과정까지 완벽한 연출을 뽑아내는 은우에게 '초능력자'라고 했단다. 뒤집어 놓을 수 없는 판을 바꾸는 능력이 놀라워 장난친 것이다. 은우도 맞장구쳐주었는데, 이윤경이 계속 초능력자라고 칭찬하자, 그가 정말 자신이 초능력자가 아닐까 혼란을 겪었다고 했다. 내가 들었던 이야기랑 전혀 다르다.

"아닌데요? 스스로 초능력자라고 자각한 건 어릴 때부터……"

"실패를 모르기에 본인의 능력이 특별하다고 생각했었죠. 스스로를 초능력자라고 단정 짓고 나선 어릴 적 있었던 이야기를 억지로 맞춰나가기 시작했어요."

이윤경은 내가 말을 하려고 하면 더 큰 목소리로 혹 치고 들어왔다. 내 이야기는 안 듣고 자기 혼자 먼 산 바라보며 주절주절 떠들었다.

"오빠가 노국구 펀드 환매조작 사건을 제가 팠다고 했다지요? 저 그 정도 실력 없어요. 이건 다 오빠가 만들고 망상을 펼쳐 제게 넘긴 거예요. 생각해 봐요. 그런 일 있었으면 제가 쫓겨났지, 오빠가 쫓겨났겠어요?"

되묻는 그녀의 말에 나는 대답하지 못했다. 그녀의 말에 따르면, 노국구 펀드 환매조작 사건은 은우가 내부고발자와 힘 있는 야당 의원 보좌관이 협동으로 진상을 파헤친 사건이었다고 한다. 평소 안하무인이었던 여당 정치인과 고위직 공무원을 조져야겠다고 마음먹은 이들끼리 설계해서 줄줄이 엮을 심산이었다.

은우는 이 사건을 산업부보단 정치부에서 다뤄야 모양새가 좋겠다는 이유로 이윤경을 전면에 내세웠다고 한다. 표면적으론 이윤경의 기사였지만, 결국 이는 은우와 관계자들이 만들어낸

성과였다.

　후에 불법녹취 파일 문제가 불거지며 소송싸움으로 번지자 그
제야 은우가 책임지고 처리한 거였다. 거기까진 좋았으나 은우
는 이윤경에게 황당한 말을 했다고 한다.

　마인드컨트롤 초능력을 써서 다 내가 잘못한 거로 바꿔놨어.
그러니 넌 이제 신경 안 써도 돼.

　그 말을 듣는 이윤경은 갈수록 심해지는 은우의 망상에 가슴
이 찢어질 듯 아팠다고 한다.

　"제가 오빠를 그렇게 만들었어요."

　은우는 이윤경에게 초능력을 계속 믿으라고 강요했었다고 한
다. 그녀는 증상이 심해지는 은우를 밀어내지 않고 오히려 더 적
극적으로 보듬어주고 아껴주려고 했다. 그러나 초능력을 믿지
않는다고 하니 은우가 먼저 내쳤다고 했다.

　이들은 헤어졌고, 은우는 자신의 능력을 믿어줄 사람, 특히 연
인을 찾아 나섰다. 그때마다 이윤경은 은우의 연인들이 곁에서
힘들어하기 전에 떼어놨다고 했다. 강수를 뒀지만, 개선의 여지
는 보이지 않았다.

　얼마 지나지 않아 은우는 금방 헤어진 여자를 뒤로하고 내게
접근했다고 한다. 그래서 이윤경은 은우에게서 나를 구해내려고
재욱이까지 끌어들인 것이다. 재욱이도 처음엔 믿지 않으려 했
으나 내 조현병 증상이 더 심해질 수도 있어 큰 결심하고 가짜
장례식을 밝혔다고 했다.

말하던 도중 이윤경이 또 울었다. 눈물이 참 많은 여자구나 싶었다. 정치인 상대하는 배포를 보면 냉정하고 이성적일 것 같은데 의외로 감성적이다. 그녀가 말하길, 평소엔 전혀 그렇지 않지만, 은우랑 관련된 일만 마주치면 가슴이 미어졌단다.

울고 말하고, 울고 말하고, 울고 말하기를 반복했다. 좀처럼 대화가 진전되지 않았다. 이럴 줄 알았으면 샤워하고 나오라 할걸 그랬다. 괜히 주인 잘 만난 요가복 몸매에 비교되어 기분만 더 나빠졌다.

그러고 보니 은우 어디에 있는지 아직도 답을 듣지 못했다. 더 말려들기 전에 화제전환도 할 겸 이야기를 마무리하려고 나는 자리에서 일어났다. 곧 이윤경도 따라 일어서더니 내 양어깨를 대뜸 붙잡고 흔들었다. 뭐 하는 짓이냐고 묻기도 전에 그녀가 빠르게 말을 쏟아냈다.

"오빠가 서 기자에게도 초능력 강요시킬 줄 알고 뒤에서 줄곧 지켜봤었어요. 그래도 당신은 감정적이지도 없고 사회성도 없고 친화력도 없어 보여 오빠의 망상을 받아주지 않을 것 같아 안심했었지요."

사회성도 없고 친화력도 없다고 사람 흉을 대놓고 보는데 그저 헛, 웃음만 나왔다.

"그런데 서 기자도 할아버지가 이미 돌아가신 걸 인지하지 못하고 일 년이나 보냈다는 얘길 들었을 땐 불안하더라고요."

"선 넘지 말고, 은우 어디 있는지 그거나 빨리 말해요."

더는 그녀의 말을 들어줄 수 없어 정색하고 노려봤다. 찌푸린 눈살을 적나라하게 들이밀자 그녀는 내 양어깨를 붙잡고 흔들었다. 기분이 나빠지게 하는 것엔 다양한 방법들이 있구나 싶었다.

"할아버지 어떻게 보냈는지 생각 안 나세요? 스스로 부정하다가 잊게 된 거예요. 이번에도 그렇게 되고 싶어요?"

"이 미친년이 진짜 돌았네. 너 내가 선 넘지 말라고 했지?"

"제발 정신 좀 차리라고요! 오빠가 조현병 환자란 것을 인정해야 서 기자도 벗어날 수 있다고요! 오죽하면 제가 서 기자 가족까지 동원했겠어요!"

"미친년, 입 안 닥쳐?"

공식적으론 서류상 내가 미친년인데 애꿎은 사람에게 두 번이나 미친년이라고 선포했다. 곱게 자랐을 것 같은 이윤경에게 살아온 환경의 다름을 적나라하게 보여주기라도 하겠다는 듯, 격해진 나는 이성 가릴 것 없이 욕지거리로 그녀를 나무랐다. 또 욕설과 어울릴 손찌검 자세도 자연스럽게 취했고, 그녀는 눈 꽉 감고 어깨를 움찔했다. 처음부터 때릴 생각이 없던 나는 바로 손을 뺐다.

"미안해요. 때릴 생각은 전혀 없었으니 오해는 하지 마요. 아니, 오해해도 상관은 없어요. 어쨌든 때리지 않을 거니 겁먹지는 말고요."

변명은 했지만, 전혀 받아들이지 못했는지 이제는 소리 내어 꺼이꺼이 울었다. 처음 봤을 때의 그 당당한 이미지는 온데간데

없이 '땡깡'이나 부리는 철부지 모습이라니. 근데 이상하게도 그녀의 설움에 마음이 동요했는지, 짜증은 났지만, 또 그게 아련했다.

"오빠를 만나려면 오빠가 조현병 환자란 것을 인정해야 한다고요."

"대체 왜?"

"서 기자가 할아버지를 자각했으니까. 그렇다면 오빠에게도 가능성은 있으니까. 그럼 그 출발은 초능력의 부정이니까. 단 한 사람도 그의 초능력을 믿지 않아야 그도 자각하니까."

터진 눈물샘은 주체할 수 없이 그녀의 뺨을 타고 주르륵 흘러내렸다.

"나! 오빠도 살리고 서 기자고 살릴 거예요."

앞에서 질질 짜는 이 여자 너무 싫다. 예쁜데 행동은 밥맛이 없어 더욱 꼴 보기 싫었다. 그런데도 얼굴에서 묻어난 가련함에 내 마음이 무너진다. 왜 이 여자는 울며불며 떼를 쓸까. 저지른 책임을 수습하고자 함인가.

기분이 묘했다. 마음은 그다지 받아들여질 게 없는데도 나의 뇌는 그녀의 말에 수긍하라고 신호를 보냈다. 그러다가도 만들어낸 거짓 세상에서 알을 깨고 나오기 위해 발길질하듯 두방망이질인 내 가슴.

어느새 그녀의 말이 진심임을 자각하는 건, 어쩌면 흔들릴 대로 흔들린 내 얄팍한 믿음의 고해성사라고 해야 할까. 사랑으로 만들어낸 신뢰와 현실의 자각 사이에서 줄다리기하던 나는, 그녀가 위에서 떨어뜨린 동아줄로 정답을 더듬어 가고 있는 것일까.

"오빠의 초능력을 부정하세요."

"네, 그럴게요."

기계적으로 전하는 나의 마음은 금세 그녀의 호소에 지쳐서 나온 항복의 선언인가, 아니면 진정으로 망상에 갇힌 은우를 구원하기 위함인가. 나 스스로조차 알 까닭을 모르는 반사적 대답을 뒤로하고, 나는 이상 은우의 거취를 물어보길 포기하며 돌아서길 다짐했다. 지금까지 이윤경이 내 말을 몇 번이나 먹었는지 모르겠으나 계속 추궁한다고 해도 원하는 답은 얻지 못할 것 같았기 때문이다.

"미래정신병원은 제가 잘 아는 곳이에요. 필요한 지원은 제가 뭐든 할게요. 서 기자 일이 내 일이기도 하니까요."

"네, 그래요."

진심을 전하는 그녀의 말에 고개를 끄덕여 허락하자 그녀가 내게 와락 안겼다. 싸가지 없고 질질 짜고 정신없게 만드는 여자였지만, 그래도 본인이 은우를 그렇게 만들었다는 것에 대한 책임감을 이해한 나는 애써 받아들이기로 결정했다.

"고마워요, 이겨 낼 수 있어요. 여태까지 모질게 군 거 사과할게요. 다 이런 각성 과정이 필요해서 일부러라도 더 그랬던 거예요. 이해하시죠?"

"네, 그래요."

말이 길어져서 니코틴 채울 시간을 놓쳤다. 나는 이만 가본다고 했다.

요가학원 뒤편에서 라이터를 켠 나는 연초를 지익, 태우고 깊게 흡입한 뒤 늘어지게 뿜었다. 후, 폐부 깊숙이 스며들어 간 발암물질 연기가 신장 곳곳을 탐험하다 곧 역류해 구강 밖으로 널리 퍼져 나왔다. 뿌연 안개로 흐릿해진 시야, 그 사이로 은우의 얼굴이 뭉뚱그려졌지만 이내 자취를 감췄다. 그가 보고 싶은데 흐릿해진다는 건, 그의 초능력을 부정한다는 의미가 되는 것일까.

❀ ❀ ❀

은우는 없지만, 회사는 그래도 돌아갔다. 그는 사라지기 전 이상준 선배에게 '당분간 잘 부탁한다'는 메시지를 남겼다고 했다. 나는 그 문자 좀 보여 달라고 했다. 이상하게 생각할 거 없이 이 선배는 바로 보여줬다. 이 문자가 은우를 느낄 수 있는 가장 최근의 것이었으니 그 마음을 담아내 보려고 나는 뚫어지게 문자를 쳐다봤다. 혹시 문자에 숨겨둔 메시지가 있진 않을까 글말이나 라임, 글자 수까지 해독해 봤지만 어떠한 의미도 찾지 못했다.

엄마는 병원 치료 마칠 때까지 오피스텔에서 함께 지내기로 했다. 처음엔 불편할 줄 알았는데 퇴근하고 돌아오면 집밥이 차려져 있으니 나름 이것도 괜찮았다. 그리고 알아서 입 속에 약을 밀어 넣어주니 약을 거를 일도 없었다. 좋아지고 있다는 말을 의사에게 들은 엄마는 이참에 완전히 뿌리 뽑자고 했다.

주말에는 상산에 있는 할아버지 산소에도 갔다 왔다. 가짜 장례식 때 뭔지도 모를 것이 묻힌 그 무덤 말고, 진짜 할아버지 산소를 갔다. 묘지 비석에는 전에는 자각하지 못한 할아버지 돌아가신 연도가 뚜렷하게 보였다.

오랜만에 공장도 들렸다. 역시 가장 격하게 반기는 건 채나권 반장이었다. 다시 돌아온 거냐고 반색하기에 전화 한 번 안 한 것이 미안해서, 또 전에 고맙단 말도 못 하고 떠났던 게 마음에 걸려 인사차 들렸다고 했다. 앞으로 좋은 여자 만나 결혼도 하고 행복하게 살라는 덕담과 함께 말이다. 채 반장은 나 같은 것보다 더 좋은 여자를 만날 자격이 있다.

"뭔 소리여. 나 어릴 때 사고 치고 진즉 결혼해서 애도 셋이나 낳고 사는데."

"헐! 결혼을 했다고요? 반장님이? 언제?"

"너 입사하기 전부터 이미 우리 마누라 배 속에 첫째가 자라고 있었는데."

"그럼 왜 돌잔치 한 번 안 했어요?"

"안 하긴 뭘 안 햐? 네가 안 온 거잖여!"

예전에 반장이 편지봉투 하나 들고 내게 왔다가 바쁘니까 저리 가라고 소리쳤던 게 기억났다. 괜히 혼자 김칫국에 동치미까지 한 사발 들이부어 얼굴이 빨개졌다. 당시에 제대로 집적댈 거 아니면 간조차 보지 말라 말할 뻔했는데 망신살 제대로 뻗칠 각이었다. 다음에 애 하나 더 낳으라고, 돌잔치 꼭 가겠다고 하고 돌아 나섰다.

평일엔 일부러 연차 내고 병원도 다녀왔다. 담당의에게 할아버지 돌아가신 날짜를 완전히 인식했다고 하자 그는 미소를 지으며 격려해 주었다.

"새로운 세상에 눈을 떴다고 생각하면 됩니다. 마침 '씨-바이러스' 1단계로 낮춰진 기념으로 '마음의 소리' 콘서트를 열 생각인데 지영 씨도 참여했으면 해요."

'마음의 소리' 콘서트는 이 병원에서 진료받는 환자들이 앓고 있는 병을 모두의 앞에서 털어버리는 자기 고백의 시간을 갖는 행사다. 보통 병원에서는 치료적인 대화나 심리 치료 세션이 중심이 되며, 환자들이 공개적으로 자신의 감정이나 고백을 나누는 '콘서트' 형식의 행사는 드물다. 하지만 이 병원은 특별했다. 가족들 앞에서 본인이 겪었던 일들과 앞으로의 각오를 내세우고 나면 전보다 정신이 훨씬 맑아질 것이라고 의사는 자부했다. 뭐든 가족이 안심하는 모습은 보여줘야 할 것 같아서 하겠다고 했다.

치료를 받고 오피스텔로 돌아가는 길에 백화점에 들러 둘러봤다. 서울에 와서 정신없이 하루를 보내기만 했더니 옷 한 벌 언제 샀는지도 모르겠다. 보통 친구들은 나를 보면 꾸미지 않고도 예쁜 애라고 했다. 앞으로도 적당히 그 정도만 하라더라. 꾸며서 더 예뻐지면 질투 날 거라나 뭐라나.

친구들에게는 거짓말하지 말라 했지만, 사실 속으론 나도 나를 인정했다. 운동도 하나 안 하는데 유지하는 체중이나, 크게 색감을 강조하지 않는 잿빛 계열 의상을 입어도 숨길 수 없는 화사함. 또 에센스와 크림 등 기초화장에서 벗어나지 않는 꾸밈만으로도 기본 이상의 비주얼을 드러내는 본판. 특별할 땐 또 한껏 꾸미면 그렇게 남자들의 시선을 감당하지 못하는 원판불변형 미모다. 아마 제대로 꾸미면 이윤경하고도 한 번 견줄 수 있지 않을까 생각도 잠깐 해봤다.

마법의 전신 거울 앞에서 블랙 라이더 재킷과 와이드 데님을 입고 이리저리 옷맵시를 감상했다. 세일즈 직원이 이렇게 시크한 분위기 잘 어울리는 손님은 처음 봤다고 하는데 당연하게 나도 고개를 끄덕였다. 옆에서 열심히 칭찬해 주어 하나 사려고 했는데, 언제 실업자가 될지 알 수 없는 캄캄한 현실이 그려져 지갑이 절로 입을 다문 것은 아쉬웠다.

푸드코너에서 구천 원이나 하는 떡볶이를 먹었다. 남 시선 따지던 내가 사람 많은 곳에서 혼자 잘 먹었다. 뭐 그렇게 잘 먹은 건 또 아니다. 하나 먹고 지나다니는 사람들 쳐다보고, 하나 먹고 남들은 뭐 먹나 구경하고, 하나 먹고 나처럼 혼자 먹는 사람 있나 확인도 했다.

서점에 가서는 소설책도 찾아보고 시도 몇 편 읽었다. 사람저널에서 출판한 책들은 어디 있나 찾아보기도 했다. 그나마 김 대표 책 〈사림이 뜬다〉가 선전 중이었다. 자기계발서 코너에 무려 세 권이나 전시돼 있으니, 안 팔리진 않는다는 뜻이겠지.

서점에서 시간을 죽이고 나니 어느새 밖은 캄캄해졌다. 버스는 타지 않고 여의도에서 마포까지 걸어갔다. 한강 운치 좀 즐기려 했다.

괜히 걸었다. 춥다. 바람이 불어 머리칼이 정신없이 휘날렸다. 누가 나를 보면, 자살명소로 유명한 이 대교에서 꼭 내 자신을 던지는 사람으로 오해할 수도 있겠다.

마포대교를 걷다 보면 정장 가지런히 입은 중년 남자가 옆에 앉은 친구의 볼을 꼬집는 동상 하나를 만나게 된다. 볼을 꼬집는 친구는 '여보게 친구야, 한 번만 더 생각해 보게나'라며 친구를 정신 차리게 했다. 글쎄다. 이걸 본다고 해서 마음먹고 투신할 사람이 얼마나 마음을 바꿀지 모르겠다.

마인드컨트롤 초능력이라면 가능할 수 있으려나. 그러고 보니 은우는 오 분 효력밖에 없는 초능력이 크게 쓸모가 없다고 했는데, 혹시 여기로 자살하러 온 사람들의 마음을 바꿀 수 있지 않을까 생각이 들기도 했다. 돌려보낸다고 해도 오 분이 지나면 그들은 다시 돌아오려나, 궁금증도 생겼다. 아마 그러면 오 분이 지나고도 다시 올 사람들은 어떻게 해서든 자살할 것이라고 운명론으로 단정 지을 것 같기도 하다.

난 그의 능력을 언제부터 믿었고, 언제부터 믿지 않았을까.

돌이켜봐도 그 기준점이 뚜렷하지 않아 답을 내리지 못하겠다. 하물며 나는 믿은 적이 있긴 한 건지, 지금은 또 믿지 않는다고 확신하는 건지 헷갈렸다.

나는 그에게 '소유냐, 존재냐' 떠들며 초능력을 가진 본인과 본인 자체를 혼동하지 말라고 조언한 적 있다. 그런데도 나는 '초능력이 있다고 망상하는 서은우'를 인정하지 않으면 서은우 그 자체를 부정하는 것 같은 모순을 겪는 중이니, 언행불일치가 따로 없다.

오피스텔에 도착했다. 10층을 들려 은우의 집 두드려보고 올라가는 것이 요새 일상이다. 오늘도 반응은 없었다. 빈집처럼 보이지 않게 하려고 현관문에 붙은 자석 전단지와 신문을 들고 집으로 올라갔다.

엄마는 기척이 들리면 곧 현관까지 달려 나와 내 짐을 받아줬다. 오자마자 엄마는 담당의가 뭐라고 했느냐 물었다. 예전엔 일하고 돌아오면 어디 남자 하나가 고백은 안 했냐고 집요하게 묻더니, 이젠 의사가 뭐라고 말했는지 그것만 궁금해했다.

"나아지고 있대."

"그렇지? 너 아직도 초능력인가 뭔가 믿는 거 아니지?"

"그럴 리가."

나는 철저하게 〈인간실격〉의 요조가 되어 광대를 하기로 결심했다. 초능력이란 말이 엄마 입에서 나오면 나는 크게 정색을 했다. 그게 말이나 되느냐 어처구니없는 표정 정도는 지어야 엄마가 안심을 했다.

방에 들어가 의사 선생이 링크 보낸 '마음의 소리' 콘서트 영상을 접속했다. 영상에 있는 이들은 치료 없이 현재 정상적으로 삶을 영위하는 중이었다.

대부분 우울증이었다. 세상을 비관하거나, 혼자라고 생각되거나, 왜 나만 갖고 그러는지를 고백하고 현재의 자신을 인정하고 받아들이고 개선하고자 하는 의지를 보여주고 있다.

영상을 보니 가만 짜증이 올라왔다. 나는 환자 취급받는 이유가 초능력을 믿기 때문이다. 그럼 귀신이나 UFO를 믿는 사람도 정신 치료를 받아야 하는 거 아닌가? 그리고 종교인은 또 어떻고? 실체 없는 것을 믿고 마음에 담아두는 건 매한가지 아닌가? 근데 왜 나만 환자가 됐나?

아무래도 나는 할아버지가 살아계셨다고 믿고 지냈기에 전과가 있어서 초능력 망상 혐의를 풀지 못했나 보다. 그래도 난 나은 편이다. 사례들을 보면 조현병 환자들은 강제로 입원시키고 감금하는 경우가 많다는데 내겐 그렇게까지 하지 않았다.

발표 자료를 만들기 전 조현병에 대해서 다시금 알아봤다. 조현병은 사전적 의미로 '뇌의 이상을 동반하는 질환'이라고 부른다. 조현병은 사실 범주가 워낙 넓기에 하나로 정의하기는 힘들다. 내가 판정받은 건 양성증상 중 '망상'에 들어간다. 의학에서의 '망상'이란 이해할 수 없는 일이나 사실이 아닌데도 주위의 어떤 말에도 흔들리지 않는 '믿음'이란다. 귀신이나 UFO는 본 사람이 많으니 망상이 아니고, 은우가 초능력을 쓰는 건 본 사람이 없으니 망상이라는 정의.

나는 이외수 작가가 쓴 〈장외인간〉을 떠올렸다. 이 소설도 정신질환 주제를 일부 다루는 작품이었다. 갑자기 하늘에 '달'이 사라졌고, 주인공을 제외하고 모두 달의 존재를 잊었다. 모두가 달이란 존재는 없다고 하니까 주인공이 정신이상자가 됐다. 하지만 주인공은 달의 존재를 끝까지 믿었고, 훗날에 달을 믿는 사람들을 만나 행복하게 살았다. 여기서 드는 의문. 그럼 만약 달을 믿지 않는 사람이 달을 믿는 집단에 들어갔을 경우 그 사람은 달 타령이나 하는 그들을 한심하게 볼까? 아니지. 달이 있다고 믿는 집단에선 달을 믿지 않는 자가 정신이상자다. 이렇듯 정상과 비정상은 틀림이 아닌 다름에서 나온다.

만약 내가 초능력을 지금도 믿는다 치면, 초능력을 쓰는 사람이 은우 혼자가 아니라고 할 때 나 역시 망상 환자가 아니게 되는 것이다. 의사도 내게 그랬다.

제가 장담합니다. 서은우 말고도 초능력을 쓰는 사람이 한 명이라도 더 나타난다면 서지영 씨가 믿는 초능력은 진짜가 되는 것입니다. 아직은 그게 확인이 안 됐으니 대놓고 그 믿음을 드러내는 것은 오히려 손해를 볼 수가 있다는 걸 명심해야 합니다.

이승복 의사는 당시 그렇게 말했다. 진실과 진정성 여부는 상관이 없었다. 내가 아는 초능력자는 은우뿐이다. 실체를 증명할

길이 없는 나는 지금은 망상 환자가 맞다. 이제 인정하고 살면 된다. 그게 내가 정상이 되는 길이다.

머릿속에 어떤 식으로 채워져 있는지 모를 내 뇌 덩어리가 이를 인정했다. 정신이 맑아졌다. 묵은 체증도 가라앉았다. 초능력을 부정하라는 이윤경의 말이 나를 깨운 것 같다. 망상의 벽이 허물어지니, 마치 최면에 풀린 느낌이다.

잠자리에 들려고 누웠는데 주현이에게 전화가 왔다. 요새 주현이는 아들 민준이를 후딱 재우고 발코니에 가서 내게 전화하는 게 일이다. 나는 이 전화를 안 받으려고 후딱 자려고 한 건데 결국 또 받았다.

가짜 장례식을 말하지 못했다는 이유로 주현이는 몇 날 며칠 장황한 해명과 사과의 연속이었다. 이보다 '위잉위잉 착착 쿵쿵'일 순 없다. 그만 좀 하라고 했더니 사과는 안 했지만 그래도 매일 전화해서 내 상태를 점검했다. 걱정해 주는 친구에게 뭐라 하기도 그렇고, 그저 나는 진짜, 그렇지, 맞아, 맞장구만 했다.

전화할 때마다 가장 많이 물어보는 건 역시 은우 이야기다. 그에게 전화는 언제 왔었는지, 많이 보고 싶지는 않은지, 이윤경이 꼬리 치는 건 아닌지 등등 물어보고 소설 쓰기 바빴다.

눈에 안 보이니 걱정이 되는 건 맞지만 나이가 서른 중반인데 청승 떠는 건 내게 어울리지 않았다. 게다가 본래 나는 연애에 있어 그렇게 감정적이지 않았다. 네 명의 남자들을 만났을 때도 순간 힘든 감정은 있긴 했지만 그렇다고 절절하게 가슴 미어

터질 정도의 감정을 쏟지 않았다. 꼭 그가 내 진정한 사랑이라고 확신하지도 않는데 말이다. 어차피 세상 남자 그놈이 그놈일 뿐이다.

"주현아 사랑에 목매는 것만큼 한심한 것도 없어. 감정 소모할 시간에 한 푼이라도 더 모으고 자기계발할 시간이나 갖고 말지."

주현이에게 남자들이 별것 없음을 확실하게 선포하니 더는 은우 문제로 걱정하지 않겠다고 했다. 수다 떨고 나니 시간은 또 새벽 한 시였다. 주현이랑만 통화하면 이렇다. 내일은 일부러라도 안 받아야겠다고 생각하고 잠에 들었다.

잠에 못 들었다. 새벽 감수성이 터졌다. 주현이에게 신나게 시크한 척했는데 사실은 은우가 보고 싶었다. 나는 침대 가장자리에 다리를 모으고, 사이로 얼굴을 파묻었다. 흐윽, 흐느낌이 자연스레 흘러나왔다.

해도 너무 한 거 아니야? 본인 믿으라고 해놓고, 뜬금 통영 가자는 날 연락도 없이 잠수타는 꼴이라니. 내가 남자 보는 눈이 그렇게도 없어? 서은우 너, 이런 개망나니 시정잡배 짓이나 하는 인간이었니? 설령 이윤경 년이 초능력의 실체를 알려 미안하거나 민망해서 못 온다고 해도, 몇 주째 소식이 없는 건 사람에 대한 예의가 아니잖아. 아니다. 어디서 다른 년이랑 지지고 볶고 있느냐고 안 올 수도 있다. 혹시 이윤경 그년이랑 다시 붙어먹은 건 아냐? 일부러 나 떼어놓으려고 자기들끼리 짜고 치는 거 아니냐고.

아닐 거다. 힘들어하고 아파하고 있을 거다. 내가 할아버지에게 막말을 던졌고 해리성 기억상실에 걸린 것도 모자라 망상증에 걸렸는데, 본인이 지금 나타나면 오히려 날 곤란하게 하는 꼴이 될까 봐 어디서 숨어 지켜보는 것일 수도 있다. 해결 방법은 내가 빨리 치료를 끝내는 길이다. '마음의 소리' 콘서트에서 멋지게 나 자신을 자각하고 새 출발 한다고 하면 부모님도 더는 걱정 안 할 것이다. 그때가 된다면 멀리서 지켜보고 있는 은우가 짠 나타날 것이다.

목이 칼칼했다. 울음을 참으려니 더 그런 것 같다. 그냥 울까? 그럼 엄마가 방문 열고 들어와서 '아직도 그 남자 못 잊었니?' 하겠지? 시원하게 목 놓아 울지 못한다는 현실에 더 울고 싶어졌다. 오늘로 7일째. 아무렇지 않은 척 환한 낮을 보냈던 나 서지영은 밤만 되면 매일 같이 이렇게 청승을 떨고 있었다.

❀ ❀ ❀

'마음의 소리' 콘서트가 열리는 날이다. 많은 환자가 여기서 자신의 삶을 고백하여 상처받은 영혼을 치유했고, 몇 주 지나지 않아 다시 세상에 어울려 살아가는 기적을 경험했다고 들었다.

병원 로비에 간이무대가 설치됐고, 무대 벽에는 근처 초등학교 학생들이 풍선을 달아주어 아기자기함을 연출했다. 직접 아이들이 그린 그림도 입구부터 전시해 세상과 단절한 우리를 위로해 줬다.

'씨-바이러스' 특성상 많은 이들이 모이지 못했고 대부분 발표자 가족들만 참여해 격려하는 시간을 갖도록 했다. 철저한 방역수칙이 요구되는 만큼 발표자를 제외하고는 모두 마스크 착용을 권장했다.

가족들 얼굴은 슬픔보다는 안심하는 표정들이 눈에 더 띄었다. 콘서트 참여까지 했다는 것은 퇴원하는 날이 가까워졌다는 의미라서 그런가 보다.

우리 가족도 객석 한구석을 채웠다. 아버지는 꽃다발까지 들고 왔다. 나를 연극 무대 나가는 연극배우로 착각했나 보다.

주현이와 재욱이도 왔다. 주현이는 또 와락 껴안으며 우리 지영이, 우리 지영이 했다. 이어 재욱이와 눈을 마주쳤다. 여전히 우리 관계는 서먹했다. 내가 용서해 주겠다고 했는데 스스로 자신을 증오하느라 나한테 말을 걸지 못하는 것 같았다. 그러지 말라고 했는데도, 특히 가짜 장례식을 평생 밝히지 않겠다고 마음먹은 본인의 간사함을 가장 경멸하더라.

곧 콘서트 시작이다. 나는 다섯 번째였다. 이게 또 뭐라고 막상 시작한다고 하니 긴장이 됐다. 초조함에 남들이 듣지 못할 모기 목소리로 대본 한 번 보고, 천장 한 번 보며 중얼중얼 떠들었다.

무렵에 방송국에서도 병원을 찾았다. 카메라맨과 PD로 보이는 사람들이 로비 구석에 자리 잡았다. 그들이 입고 있는 노란 조끼에는 '다큐라이프'라고 적혀 있었다. 이 다큐멘터리는 최근에 모 연예인 빅이슈를 폭로했던 프로로 유명하다. 가십거리에 목마른 프로그램에서 이 조그만 정신병원을 취재한다고 하니 고개가 갸우뚱했다. 허락도 없이 전국에 내가 정신병자라는 것을 알리겠다는 건가.

방송사 측에선 모자이크로 나갈 거니 전혀 걱정하지 말라고 했다. 그때 마침 익숙하게 재수 없는 보브 단발컷 여성이 방송사 관계자들과 인사했다. 덕분에 좋은 소재거리 찾았다고 했다.

"이윤경 기자?"

"오, 서 기자 안녕하세요. 준비는 잘 하셨지요?"

"여긴 왜 왔어요?"

"당연히 서 기자 응원하러 왔죠. 자 받아요, 꽃."

이윤경도 꽃다발을 건넸다. 누가 보면 내가 정말 연극배우인 줄 알겠다. 그나저나 저 방송사 관계자가 방금 이윤경 덕분이라고 한 걸 분명 들은 것 같아 속이 울컥했다.

"저 방송사도 이 기자가 불렀어요?"

"제가요? 무슨 힘으로요? 그냥 상처받은 영혼들의 아름다운 콘서트가 있다고만 얘기했던 건데, 진짜 올 줄은 몰랐네요."

"아예 전국적으로다가 내가 미친년이란 걸 알리려고?"

"서 기자가 정신 차렸다는 것을 은우 오빠도 알면 좋지 않을까요?"

"넌 정말 인간에 대한 배려가 하나도 없는 년이니?"

분명 그때 울며불며 난리칠 때만 해도 동정심이 생겨 이윤경을 이해하려고 했다. 하지만 방송사까지 불러서 공개적으로 개망신 주려는 심사를 보아하니 이 여자는 날 엿 먹일 생각밖에 없던 거였다.

앞에서 눈웃음 치는데 토악질이 날 것 같다. 그땐 뭐에 홀려저 질질 짜는 눈물에 넘어갔는지. 게다가 오늘따라 이 여자가 뿌린 향수가 지독하게 낯익어 기분이 더 더러워졌다.

가만, 향수.

무언가 이유 모르게 털이 쭈뼛 섰다. 뭔가 생각이 날 듯, 말 듯 머릿속은 전쟁과 아수라장이었다. 뭐지. 뭔 기분이지. 익숙한 듯 익숙하지 않은 감각이 온몸을 지배했다. 답을 찾지 못하고 그 자리에서 머뭇거리는데 간호사가 이제 시작한다고 내 손을 잡고 나를 자리로 안내했다. 일단 간호사 손에 끌리는 데로 따라갔지만 내 눈은 여전히 이윤경만을 향했다. 그녀가 방송사 관계자들과 인사를 마치고 내 담당의랑도 인사했다. 하하 호호 모습이다. 곧 그녀는 내 가족에게도 갔다. 아버지, 엄마, 재욱이 모두 그녀를 크게 반기는 모습이다.

왜 네가 거기서 깔깔거려.

분명 가려운 곳이 있는데 어디가 가려운지 몰라 긁지 못하는 사람처럼 나는 안절부절못했다. 찰나에 콘서트가 본격적으로 시작됐다.

남자는 번아웃 증후군으로 우울증을 앓던 사람이었다. 10인 미만 중소기업 부장인데, 본인이 일을 안 하면 회사 자체가 돌아가지 않아 날밤을 자주 샌다고 했다. 그러다가 어느 날 크게 다치고 입원했는데, 본인이 없어 회사가 망할지도 모른다고 바로 퇴원한다고 했단다. 그 이후에도 본인은 미친 듯이 회사를 걱정하고 회사를 위해서만 살았다고 했다. 결국 인간이 버틸 수 없는 지경에 이르렀고, 너무 힘들어 회사를 뛰쳐나와 이 병원에 입원했다고 한다. 여기 와서도 회사 걱정이었다.

"그런데 얼마 전 회사를 한 번 가봤습니다. 망할 줄 알았던 회사가 잘 돌아가더군요. 내가 아니면 안 된다는 그 부담감 때문에 모든 걸 희생하려 한 저 자신이 바보 같더라고요. 저는 직원들이 못 미더워서 나 혼자 해결하는 게 마음 편하다는 한낱 이기적인 사람이었을 뿐입니다."

그의 마음 충분히 이해했다. 사실 은우가 사라지고 회사는 끝장난 게 아닌가 싶었다. 최명숙 부장마저도 이번엔 확신이 없었다. 하지만 그는 떠나기 전 이 선배에게 전적으로 모든 권한을 넘겼다. 누가 보면 무책임이라고 할 수 있겠지만, 은우는 이 선배를 믿었다. 이 선배도 다 같이 계속 이어 나가면 얼마 동안은 유지는 가능하다고 봤다. 정말로 그가 떠나려 했다면 그런 문자조차도 안 보냈을 테니까.

몇 환자들이 더 발표를 마치고 나서야 내 차례가 왔다. 콘서트 참가자 중 유일하게 통원 치료를 받던 나는 환자들 모두에게 낯선 존재였다. 그럼에도 그들은 무대에 올라가기 전 내게 긴장하지 말라고 격려해 줬다.

곧 무대에 올라섰다. 가볍게 인사를 하자 가족들과 친구들이 박수를 쳤다. 다른 관객들도 따라서 갈채를 이어갔다. 나는 담당의를 한 번 쳐다보고 관객도 주욱 훑었다. 심호흡도 한 번 하고 둘둘 말은 대본을 펼쳤다. 그리고 본격적으로 읽어 내려갔다.

"저는 예전에 협탁에 머리를 부딪치고 해리성 기억상실증을 겪었습니다. 사실 물리적 충격으로 기억을 잃은 건지, 제가 저지른 충격적 발언 때문에 스스로 기억을 지운 건지는 여전히 알 수 없습니다."

나는 대본에 쓴 그대로 덤덤하게 읽었다. 마침 눈을 흘겨 엄마 쪽을 바라봤는데 벌써 눈물을 훔치고 계셨다.

"저는 어릴 적부터 유달리 할아버지를 잘 따랐습니다. 어느 날 할아버지가 무척이나 힘들어할 때가 있었습니다. 할머니가 교통사고로 돌아가셨을 때죠. 제가 눈물을 닦아주며 울지 말라고 하니 할아버지가 용기를 얻고 훌훌 털어내시더라고요. 그 이후엔 할아버지가 더 저를 끔찍이 아껴주셨어요. 남부러워할 것 없이 갖고 싶은 거 모두 사주시는 할아버지를 싫어할 손녀딸은 없었지요. 그런데 제가 고등학생이 되고, 할아버지가 총선에서 세 번째 낙선했을 때부터 집안 분위기가 안 좋아지기 시작했어요. 마침 합병증을 달고 살았던 할아버지에게 치매까지 오기 시작했고요. 당시 우리 집안 재산은 거의 바닥이 났고 아버지 사업도 도산하고 엄마는 거동이 불편한 최악의 상황까지 닥쳤지요."

이 부분을 읽는데 아버지가 고개를 숙이고 눈물을 닦는 모습을 보였다. 가뜩이나 항상 어깨가 축 처져 있어 불쌍한데 눈물까지 보이니 마음이 시렸다.

"제가 졸업할 무렵엔 할아버지 치매가 더 심해졌고, 다른 가족은 못 알아보는데 저만 알아보는 경우가 많아졌어요. 결국 저는 대학 진학을 포기하고, 우리 지역에서 여성 대우가 가장 좋다는 제과 공장에 들어가 일했죠. 집도 어렵고 할아버지에게 받은 사랑도 있고 할아버지가 저만 알아보시니, 당시에는 고민 없이 결정한 저 자신을 뿌듯해했어요. 그런데 이걸 십오 년이나 하니 미칠 것 같았어요. 전 뒤늦게 제 인생을 망친 할아버지를 원망했어요. 제발 좀 이젠 돌아가시길 바랐죠. 그렇게 속으로만 마음먹던 어느 날 헤헤 침 흘리고 계신 할아버지 얼굴에 대고 제발 좀 죽으라고 했어요. 그 말을 할 때 할아버지가 정신이 잠깐 돌아오셨네요? 그리고 정말 다음날 돌아가셨죠."

허흑, 엄마가 순간 짧은 신음을 뱉고 끝내 크게 울었다. 그만해야 하나 싶어 담당의를 쳐다봤는데, 그가 눈빛으로 개의치 말고 계속하라고 했다.

"말이란 게 참 무서워요. 정말 내가 죽으라고 말해서 돌아가셨는지 모르겠지만, 어쨌든 전 그 자체를 견딜 수가 없었어요. 당시에는 저도 죽을까 생각했어요. 마침 나라는 걸 보호하겠다는 '나'는 나를 스스로 기억에서 지워서 나를 살리게 한 것이지요."

마스크 쓴 관객들의 표정을 다 읽을 순 없지만, 눈빛에서 나를 안타까워하는 게 느껴졌다. 나는 재욱이와 눈을 마주쳤다. 그가 내 눈을 피하려고 하자 나는 고개를 가로저었다.

봐, 재욱아. 그만 미안해하고 나를 봐, 신호 보냈다. 눈빛을 읽었는지 재욱이가 내 눈을 응시했다.

"몇 년이나 할아버지가 죽었다는 것을 인정하지 않고 살았어요. 병원에선 그게 나를 보호하는 길이라면 굳이 기억을 찾으려고 노력할 필요가 없다고 했죠. 하지만 언젠간 충격으로 기억이 돌아올 경우에는 더 돌이킬 수 없는 일이 벌어질 수 있을 거라 했어요. 근데 참 제가 인복이 많네요. 친구 하나가 이천만 원이나 써서 사람을 동원하고 가짜 장례식을 만들어줬어요."

재욱이를 보며 웃자 그의 눈이 일렁거리는 게 보였다. 맘 약한 자식, 쫄보 주제에 그런 대담한 짓을 하다니.

"전 이제 기억이 완전히 돌아왔어요. 당시 제가 할아버지에게 죽으라고 했던 말도 또렷하게 기억이 났는데, 현재는 그때처럼 충격적이지가 않네요. 시간이 워낙 많이 지나서 그런가 봐요. 이 자리를 빌려 그 친구에게 그만 자책하라고 말하고 싶네요."

내가 재욱이를 향해 손을 뻗자 관객 모두가 박수를 쳤다. 관객들은 모두 자기들 일처럼 기뻐하는 표정을 지었다. 재욱이는 당황한 것 같았지만 이내 눈물을 보이다가 고개를 숙였다. 주현이는 이번에 재욱이 등을 토닥여줬다. 네가 최고다.

이제야 은우의 말을 이해했다. 은우가 일전에 내게 초능력이 있다고 커밍아웃한 이유를 알게 됐다. 나와 똑같은 마음, 나와 똑같은 행동, 우리 둘 다 입 밖으로 내뱉어서 초래한 최악의 결과.

그는 이미 내 증상에 대해서 알고 있었다. 사실 며칠 전 재욱이가 문자를 보냈었다. 가짜 장례식 초청을 받고 내 사정을 알게 된 은우가 날 먼저 찾은 것이라고 했다.

은우는 내게 본인 탓하며 자책하지 말라고 자신의 초능력을 밝힌 것이다. 실제로 초능력 때문에 진짜 사라지게 한 사람도 이렇게 잘 견뎌내고 있다는 것을 알려주려고.

"오늘 무대에 오른 진짜 목적은 어떤 한 남자 때문이에요."

이젠 서은우 이야기를 할 차례다. 그의 초능력을 부정하고, 은우 역시 스스로 초능력자가 아님을 깨우치게 해야 하는 역할을 맡았다.

"서은우, 그 남자는 정신이 이상한 남자였어요. 초능력자라고 말하는 그 남자. 미쳐도 단단히 미쳤죠. 손을 잡고 말을 하면, 말하는 대로 말이 되게 하는 말이라니."

방송사 카메라를 힐끔 쳐다봤다. 서은우의 초능력을 언급하는 순간, 그는 전국적으로 공식 조현병 환자가 되는 것이다. 이렇게 널리 모두에게 알려야 그 남자가 자각하고 깨우칠 수 있다.

영화 〈안나 카레니나〉를 보면 안나는 불륜의 아슬아슬한 외줄타기에서 평화를 주창한다. 브론스키는 최대의 고통과 최대의 행복만 있을 뿐 우리에겐 평화란 없다고 했다. 이를 떠올리니 현재의 내 상황이 그려진다.

그가 초능력자임을 부정하면 모두에게 평화가 찾아오고, 그를 초능력자로 인정하면 모두에겐 불행이 된다.

"그래도 저는 지금까지 그가 제게 보여준 모든 것이 초능력이라고 생각할 만큼 그의 능력을 믿고 있어요. 저는 그냥 다른 세계에 사는 사람에게 동화됐고, 이젠 내 곁에 없는 그 남자보단 내 곁을 지켜주는 가족 품에 돌아가 평범하게 살겠다고 다짐했어요."

공식적 결별 선언이다. 감당하기 힘든 말을 꺼낸 나는 한줄기 눈물을 뚝 떨어뜨렸다. 숙연하게 경청하던 가족과 관객들이 슬픔을 함께해 주었다. 한편으론 은우를 부정하는 내 고백에 모두 안심하고 있었다.

"하지만 그전에 한 가지는 확인해 봐야겠네요."

흐르는 눈물을 닦고 관객들을 쳐다봤다. 중앙에 앉아있는 이윤경이 눈에 들어왔다. 그녀는 내 고백에 흡족한 표정을 짓고 있었다. 방송국 스태프는 내 이야기에 흥미를 느꼈는지 열심히 카메라에 내 모습을 담기 바빴다. 무렵에 사회자가 내 발표 시간을 마무리시키려고 했다.

"서지영 환자 이야기 잘 들었습니다. 수고하셨습니다. 이제 그만 자리로 돌아가세요."

"이봐요. 지금 뭐라고 했어요?"

"네? 자리로 돌아가라고."

"그전에 말이에요. 서지영 환자라고? 내가 환자예요? 당신 내가 환자란 거 확인해 봤어?"

"네? 아니, 그, 그게. 죄송합니다."

날이 선 내 시비에 행사장은 삽시간에 정적이 깔렸다. 이들은 역시 망상증 환자답게 감정 기복도 심하구나, 했다. 엄마와 아버지도 놀랐는지 자리에서 일어날 듯 말 듯 자세로 조마조마하게 나를 지켜봤다. 난 일부러 못 본 척하고 내 담당의에게 시선을 고정했다.

"그의 초능력이 가짜라고 하기 전에 확인할 게 있어요. 선생님이 그랬죠? 초능력은 그저 단순히 특별한 능력이라고요. 진짜 초능력이 되려면 한 명쯤은 초능력자가 더 있어야 한다고요."

관객들이 단상에 있는 이승복 의사에게 시선을 돌렸고, 의사도 인정한다는 듯 고개를 끄덕였다.

됐다.

그가 고개를 끄덕인 이 틈을 나는 놓치지 않았다. 검지를 펼쳐 힘 있게 이윤경을 가리켰다. 관객들이 내 손가락을 따라 중앙에 앉아있는 이윤경에게 집중했다. 영문 모르는 이윤경은 헛웃음을 지었다.

"왜 저를 가리키죠?"

나는 마인드컨트롤의 존재를 안다. 그리고 명령을 받는 사람들이 어떤 느낌을 받는지 은우에게 똑똑히 들었다. 왜 이제야 눈치챈 걸까.

이윤경, 저 여자.

"저 여자도 마인드컨트롤 능력을 다루는 '초능력자'입니다."

초능력이라는 단어에 힘을 주어 강조했다. 관객들이 웅성거렸다. 이윤경은 어이가 없다는 듯 앞머리를 뒤로 쓸어 올렸다.

"대체 뭔 소리를 하는 거예요?"

"이 기자. 내가 당신에게 초능력자라고 말한 게 억울해요?"

"당연히 억울하죠."

"억울해? 정신병자가 일반인에게 초능력자라고 지목했는데 억울할 수가 있어? 그냥 웃어넘겨야 정상 아니야?"

내가 그 말을 하자 이윤경의 눈가 밑이 떨리는 게 포착됐다. 곧 이윤경은 자리에서 벌떡 일어났다. 관객들의 시선은 여전히 그녀에게 고정 중이다. 카메라도 그녀 쪽으로 돌아갔다. 모두의 주목을 받자 기회다 싶은 이윤경이 눈물을 뚝 떨어뜨렸다.

"아직도 서 기자는 마음의 상처가 치유되지 않았나 봐요. 다 제 잘못이에요. 미안해요, 서 기자."

"눈물 짜지 마. 악어의 눈물 따위 이젠 도저히 못 봐주겠으니까. 그리고 네가 내 향수 훔쳐 갔지?"

이제야 모든 퍼즐이 다 맞춰졌다. 얼굴 보고 마주하는 것조차 역겨웠던 저 여자의 말에 왜 고분고분 대답했었는지 말이다. 나는 마인드컨트롤이 꼭 손에서만 시작한다고 생각했기 때문에 그녀의 능력 여부를 자각하지 못했었다. 사람마다 방법이 다를 수 있을 거란 걸 이제야 깨우쳤다.

서은우가 '손'이라면 저 여자는 '눈물'이 트리거였다.

이윤경 저 여자는 상대에게 눈물을 보여 상대의 감정을 동요하게 만든 뒤에 사람을 조종하는 마인드컨트롤 능력자라는 것이다. 재욱이에게도, 담당의에게도 눈물을 보여 사람을 조종해 날 여기까지 올려세우게 연출한 것이다.

"망상이 너무 지나쳐요! 모두 서 기자를 구원해 주세요. 제발 저분의 망상을 깨우쳐주세요!"

이윤경이 울분을 터뜨렸다. 그러자 관객들이 자리에서 벌떡 일어났다. 엄마와 아버지도 일어났다. 아뿔싸. 이 여자는 은우처럼 개별적으로 손을 닿게 할 것도 없이 눈물만 보이면 동시에 모두를 조종할 수 있는 상위 레벨 초능력자란 것은 미처 깨닫지 못했다. 그녀가 울면서 호소하자 관객 하나가 내게 손가락질을 했다.

"거, 좀 그만합시다. 일부러 생각해서 와 준 사람에게 너무하네!"

"망상이 더 심해졌네."

"미친 여자가 그렇지 뭐!"

행사장이 아수라장이 됐다. 모두가 나를 정신병자라고 손가락질했다. 의사도 그랬고 사회자도 나를 욕했다. 찰나에 엄마와 아버지는 무대로 달려 들어왔다. 그래도 부모님들은 내가 정상이란 걸 알아주시는 건가?

"지영아, 왜 그러니! 제발 그만하자. 이 애비가 잘못했다. 제발 멈춰!"

"아이고, 누가 우리 지영이 좀 살려줘요!"

부모님도 초능력에 걸렸다. 정말 강력한 마인드컨트롤이다.

시간 제약도 모르겠다. 이윤경 저 여자는 지금까지 이런 식으로 은우 곁에 있던 사람들을 다 쫓아낸 것이다. 그를 고독하게 만들어 본인만 차지하려는 최악의 스토커가 저년이다.

"서지영을 일깨워 주세요!"

이윤경이 목 놓아 외쳤다. 관객들이 너도나도 할 것 없이 무대로 올라와 내게 손가락질을 했다. 사회적 거리두기는 엿을 바꿔먹은 듯 다닥다닥 들러붙어 쏘아붙였다. 마스크를 써서 웅얼웅얼 심한데, 그게 오히려 내 귀를 더 괴롭혔다.

망상 환자, 정신 못 차리는 여자, 미친년.

다양한 욕설로 나를 힐난했다. 견디기 힘들었다. 와중에 이윤경이 군중을 파고들고 내 곁에 다가왔다. 여전히 그녀는 울고불고 난리였다. 뚜껑이 열린 나는 그녀의 머리채를 휘어잡았다.

"이 미친년아! 그만 안 해!"

"아야, 대체 왜 그래요? 그만 정신 차리라고요!"

덩치 큰 남자 하나가 이윤경의 머리채를 잡은 내 팔목을 꽉 움켜쥐더니 뿌리치며 누가 누구더러 미친년이라 하냐고 화를 냈다. 팔목이 욱신거릴 만큼 충격을 받은 나는 손목을 부여잡고 자리에 주저앉았다. 그 사이 이윤경이 나를 껴안으며 엉엉 울었다. 그러곤 내 귓가에 입을 갖다 대곤 속삭였다.

"촌년 주제에 많이 생각했네. 어떻게 눈치챘대?"

나만 들릴 정도로 자신이 초능력자라는 것을 밝혔다. 끓어오르는 분노를 주체할 수 없었다. 당장이라도 이년의 목을 비틀어버리고 싶다. 하지만 내 편이 없는 이 무대에서 누가 날 변호하겠는가.

"이윤경!"

그저 성대가 찢어지게 그녀의 이름을 부르짖는 것이 전부였다. 그랬더니 이 여자가 더 운다. 나를 말려달라고 그녀가 소리친다. 사람들이 내 곁으로 달려들어 양팔을 붙잡았다. 저 악랄한 년의 입을 재봉틀로 틀어막고 평생 말을 못 하게 만들고 싶다. 누가 저 악마의 미소를 발견하고 저 여자의 만행을 말려줬으면 좋겠다.

"손들 떼라."

그때였다. 저 멀리 남자의 목소리가 들렸다. 환청이 아니다. 손을 떼라는 목소리가 무대로 전달됐고, 내 양팔을 붙잡던 사람들이 재깍 나를 놔주었다. 그리고 동시에 로비 끝으로 모두가 시선을 돌렸고, 난 눈물을 뚝 떨어뜨렸고, 입가는 미소가 번졌다. 은우가 왔기 때문이다.

은우가 일동 주목을 외치자 모두 차렷 자세로 그를 쳐다봤다. 카메라도 은우를 향했다. 그가 카메라맨에게 말했다.

"지금까지 녹화한 영상 모두 폐기 처분하고 카메라는 이 자리에서 박살 내세요."

"네!"

카메라맨은 카메라에서 테이프를 꺼내 필름을 늘어뜨리곤 찢어버렸다. 그리고 카메라를 바닥에 내동댕이치곤 발로 박살을

냈다. 곁에 있던 PD는 미친 짓을 하는 카메라맨의 멱살을 잡았다.

"이 새끼야, 뭐 하는 짓이야!"

"저 사람이 카메라를 박살 내라잖아요."

"저 새끼가 뭐라고 말을 들어!"

둘이 실랑이 벌일 무렵 은우가 그들에게 다가가서 한 마디 더 했다. 집에 가서 발이나 닦고 잠이나 자라 했다. 그들은 안 그래도 당장 발이 닦고 싶었다며 신발과 양말을 벗고 부리나케 밖으로 뛰어갔다. 방송사 동료들이 영문 모른 채 서로 얼굴을 쳐다보며 상황을 이해하려고 노력해 봤다. 은우가 당신들도 따라가라고 했다. 말과 동시에 단체로 신발과 양말을 벗고 우르르 몰려나갔다.

난 그들의 행동에 경악을 금치 못했다. 은우는 손도 안 대고 명령을 하는데 모두 재깍 그의 명령을 이행하고 있었다.

"다시 주목!"

내면에서 끓어오르는 그의 깊은 발성은 실내의 모든 사람을 주목시키기에 적합했다. 모두가 은우를 쳐다봤다. 그가 움직이는 곳마다 눈알을 굴려 그에게 시선을 고정하려고 노력했다. 무대 계단 앞에서 길을 막고 있는 사회자에게 비키라고 했다. 칼같이 절도 있게 움직여 길을 터 주었다.

은우가 내 눈앞까지 오자 감격이 온몸을 지배했다. 이내 가슴이 미어졌다. 대체 얼마 만에 보는 거야. 헬쑥한 그의 얼굴을 보니 그간 초능력을 각성시키려고 얼마나 고생했을지 훤히 보였다.

은우는 내 곁에 와서 나를 자신의 뒤에 세우고 이윤경에게서 보호했다.

"너의 그 미친 짓도 여기까지야."

이윤경은 달갑지 않은 은우의 등장에 인상을 구겼다. 가짜 눈물과 여유로 사람을 손바닥 위에 올려놓고 조종하던 그녀의 얼굴에 당황한 기색이 역력했다.

"오빠 미쳤어? 목숨 아까운지 모르고 또 각성을 해? 그러다가 진짜 죽어."

"너한테 계속 당하느니 차라리 죽는 게 나을 수도 있겠다 싶었다."

"대체 저년이 뭔데! 저 촌년이 뭐라고 이렇게까지 하냐고! 어차피 저년도 일반이야. 오빠나 나처럼 돌연변이는 돌연변이끼리만 이해할 수 있다고! 그걸 몰라?"

이윤경이 울먹거렸다. 능력을 쓰려고 그런 건진 모르겠지만 이번엔 진짜 설움에 받친 목소리였다. 그러나 은우는 이를 허용하지 않았다. 울려고 하는 그녀의 입을 잽싸게 틀어막았다.

"윤경아. 나 진심으로 너 좋아했고, 아꼈어. 그리고 너한테 몹쓸 것 가르친 거 미안하게 생각해. 아마 평생. 하지만 넌 너무 나갔어. 이제 더는 받아치기가 힘들어. 그러니 그만 내려놓고 어디서든 건강하게 잘 살아."

입이 틀어 막힌 그녀는 실핏줄까지 터뜨리며 눈물을 글썽거렸다. 어디서든 건강하게 잘 살라는 말에 고개를 가로저어야 하는데 마인드컨트롤에 걸려 고개를 끄덕였다. 그런 본인에게 화가 났는지 관자놀이에도 핏대가 퍼렇게 섰다. 찰나에 은우가 한 마디 더 보탰다.

"나 없는 곳에서 나 잊고, 너를 위해 행복하게 살아. 내 평생의 소원이야. 잘 가."

은우가 그녀의 입을 틀어막던 손을 풀었다.

"응, 알겠어. 오빠 없는 곳에서 오빠 잊고 나를 위해 행복하게 살게. 오빠 소원대로. 잘 지내."

이윤경이 기계적으로 말을 뽑아내는데 얼굴은 단두대에 목을 내어준 사형수 표정이었다. 같은 초능력자라 그런지 내려진 명령이 초능력임을 인식하는 것 같았다. 일반인들이야 명령대로 따라가니 마음 돌볼 필요야 없겠다만, 그녀의 경우엔 초능력임을 알면서도 따라야 하니 더욱 괴로울 수밖에 없을 것 같다. 그녀의 표정이 말해주고 있었다.

곧 이윤경이 떠났다. 관객들은 여전히 차렷 자세로 은우에게 시선을 고정했다. 은우가 모두 무대 밑으로 내려가 자기 자리로 돌아가라고 했다. 시선은 은우에게 고정한 채 천천히 뒷걸음질로 내려갔다.

"서지영은 정상입니다. 오늘 일은 모두 잊고 각자의 자리로들 돌아가세요."

곧 그들은 모두 떠났다. 이곳이 언제 행사장이었냐는 듯 금세 실내는 휑해졌고 무대에는 우리 둘만 남게 됐다. 나는 파리한 안색을 띠고 있는 그의 얼굴을 어루만졌다.

초능력을 각성시키는 과정은 생명을 깎아먹는 작업이라고 했다. 이윤경도 목숨이 아깝지 않느냐 경고했을 정도다. 그런데도 한계 이상의 능력을 끌어올리기 위해 얼마나 두통에 시달렸을지, 내가 다 아픈 지경이다.

"좀 오래 걸렸어요. 미안해요."

나는 세차게 고개를 저었다. 이해한다는 말을 대신한 셈이다. 그는 이윤경과의 악연을 끊기 위해 폐문 수련에 들어갔다. 전처럼 누구를 실험 대상으로 한 건 아니고, 스스로 그 감을 알기에 정신 수양에 집중하여 능력을 강화했다고 한다.

"믿고 기다려줘서 고맙고요."

다정한 그의 말에 울지 않으려고 입을 팔자 모양으로 만들어 꾹 참았다. 그는 내 머리를 감싸 자신의 품으로 끌어당겼다. 오랜만에 느껴 보는 그의 따뜻한 체온이 나를 안심시켰다. 머리를 쓰다듬는 그의 손길을 오래도록 기억했다.

"잠깐이라도 보고 싶었는데 그러면 중간에 모든 것을 포기할 것 같았어요. 이제는 앞으로 당신을 외롭게 만들지 않을 거야."

은우가 부드럽게 내 양 볼을 어루만지며 나와 눈을 마주쳤다. 천천히 내 숨결 속으로 다가왔고 나는 지그시 눈을 감고 그를 기다렸다. 마주친 숨결, 맞닿은 입술. 그 새로 전해지는 촉촉한 감촉. 낙숫물이 댓돌을 뚫듯 새로 태어난다는 마음으로 나는 이 남자와 차례대로 단계를 밟아 나아갈 것만 생각했다.

난 이 남자와 사랑하고 있다.

에필로그

이윤경 이 여자도 나름의 사연은 있었다. 기자의 꿈을 잔뜩 품고 입사한 그녀는 수습 삼 개월 차에 환상이 깨져 퇴사하려고 마음먹은 상태였다. 출퇴근과 주말이라는 개념이 없다는 건 문제도 아니었다. 그 정돈 기자의 사명이라 생각했다. 가장 힘들었던 건 본인이 상대해야 할 취재원들에게서 도저히 속 깊은 이야기를 못 꺼낸다는 것에 있었다.

사수였던 은우는 그녀가 수습을 뗄 수 있도록 물심양면으로 도왔다고 한다. 그녀를 마음에 둔 것도 있었지만, 알 수 없는 동질감을 느꼈다는 것도 한몫했다.

그럼에도 얼마 지나지 않아 이윤경은 본인이 기자로서 능력이 없을 수 있다는 것을 실감하고 포기하려고 했다. 그때 울며불며 은우에게 안겼는데, 마침 그때 이윤경도 본인과 같은 마인드 컨트롤 초능력자라는 것을 알아챘다고 한다.

은우는 그녀에게 초능력 활용법을 알려줬다. 잘 훈련된 이윤경은 그때부터 취재원들에게 찾아가 눈물부터 호소하며 능수능란하게 정보를 빼먹었다. 은우보다 대단했던 것이 이윤경은 초능력에 시간제한이 없었다. 또한 눈물만 보이면 주변 모두를 한번에 조종할 수 있어 대량 명령이 가능했다.

그러나 그 눈물이 문제였다. 눈물을 뽑아내려면 그만큼 감정을 소모해야 했다. 은우는 그녀에게 감정 컨트롤을 하지 못하고 언제나 극적으로 능력을 남발하자 수명 단축 위험이 있어 적당히 좀 쓰라고 말렸다. 전혀 두통을 느끼지 못한 이윤경은 오히려 더 과감해졌다.

노국구 펀드 환매조작 사건 때다. 증권가에선 이미 소문이 퍼졌지만 엮여있는 이들이 많아 누구 하나 덤벼들지 못했다. 그런데 단독보도에 눈이 멀어 이윤경은 이들을 모두 잡아냈다. 분노한 정치권에서는 이윤경 제거 작전에 들어갔고, 그 사실을 안 은우는 모두를 찾아가 초능력으로 그들을 설득했다. 본인이 불법녹취 파일 핑계로 징계를 받겠다며 여기서 그만하라고 했다. 그가 본인 스스로를 벌주겠다고 한 설득력이 초능력과 맞물려 오분이 지나도 그 효과에 영속성이 생길 수 있었다.

사건이 마무리되고 이윤경은 미안하다며 은우에게 떠나지 말라고 애걸복걸했었다. 떠나진 않겠으나 그녀를 이상 사랑하진 못할 거라고 했다. 사악하게 사람 마음을 들었다 놨다 하는 것을 보며, 있는 정 없는 정이 다 떨어졌다고 한다. 그녀는 본인이 날

이렇게 만들어 놓고 도망가냐고, 절대 가만두지 않을 것이라고
했다.

사람저널을 차린 은우는 몇 번 괜찮은 여성들과 연애를 했었
는데 그럴 때마다 이윤경이 찾아와 내게 했던 것처럼 정신이상
자 프레임을 씌우며 그를 방해했다.

오빠가 나 받아주지 않는 이상 오빠는 평생 내 마리오네트가
될 거야. 오빠가 나를 이렇게 만든 거 알지? 평범하게 살았던 나
를 각성시킨 건 오빠라고.

이윤경은 지독하게 은우를 괴롭혔다. 사랑과 집착이 맞물린
광기였지만, 그렇다고 해도 은우는 그녀를 내치지는 않았다. 초
능력을 각성시킨 부분에서 큰 책임을 느끼고 있었기 때문이다.

이윤경은 그것이 은우의 애증이라고 생각했다. 이젠 강압적으
로 갈 것 없이 부드럽게 다가가는 전략을 세우기만 해도 될 것
같았다. 어차피 본인들 같은 존재는 본인들끼리만 이해해 줄 수
있다고 확신했기 때문이다. 이윤경이 몇 달 그렇게 작업하니, 경
계가 허물어져 예전처럼 친하게 지낼 수 있었다.

하지만 얼마 지나지 않아 이윤경은 또 폭주했다. 발단은 나였
다. 우리가 기자 모임 때 만나고 헤어진 날, 이윤경은 은우의 오
피스텔을 찾았었다. 하필 나와 은우가 복도에서 키스하고 있는
걸 목격한 그녀는 울분을 참지 못했다. 그녀는 복도에 내가 떨어
뜨리고 간 향수를 집어 들고 떠났다.

복수의 계획은 그때부터 시작된 것이다. 기회를 엿보고 있던

이윤경은 우리가 통영 가기로 했던 때를 결전의 날로 잡았다. 이윤경 지시로 재욱이가 나를 마크하고 있을 때, 그녀는 은우와 싸우고 있었다. 가짜 장례식 진실을 밝히고 나를 정신이상 질환자로 낙인 찍어버리겠다고 협박했다. 그리고 은우마저 부정하게 만들겠다고 했다.

능력이야 이윤경이 한 수 위니 은우가 저지할 수 있는 건 없었다. 이번에도 결국 그녀 뜻대로 될 것이었다. 하지만 나와의 사랑을 확신했던 그는 나를 놓치지 않기 위해 한 번 더 각성키로 결심했다.

혹 잠적하는 동안 그는 내가 본인을 잊을 수 있겠다는 염려는 했지만, 그녀와의 악연을 끊지 못하면 나와 더 이상의 진전은 없다고 생각해서 목숨 걸고 훈련에 매진했다.

얼마 후 능력을 강화했다. 하지만 거의 도핑과도 같은 행위였다. '마음의 소리' 콘서트 때 능력을 몰아서 쓰는 바람에 은우는 며칠을 앓아누웠다. 회복하고 일어났을 때는 완전히 능력을 상실한 느낌이었다. 누구와 손을 잡아도 마인드컨트롤을 쓴다는 기분은 들지 않았다고 한다.

"차라리 잘 됐어. 어차피 이젠 안 쓸 생각이었으니까."

이윤경을 떠나보냈으니 능력의 유무는 이제 중요하지 않았다. 능력을 보유하고 있으면 힘들 때마다 능력을 찾을 것이고, 이는 또 습관이 될 것이다. 세상 미련 없다는 듯 무소유의 해방감처럼 나긋하게 전하는 그의 초연함에 나는 포옹으로 위로했다.

"당신은 이미 당신 자체가 능력자니까 그런 건 필요 없어."

내 품에서 은우가 힘차게 고개를 끄덕였다. 그런 나는 방긋 미소를 지으며 그를 더욱 사랑스럽게 껴안았다.

우리의 이야기는 여기까지다. 그렇게 싫어했던 '위잉위잉 착착 쿵쿵'이 그리울 정도로 많은 일이 한 번에 몰아닥친 몇 달이었다. 그럼에도 우린 서로를 믿고 의지하며 여기까지 잘 왔다. 앞으로 또 어떤 일이 벌어질지 모르겠지만, 우리는 보통의 평범한 능력으로도 초능력처럼 힘을 발휘하여 이겨내고자 한다.

참. 한 달이 더 지나 기쁜 소식이 들렸다. 경주에서 은우 어머니를 봤다는 제보가 '사람저널TV' 댓글에 쏟아졌다. 아직 얼굴 확인은 못 했지만, 어머니로 추정되는 분은 제보자들에게 이렇게 전했다고 한다.

이제야 너 자신을 찾았구나.

-FIN

작가의 말

〈너의 손에 닿았을 뿐〉은 평범한 일상이 현실과 동떨어진 초
자연 능력과 만나면 어떤 일이 벌어질지를 상상하며 썼습니다.
또 이를 일상 속에 자연스럽게 스며들 수 있도록 유치하지 않게
풀어내는 것에 고민했습니다. 그리고 극적 재미를 위해 반전을
설정했는데, 완독할 때까지 독자가 딱 한 번이라도 놀랐다면 저
는 제 할 일을 다했다고 생각합니다.

마인드컨트롤은 마블코믹스 슈퍼빌런 '퍼플맨'의 능력에서 영
감을 얻어 모티브로 삼게 됐습니다. 무심코 던진 말이 어떤 일을
초래하는지, 이로 인해 벌어진 결과는 어떻게 감당할 수 있는지,
그럼에도 스스로를 용서할 수 있는지를 주인공 은우와 지영이를
통해 간접적으로 경험해 보고자 했습니다.

기본 뼈대는 지영이와 은우의 사랑 이야기이나, 두 남녀가 상
처를 보듬고 성장하는 것으로 이야기를 마무리하게 했습니다.

홧김에 던진 말로 자책하다가 기억을 지운 지영이는 초능력으로 진짜 어머니를 실종시킨 은우를 통해 위로를 받게 했습니다.

은우는 초능력을 쓰지 않아도 '나'는 '나'임을 깨닫게 한 지영이를 통해서 구원을 받게 했습니다. 소설 말미 어머니가 '이제야 너 자신을 찾았구나'라는 메시지도 은우가 능력을 쓰지 않을 때까지 기다리고 있었구나, 여운을 남기게 했습니다.

소설에서는 설명하지 않았지만, 이 이야기는 〈서울쥐와 시골쥐〉도 오마주했습니다. 쥐 서(鼠) 자를 인용해서 '서' 씨 성을 가진 84년생 쥐띠를 남녀 주인공으로 설정했습니다.

조현병 소재를 쓰는 것은 상당히 조심스러웠습니다. 그럼에도 일전에 읽었던 황상민 박사의 저서 〈만들어지는 병 조현병〉을 통해 조현병이 사람에게 피해를 주는 위험한 병이 아님을 공감하고자 부담스럽지 않게 터치했습니다.

직장을 다니면서도 남는 시간에 집필을 할 수 있게 많은 지지를 해준 사랑하는 아내 덕에 완성할 수 있었다고 생각합니다.

감사합니다.